Meredith Wild & Angel Payne

Kiss of Thunder

PIPER

Zu diesem Buch

»Ich bitte Sie zum letzten Mal. *Gehen Sie!*«
Andere Leute mag er einschüchtern, aber ich sehe die Qual in seinem Blick. Ich habe keine Angst vor ihm, und er tut mir auch nicht leid. Die Vorstellung, seine Abwehr zu schwächen oder seinen Zorn zu erregen, stachelt mich nur an, und ich weiß, wie man das am besten schafft.
»Bringen Sie mich doch dazu«, flüstere ich.
»Hören Sie auf damit«, erwidert er mit gefährlich leiser Stimme.
»Ich meine es ernst, Maximus. Ich habe gesehen, wie Sie Metall verformt haben. Mich aus Ihrer Wohnung zu werfen, dürfte kein Problem für Sie sein.«
»Genau deswegen …«
Als der letzte seiner Gedanken in der Luft zwischen uns zu zerstäuben scheint, geht etwas mit mir durch. Ich packe ihn am T-Shirt, ziehe es nach unten und strecke mich dabei nach seinem Mund. Alles geschieht sehr schnell. Erbarmungslos, unvermeidlich, so wie der Blitz einen einzigen blendenden Moment nutzt, um einzuschlagen.
Es beginnt mit dem Aufeinandertreffen unserer Lippen. Meine Finger in seinem Haar. Dann stürze ich mich in seine Arme.

Meredith Wild ist Nr. 1-New-York-Times- und USA-Today-Bestseller-Autorin. Sie lebt mit ihrem Ehemann und ihren drei Kindern in New Hampshire. Sie bezeichnet sich selbst als Techniknarr, Whiskey-Kennerin und eine hoffnungslose Romantikerin. Wenn sie nicht in der Fantasiewelt ihrer Charaktere lebt, trifft man sie meistens auf Facebook an.
Angel Payne ist im Süden Kaliforniens geboren und aufgewachsen und hat dadurch schon früh ihre Liebe zur Natur entdeckt. Dort liest und schreibt sie auch häufig. Sie lebt mit ihrem Mann und ihrer Tochter noch immer in Kalifornien. Mit ihrer Tochter teilt sie ihre Leidenschaft für Conventions und Cosplay.

Meredith Wild & Angel Payne

KISS OF Thunder

Kara und Maximus 1

Aus dem Amerikanischen
von Richard Betzenbichler

PIPER

Wenn Ihnen dieser Roman gefallen hat, schreiben Sie uns unter Nennung des Titels »Kiss of Thunder« an *empfehlungen@piper.de*, und wir empfehlen Ihnen gerne vergleichbare Bücher.

Von Meredith Wild und Angel Payne liegen im Piper Verlag vor:
Kara und Maximus:
Band 1: Kiss of Thunder
Band 2: Heart of Fire

Unser Versprechen für mehr Nachhaltigkeit
• Klimaneutrales Produkt
• FSC®-zertifiziertes Papier
• Hergestellt in Europa

FSC www.fsc.org
MIX
Papier aus verantwortungsvollen Quellen
FSC® C083411

Deutsche Erstausgabe
ISBN 978-3-492-28261-1

Titel der amerikanischen Originalausgabe:
»Blood of Zeus«, Waterhouse Press LLC 2020

Umschlaggestaltung: zero-media.net, München
Umschlagabbildung: FinePic®, München
Satz: psb, Berlin
Gesetzt aus der Mrs Eaves
Druck und Bindung: CPI Books GmbH, Leck
Printed in the EU

In seinen Tiefen sah ich eng verschlungen
Zum einigen Bunde, den die Liebe flicht,
Was, sich vereinzelnd, rings das All durchdrungen

Dante, Paradies, Dreiunddreißigster Gesang

Für Mindy

Meredith

Für Thomas und Jessica.
Ihr seid der Zauber meines Lebens,
die Schläge meines Herzens,
das Blut in meinen Adern

Angel

I

Kara

Nur eins ist schlimmer, als eine Dämonin zu sein: eine Valari zu sein. Beides zu sein bedeutet, dass ich auf dem Weg in den Hörsaal, vorbei an Gruppen von Studierenden, jedes Flüstern höre.

»Das ist Kara Valari.«

»Wieso kommt die überhaupt hierher?«

»Die Valaris sind eine ziemlich üble Familie.«

Ich blicke im Vorbeigehen in ihre Gesichter, bleibe aber nicht stehen. Manchmal kann man Leute nur zum Schweigen bringen, indem man ihnen in die Augen schaut. Sie wenden den Blick ab, einer nach dem anderen.

Hinter Geflüster kann man sich leicht verstecken. Genau wie hinter den anzüglichen Bemerkungen, die niemand hören kann außer mir und den Männern, die sie leise von sich geben. Ich muss sie nicht einmal anschauen, um zu wissen, dass ich nicht interessiert bin. In ihrem Fall könnte Blickkontakt nur zu Missverständnissen führen.

Ich gehe die Stufen hinauf und setze mich ganz

hinten in den Hörsaal, damit die Leute hoffentlich vergessen, dass ich hier bin und sich auf die Vorlesung konzentrieren. Als ich mich niederlasse, tut die Blondine vor mir so, als würde sie ein Selfie machen. Definitiv mit mir im Hintergrund. Ich bin schon gespannt auf den Hashtag.

Ich bin seit drei Jahren an der Alameda University, aber einige scheint es immer wieder aufs Neue zu faszinieren, in den Vorlesungen mit jemandem aus einer höheren Liga als der der Möchtegern-Prominenten zu sitzen. Am Anfang eines neuen Semesters ist es immer am schlimmsten. Nach einer längeren Unipause ist meine Toleranzschwelle immer gefährlich niedrig. Außerdem stehen die Chancen gut, dass der Name Valari gerade mal wieder in der Hollywood-Gerüchteküche Topthema ist, und auch wenn das in diesen immer nach Neuigkeiten gierenden Kreisen nicht lange anhält, nervt es doch.

Natürlich bin ich hier nicht die Einzige, die in eine berühmte Familie hineingeboren wurde. Mein Großvater war einer der bekanntesten Drehbuchschreiber seiner Generation. Die Auszeichnungsstatuen auf seinem Kaminsims sind schon lange vergessen. Heute steht unsere Familie häufiger im Rampenlicht als andere, aber aus weniger anerkennenswerten Gründen. Unser Ruf folgt mir überallhin, egal wohin ich gehe, so unentrinnbar wie meine Biologie.

Ich wühle in meinem teuren Lederrucksack nach Notizbuch und Stift und atme tief aus. Lautlos zwinge ich mich zu einer Selbstbeherrschung, die mir von Natur aus nicht gegeben ist, während sich meine aufgewühlten Gefühle einen Weg durch mein cooles Äußeres nach draußen zu bahnen versuchen.

Als die Tür zugeschlagen wird, hebe ich den Kopf. Das Flüstern erstirbt.

Selbst von meinem erhöhten Aussichtspunkt aus bin ich fasziniert von der beeindruckenden Größe des Manns, der in den Hörsaal geschritten kommt. Seinen Gesichtsausdruck verbirgt er, indem er auf den Boden schaut. Sein Mund wird überschattet von einem rotgoldenen Bart, der zu dem Haar passt, das er im Nacken in einen Knoten gezwungen hat. Obwohl ich davon ausgehe, dass er es tun wird, braucht sich dieser Mann nicht vorzustellen.

Nur Sekunden nach seiner Ankunft verwandelt sich das Schweigen in ein leises Zischen, das verlängerte Echo seines Namens auf den Lippen der Studierenden, die vor wenigen Sekunden noch meinen flüsterten.

Maximus.

Professor Maximus Kane erreicht das stattliche Holzpult vorn im Hörsaal mit wenigen langen Schritten. Dort angekommen, lädt er einen Stapel Material ab. Ein vertrauter Schauer der Faszination durchläuft mich. Diesen Kurs hatte ich für mein Abschlussjahr vorgesehen, womit ich mir sowohl das Beste als auch das Schlimmste bis zum Ende aufgehoben habe. Das Beste, weil es der Höhepunkt meines Ausflugs in die akademische Welt ist. Das Schlimmste, weil mit meinem Abschluss ein völlig anderes Leben beginnen wird – ein Leben, das alles andere als erleuchtet sein wird.

Vom Podium aus überragt er alles, während er sich

laut räuspert und so auch das allerletzte kaum hörbare Gewisper zum Schweigen bringt. Dennoch ist sein Blick noch immer auf seine Notizen gerichtet, was seinen Zuhörern einen weiteren Moment Zeit lässt, sein beeindruckendes Äußeres zu bewundern. Ich knabbere an meiner Lippe, denn ich bin nicht immun.

Das einzig Professorenhafte an Professor Kane sind seine dunkel gerahmte Brille und sein langweiliger Pullunder, der dennoch einfach nur unglaublich sexy ist, so eng wie er über seinem Hemd sitzt, das aus allen Nähten zu platzen droht, sollte er sich zu plötzlich bewegen.

»Willkommen zu Fortgeschrittene Studien Mittelalterlicher Literatur«, beginnt er. Seine Stimme ist tief und klingt völlig humorlos. »Wenn Sie hier sind, sollten Sie alle Voraussetzungen, die für eine gründliche Lektüre von Dantes *Göttlicher Komödie* mit der wir uns den größten Teil der Zeit beschäftigen werden, erfüllt haben. Falls Sie es in Ihrem Studium eher schlecht als recht bis hierher geschafft haben, sollten Sie sich überlegen, ob das der richtige Kurs für Sie ist. Meine Erwartungen an Ihre Leistungen hier sind vergleichbar mit jedem anderen Hauptseminar des letzten Studienjahrs. Verschwenden Sie nicht meine Zeit, dann verschwende ich auch nicht Ihre.«

Ich packe meine Unterlippe ein bisschen fester mit den Zähnen, bis ich einen pochenden Schmerz spüre. Ich bin anspruchsvollen Professoren nie aus dem Weg gegangen. Im Gegenteil, ich habe sie bewusst gewählt, weil ich die Herausforderung liebe. Die Beste im Kurs zu sein und die Messlatte so hoch zu hängen, dass es für meine Kommilitonen unangenehm wird, ist immer ein zusätzlicher Bonus gewesen.

Nur dass ich wegen Dante hier bin. Bis jetzt war ich davon ausgegangen, dass der für sein außergewöhnliches Aussehen gefeierte Englischprofessor ein freundlicher Riese sein würde – intellektuell und tiefsinnig, aber sanft und nachsichtig, das völlige Gegenteil seiner auffälligen physischen Präsenz. Ich hatte komplett danebengelegen. Die Masochistin in mir sendet ein dunkles Gebet nach unten, dass er auch streng bei der Notenvergabe ist.

»Ich werde in diesem Kurs nicht Ihr einziger Dozent sein«, fährt er fort. »Ich bin Ihr Professor, aber betrachten Sie mich eher als Ihren Führer, der Sie auf Themen von Belang hinweist. Doch wenn Sie sich nur auf meine Interpretation verlassen, berauben Sie sich des Lehrreichen, das dem Werk innewohnt, Wissen, gezeichnet von Dante persönlich. Das Gedicht ist eine Reise des Ichs.« Er schweigt einen Moment, die Lippen zu einem nachdenklichen Schmollmund verzogen. »Die Betonung liegt hier auf dem Wort ›Reise‹.«

Er runzelt leicht die Stirn und schiebt die Brille ein Stück die Nase hoch.

»Also gut. Wie viele von Ihnen haben bereits in anderen Kursen mit der *Komödie* Bekanntschaft gemacht?«

Fast jeder Studierende hebt die Hand. Ich nicht.

Als er den Blick durch den Raum schweifen und – wenn auch nur kurz – auf mir ruhen lässt, erhöht sich die Temperatur meiner Haut leicht.

»Da das ein Seminar ist und ich auf rege Beteiligung angewiesen bin, damit wir eine lebhafte Diskussion führen können, fangen wir gleich an. Ich wüsste gern, ganz unabhängig davon, wie vertraut Sie mit dem Text sind, was Sie zu Dante hinzieht.«

Irgendwie wird der Kurs noch stiller, als hätten die Leute aufgehört zu atmen, um ja keine unerwünschte Aufmerksamkeit auf sich zu ziehen. Ich grinse, denn genauso leicht, wie ich Gesprochenes höre, das nicht für meine Ohren bestimmt ist, spüre ich, wenn sich Menschen tief im Inneren unwohl fühlen, vom leichten Angstanflug bis zur nackten Panik.

Der Blick des Professors bleibt an der blonden Studentin vor mir hängen. »Sie zum Beispiel. Was führt Sie hierher?«

Sie gibt ein gehauchtes Lachen von sich, streicht sich das Haar hinter das Ohr und hebt kokett eine Schulter. »Ich weiß nicht. Vermutlich habe ich nur Gutes über diesen Kurs gehört.«

»Oooh, Professor Maximus«, kommt eine Falsettstimme aus der Menge, was lautes Gelächter auslöst.

Die goldenen Mundwinkel des Professors gleiten leicht nach oben. Zweifellos könnte seine Präsenz alleine einen Raum voller Studierender anziehen, die mehr fasziniert von seinem Äußeren sind als von seinen literarischen Einsichten. Rasch fasst er sich wieder, schiebt das Kinn vor, und unsere Blicke treffen sich.

Blut fließt mir in die Wangen.

»Sie sind neu bei Dante. Wieso möchten Sie die nächsten vier Monate damit verbringen, die *Komödie* zu analysieren?«

Gespannte Erwartung liegt spürbar in der Luft. Nicht meine, aber ich merke die veränderte Stimmung im Raum. Nach ein paar Sekunden Schweigen zieht er eine Augenbraue hoch und legt den Kopf schief, um mich dazu zu bewegen, etwas zu sagen. Egal was.

»Dantes Reise durch die Unterwelt fasziniert mich ganz besonders«, sage ich, was, wie zu erwarten, den Zuhörerinnen und Zuhörern das eine oder andere Kichern entlockt.

Der Professor schiebt die Hände lässig in die Taschen seiner dunklen Hose und lenkt damit meine Aufmerksamkeit darauf, dass seine Oberschenkel kaum in seine Hosenbeine passen. Für einen Akademiker ist er erstaunlich fit.

»Welchem Teil davon gilt Ihre Faszination? Der Reise durch das Dunkel oder der Reise zum Licht?«

Ich blinzele und schaue ihm wieder in die Augen. Während ich mir seine Frage durch den Kopf gehen lasse, greife ich nach meinem Notizbuch. Seine Frage erscheint mir zu persönlich, als wüsste er irgendwie irgendwas – vielleicht das *Eine* – über mich, das er niemals wissen sollte.

»Das ist eine seltsame Frage.« Ich kann die Unsicherheit in meiner Stimme nicht verbergen.

Er zuckt kurz zusammen. »Wirklich? Es ist einfach so, dass manche Leute von den düsteren Themen fasziniert sind, wegen deren purer Hässlichkeit. Und dann gibt es andere, die sich vor allem dafür begeistern, auf die andere Seite davon zu gelangen.«

Ich bin in meinem eigenen Schweigen gefangen und habe keine Lust, ihm zu sagen, was ich wirklich denke. Dass er keine Ahnung hat, wovon er redet. Dass die Betrachtung der Allegorie im Vergleich zur Wirklichkeit wie das Lesen einer Gute-Nacht-Geschichte ist. Zumindest nach allem, was ich so gehört habe. Er mag wie ein Gott aussehen, aber ich bin mir ziemlich sicher, dass meine Quellen zum Thema Hölle deutlich besser als seine sind.

»Spuck es aus, Valari«, brüllt jemand.

Meine Nasenlöcher blähen sich.

Der Professor blickt mit gerunzelter Stirn in die Richtung eines Typen, der in der zweiten Reihe lümmelt. »Wie bitte?«

»Sie stellt nur Nachforschungen an, Professor. Sie ist eine Valari«, sagt der Typ und lacht anmaßend. »Sie wissen ja, die kommen alle direkt in die Hölle.«

Lautes Gelächter ertönt. Meine Haut erhitzt sich kräftig, während ich mir überlege, wie ich den Kerl am besten direkt dorthin schicken kann.

»Raus«, schneidet die eisige Stimme des Professors durch den Lärm.

Der Typ lacht betreten. »Ich mache nur Witze.«

»Mir egal. Raus.«

Er öffnet den Mund, um zu widersprechen, aber der Professor deutet auf die Tür.

»Ich sage es nicht noch einmal. Raus aus meinem Hörsaal, aber schnell.«

Die Angst ist wieder da, baut sich über die angespannte Minute hinweg auf, die er braucht, um seine Sachen einzusammeln und den Hörsaal mit angeknackstem Selbstbewusstsein zu verlassen. Der Professor wirft mir einen Blick zu, der sich zu intensiv anfühlt und in mir die Frage aufkommen lässt, ob ihn der flapsige Kommentar sogar noch nervöser gemacht hat als mich.

Kaum ist die Tür hinter dem Studenten ins Schloss gefallen, ist der Professor wieder bei seinem Thema. Er redet vom Leben Dantes und der damaligen Zeit sowie dem historischen Kontext seines Werks. Ich mache mir Notizen und versuche, mich auf seine Anmerkungen über den Außenseiter aus Florenz zu konzentrieren, der dem Professor in mancherlei Hinsicht ähnelte. Tiefgründiger, als er ausschaut, und bereit, sich auf die Reise einzulassen. Zumindest meinem Gefühl nach ist das die überwältigende Ausstrahlung unseres Dozenten. Während ich weiter versuche, seine intensiven Blicke zu interpretieren, fürchte ich, dass ich nicht anders bin als alle anderen Studierenden hier, die seinem Zauber erliegen.

Als er eine Stunde später herunterrasselt, was wir lesen sollen, und die Vorlesung beendet, bin ich fast schon erleichtert. Ich warte, dass sich die Reihen leeren, bevor ich aufstehe. Er hat mir den Rücken zugedreht und wischt seine Notizen von der Tafel. Ich bin fast an der Tür, als er meinen Namen sagt.

»Miss Valari.«

Ich drehe mich um.

»Hätten Sie einen Moment Zeit?«

Ich gehe zu ihm zurück, meine Handtasche fest gepackt. »Professor Kane.«

»Maximus«, korrigiert er mich. »Irgendwann nennt mich sowieso jeder so.«

Er lehnt sich an den Schreibtisch neben seinem

Pult. Von dem halb zugezogenen Reißverschluss seiner Aktenmappe hängt Thor als Schlüsselanhänger herab. Das Figürchen hat nicht die geringste Ähnlichkeit mit dem Mann vor mir, aber ich kann mir vorstellen, dass er der Assoziation nicht entkommt, die jeder bei seinem Anblick hat. Wieso also dagegen ankämpfen?

»Okay«, antworte ich und lächele vorsichtig.

»Um dieses Seminar zu besuchen, braucht man eine Zulassung. Seien Sie mir nicht böse, aber ich kann mich nicht erinnern, Sie zugelassen zu haben.«

Mein Lächeln gefriert. Die Erinnerung, wie ich seinen wissenschaftlichen Mitarbeiter dazu gebracht habe, meinen Zulassungsantrag abzuzeichnen, obwohl mir die nötigen Vorbedingungen fehlten, ist mir noch gut in Erinnerung.

»Das hat Matthew gemacht. Sie waren nicht im Büro. Er hat mir versichert, es wäre alles in Ordnung.«

Einen Moment lang betrachtet er mich nachdenklich. Aus dieser Entfernung kann ich seine Augen genießen, ein echtes Himmelblau, so leuchtend, dass man fast die Schatten darin übersehen könnte. Wie ich gelernt habe, entstehen solche Schatten fast immer aus Geheimnissen. Schatten ängstigen mich nicht, allerdings halte ich nur selten nach ihnen Ausschau. Aber aus irgendeinem Grund wünsche ich mir, ich wüsste, woraus seine bestehen.

»Ich biete auch Literatur im Grundstudium an«, reißt er mich aus meinen Gedanken. »Wie kommt es, dass ich Sie noch nie gesehen habe?«

»Mein Hauptfach ist Altphilologie.«

Er nickt nur, lässt kurz den Blick über mich wandern und wendet ihn dann ab. »Tut mir leid, dass ich Sie vorhin in Verlegenheit gebracht habe. Ich wusste nicht, wer Sie sind.«

»Danke, dass Sie mich verteidigt haben. Aber ich brauche keine Sonderbehandlung. Meine Mom ruft nicht beim Dekan an oder so.«

»Das ist nicht der Grund, weshalb ich das gemacht habe. In meinen Seminaren lasse ich kein Mobbing zu. Es ist erstaunlich, wie oft ich dieser Tatsache Nachdruck verleihen muss.«

Ich glaube ihm und respektiere ihn dafür umso mehr.

»Danke noch mal.«

Er beugt sich vor und reicht mir einen Stapel Papier. »Vergessen Sie nicht Ihre Lektüre.«

Als ich danach greife, berühren sich unsere Finger. Nur so kurz, dass ich mich frage, ob es wirklich einen Kontakt gab – wäre da nicht dieses stechende Gefühl, das meinen Arm hinaufrast. Eine seltsame Energie, die ich noch nie gespürt habe – zumindest nicht bei Menschen.

Ich reiße die Augen auf, trete einen Schritt zurück und presse die Texte an meine Brust. Unsere Blicke treffen sich, und einen Moment lang fürchte ich, er hätte es auch gespürt. Ich schlucke heftig und überlege, was ich sagen könnte, aber sein wortloses Starren macht mich sprachlos.

»Bis Mittwoch, Miss Valari.«

2

Maximus

»Kane!«

Trotz dem Rauschen des Meers, dem Kreischen der Möwen und der lauten Rockmusik, die an diesem Nachmittag über den Venice Beach schallt, ist der Ruf meines besten Freunds deutlich quer durch den Gewichtheberbereich des Muscle Beach Fitnessstudios zu hören. Ich schaue von dem Gerät hoch, an dem ich die letzten fünf Minuten gearbeitet habe, und runzele die Stirn, während Jesse freundlich den Stammkunden zuwinkt, die sich am Sandsack abwechseln.

»Mr North«, antworte ich. »Du bist spät.«

»Was willst du damit sagen?«, fragt Jesse grinsend, während er sich mit seinem Rollstuhl nähert, der quasi eine Erweiterung von ihm ist. Zumindest für die meisten hier. Nicht für mich, den Mann, der ihn noch ohne dieses Hilfsmittel kennengelernt hat.

Für den Mann, der ihn hineinbefördert hat.

Aus diesem Grund und aus etwa einer Million weiterer Gründe ist er mehr wie ein Bruder als ein

Freund für mich – und ich weiß, wie eng auch er unsere Verbindung empfindet.

»Geistig mal wieder auf einem anderen Planeten, Mann?« Er hält seinen Rollstuhl abrupt an.

»Ja, vielleicht.« Sofort wird die Erinnerung an eine gewisse Brünette wieder lebendig. In dem Moment, als ich Kara Valari berührt habe, wurde die strikte Kontrolle meines Geists überflutet von leuchtender Farbe. Ein kurzes Kribbeln. Ein Energieaustausch. Ein kurzer Kitzel. Das reichte, um durch alle meine Mauern zu brechen und mich stundenlang über diese kurze Interaktion mit ihr grübeln zu lassen. Ja, verdammt, inzwischen seit über vierundzwanzig Stunden.

Nicht dass ich Jesse irgendetwas davon erzähle. Oder es mir auch nur selbst eingestehe. Kara ist tabu. Für einen Vollzeitprofessor an der Alameda bin ich jung, aber ich bin nun mal Professor. Ihr Dozent. Und mal abgesehen von ihrem Alter ist sie auch noch eine Valari. Sie ist aufgewachsen mit seidener Bettwäsche, Marmorböden und persönlichem Kammerdiener. Meine Kindheit bestand aus Schlafcouch, Linoleumküche und Käse-Makkaroni mit Käse aus Pappschachteln, warmgehalten bis meine Mom von ihrer Zwölf-Stunden-Schicht aus dem Krankenhaus kam. Wohnen ist in L.A. nicht billig, aber sie hat immer darauf bestanden, dass wir in der Stadt bleiben. Hat mir immer wieder gesagt, so sei es am sichersten – was ich nie verstanden habe. Am sichersten vor was? War nicht *ich* das Monster, das von allen ferngehalten werden musste?

»Wie wäre es mit der?« Jesse deutet mit dem Kopf auf die Zuschauertribüne in der Nähe des Trainingsbereichs. Obwohl die Sitze wegen der vielen Gewichthebewettbewerbe, die hier stattfinden, fest installiert sind, sind sie an den meisten Tagen nur von neugierigen Touristen und voyeuristischen Einheimischen besetzt. Jesse wirft den Kopf mit den dichten schwarzen Locken in den Nacken, ein unmissverständliches Angebot an letztere. Sein Blick ruht auf zwei vollbusigen Rotschöpfen, die vier Reihen oberhalb von uns sitzen. Vollbusig mag untertrieben sein, aber auf solche Frauen steht Jesse nun mal, und ich wäre der Letzte, der ihm sein Vergnügen missgönnen würde.

»Kein Interesse.«

»Echt nicht?«, fragt er. »Es ist nämlich mindestens zehn Jahre her, seit du *das* gemacht hast.« Er deutet auf die Kraftstation, von der ich gerade aufgestanden bin. Die waagerechte Stange, die normalerweise nur an den Enden gekrümmt ist, sieht jetzt wie ein riesiges Hufeisen aus.

»Mist«, murmele ich.

»Nicht dass ich mich beschwere. Die süßen Erdbeeren da oben schauen gerade keinen anderen an.« Er kneift die Augen zusammen und betrachtet mich schweigend. »Aber falls sich unser Samson etwas von der Seele reden muss …«

Ich schneide ihm das Wort ab, indem ich meine Halswirbel knacken lasse. »Wenn du mich noch einmal so nennst, sage ich denen, dass du unter der Dusche Nickelback singst.«

Er richtet den Blick wieder auf die Vollbusigen. »Mit ein bisschen Glück wird die rechte Nymphe das bald wissen.«

»Da ist jemand heute ja gut drauf.«

»Und jemand lenkt vom Thema ab.« Gegen die spätnachmittägliche Sonne versucht er, mich mit seinem Blick festzunageln. »Jemand, der seine Stahlstange schon verdammt lange nicht mehr als Pfeifenputzer eingesetzt hat.«

Und damit meint er Jahre. Viele Jahre. Jahre, in denen ich zufrieden war. Mit mir im Reinen. Manchmal sogar ... glücklich.

Aber immer ohne inneren Frieden. Den habe ich mir abgeschminkt. Die Erklärung, weshalb ich so ... anders bin. Denn das bin ich. Ich halte mich an eine Welt aus Pergament, Papier und Vorhersehbarkeit, innerlich wie äußerlich, und das aus gutem Grund. Stabilität bedeutet Kontrolle. Und Kontrolle verhindert, dass ich tue, was ich diesem Gewichthebegerät gerade angetan habe.

Wäre diese Stange ein menschliches Körperteil gewesen ... wie Jesses ...

Ich unterdrücke einen Schauder. Wie zum Teufel konnte ich meine Kontrollsysteme so schnell, so grundlegend zusammenbrechen lassen?

Ich schiebe die Erinnerung beiseite, indem ich wieder auf die Zugstange schaue, die wie ein misslungenes Kunstobjekt aussieht. »Überbeanspruchte Ausstattung«, murmele ich und vermeide erfolgreich jegliche Erwähnung meiner mich ablenkenden Studentin. »Fünfzig Meter vom Pazifik entfernt – prima Voraussetzung für Korrosion. Kein Wunder, dass ich kein Brennen gespürt habe.«

»Du brennst nie.« Jesse gibt sich ein paar Sekunden

seinem Missmut hin, dann verzieht sich sein Mund zu einem Grinsen – gerade als sich die heutige Version seines Traumrotschopfs mit wiegenden Hüften nähert.

»Sieht aus, als kämen wir gerade zum richtigen Zeitpunkt«, sagt sie. Die kurvige Sexbombe und ihre Freundin scheinen genauso begeistert von sich selbst wie von uns. In luftigen Kleidern und mit ihren Designersonnenbrillen sind sie sonst vermutlich eher die Gejagten, nicht die Jäger. Aber ihnen scheint der Rollentausch zu gefallen. Sehr.

Ich ignoriere ihr Flirten. Noch einmal darf ich die Selbstbeherrschung auf keinen Fall verlieren. Wenn das passiert, geschieht Schlimmes, und vor mir stehen zwei unübersehbare Mahnmale. Das Hufeisen am Zuggerät und der Rollstuhl unter meinem besten Freund.

Jesse grinst die Mädchen einladend an, die an der hellblauen Stange lehnen, die den Gewichtheberbereich umgibt.

»Ich würde sagen, für euch ist jede Zeit die richtige.«

Sein Spruch, süß wie Schlagsahne, hat die Rothaarige sichtlich beeindruckt.

Sie leckt sich die Lippen, als wäre dort irgendetwas von dem Spruch kleben geblieben. »Oh, wie nett. Du musst entweder ein Agent oder ein Dichter sein.«

»Nein, Wissenschaftler. Statt etwas über Yeats oder Hughes kann ich dir alles über die Beteigeuze-Supernova erzählen, die Cascadia-Subduktionszone und alles, was du über den Zentralbereich der Spiralgalaxien wissen möchtest.«

Er fängt sich einen skeptischen Blick ein. »Das ist mal ganz was Neues.«

Jesse und ich schauen uns an. »Verdammt, das gibt es wirklich.«

Die Rothaarige schiebt ihre Sonnenbrille mit dem glitzerverzierten Gestell auf den Kopf hoch. »Du hattest mich schon bei Beteigeuze überzeugt, Hübscher. Sagt mal ... was habt ihr Jungs hinterher noch so vor?«

»Und hättet ihr dabei gern Gesellschaft?«, fügt die andere hinzu.

Mein Rücken versteift sich, aber ich kaschiere es, indem ich so tue, als würde ich mir nicht vorhandenen Schweiß vom Hals wischen. Jesses neue Errungenschaft mag durchaus nett sein – und ihre Freundin sicher auch –, aber keinesfalls tue ich mir stundenlanges gezwungenes Miteinander an, um mich dann irgendwie aus der Einladung herauszuwinden, mit zu ihr nach Hause zu kommen.

Ich habe nichts gegen Jesses unbekümmerten Umgang mit Sex, aber für mich ist das nichts. Seltsamerweise war das nicht einmal ein großes Opfer. Das Paarungskarussell ist einfach nicht mein Ding. Eine Frau zu umwerben reizt mich viel mehr. Ihre Geheimnisse kennenzulernen. Ihre Schatzkiste zu erobern.

Verdammt, vielleicht hat Jesse recht. Vielleicht gehöre ich auf einen anderen Planeten. Oder zumindest in eine andere Zeit.

»Oh«, sage ich abwehrend, aber lächelnd, und hoffe, es wirkt zerknirscht, und nicht verquer. »Tut mir leid. Wir haben tatsächlich schon etwas anderes vor, und da müssen wir in zwei Stunden sein. Eine private Veranstaltung. In der Innenstadt.«

All das bringe ich ohne zu stottern heraus, weil es der Wahrheit entspricht. Heute ist ein großer Abend für Sarah und Reg, die so etwas wie Familie sind. Wir werden ihn nicht verpassen. Ich warte darauf, dass sich Jesse enttäuscht zeigt, aber das betrübte Gesicht bleibt aus.

»O ja.« Er setzt eine noch breitere Version seines Megawattlächelns auf. »Die Feier der Verfilmung von Melora Halls Buch im *Recto Verso*.«

Ich möchte ihn auf der Stelle umbringen, während ihn beide Frauen ansehen, als wollten sie ihn gleich bespringen.

»Ihr geht zu der Party von Melora Hall?«, fragt Jesses Bewunderin.

»Ernsthaft?«, kreischt ihre kleine Freundin.

»Und dann auch noch im *Recto Verso*! Ich liebe diesen Laden!«

»Nicht wahr? Er ist so herzig!«

Während die Frauen sich mit Ausrufen übertreffen, haben Jesse und ich unseren eigenen Austausch, lautlos aber effektiv.

Herzig?, formt er mit den Lippen.

Was zum Teufel soll das?, antworte ich und schaue ihn böse an.

Zumindest in diesem Punkt sind wir uns einig: Wir sind gleichermaßen stolz auf alles, was unsere Freundinnen, denen die Buchhandlung gehört, an der Ecke Spring und Fifth geschaffen haben, wie auf die Lobeshymnen, die man ihnen seit dreißig Jahren singt – auch wenn »herzig« nicht ganz der passende Ausdruck ist. Das Studio hat *Recto Verso* für diesen Event ausgesucht, um mittels der angesagten und doch intellektuellen Atmosphäre des Ladens bei den Literatur- und Filmsnobs Eindruck zu schinden.

»Also … wir hätten eine Bitte an die Damen.« Jesse lässt sie ein paar Sekunden lang zappeln. »Vermutlich werden sie Venus und Aphrodite nicht als angemessene Namen auf der Gästeliste akzeptieren …«

»Ich bin Misty!«, ruft die eine aus.

»Und ich Kristy!«, sagt die zweite.

»Natürlich«, murmele ich so leise, dass es nur Jesse hören kann.

»Perfekt«, erwidert er ohne zu zögern. Inzwischen hat er sein Handy aus der Tasche seiner Trainingshose gezogen und hält es Misty hin. »Tragt euch doch vorsichtshalber mal als Kontakte ein. Und vergesst nicht eure Nachnamen und Telefonnummer. Nur falls ich euch wegen irgendeiner Änderung oder sonst irgendwas benachrichtigen muss.«

»Oder sonst irgendwas«, wiederhole ich laut und hänge ein Kichern an.

»Übrigens«, sagt er, während die Mädchen ihre Nummern in sein Gerät eingeben, »ich bin Jesse, und das ist Maximus.«

»Oh, ich *kenne* Maximus.« Kristy sieht mich an und klimpert mit den Wimpern. »Ich habe vor drei Jahren meinen Abschluss an der Alameda gemacht. Morgens für deine Vorlesung über französische Literatur früh aufzustehen, war es absolut wert.«

Ich räuspere mich. Bemühe mich um ein weiteres

angestrengtes Lächeln. »Nun … freut mich, dass dir deine Zeit an der Alameda etwas gebracht hat.«

»So wie uns bestimmt allen der Spaß heute Abend etwas bringen wird«, wirft Jesse lässig ein.

Ich lächele ihn dankbar an. Ich bin zu einem Halbeinsiedler geworden, weil ich musste. Aus demselben Grund hat er sich zu einem halbwegs brauchbaren Salonlöwen entwickelt.

»Sagen wir halb acht?«, fügt er hinzu. »Die Feier beginnt um sieben, aber wer will schon pünktlich sein?«

»Halb acht, okay.« Misty strahlt über das ganze Gesicht. »Wir müssen jetzt nach Hause und uns schön machen.«

»O ja!« Kristy nickt wie ein Wackeldackel auf der Hutablage. »Da ist Schönmachen angesagt.« Sie blinzelt mir zu. »Bis aufs letzte I-Tüpfelchen.«

Drei Stunden später ist Kristys Grinsen noch breiter, ihre Kleidung dafür umso dürftiger. Misty und sie bahnen sich ihren Weg durch die Menge im *Recto Verso*. Jesse und ich haben bereits eine der hinteren Ecken in Besitz genommen, den Bereich, den Sarah und Reg als L. A.-beeinflusste Ode an ihr Heimatland gestaltet haben. Vor einem Kamin aus Marmor, der nie benutzt wird, stehen zwei nicht zusammenpassende Zweiersofas und eine hohe Vitrine voller britischem Nippes gemischt mit funkelnden Hollywood-Kuriositäten.

Wir sind froh, einen Platz vor den steinernen Säulen des Kamins ergattert zu haben, und betrachten die menschliche Parade, die sich auf die andere Seite des Ladens zubewegt. Weitere Gäste verteilen sich zwischen kleinen Lesenischen und Skulpturen zum Thema Buch sowie Tunneln aus »Bücherziegeln«, die zu dem Bereich führen, wo Melora Hall für die Fotografen posiert. Die Ledereinbände der Abteilung für Sonderausgaben stellen einen anspruchsvollen Hintergrund für die Autorin dar, eine reizende Frau mit großen grünen Augen und mokkafarbener Haut, die jeden mit demselben Charme und derselben Zuneigung begrüßt.

»Hi«, macht sich Misty atemlos bemerkbar – was nur gut ist, denn sie sollte heute Abend lieber nicht tief einatmen. Genau wie Kristy scheint sie in ihr schwarzes Cocktailkleid hineingegossen zu sein.

»Ebenfalls hallo.« Jesse klingt überrascht, was vermutlich an dem herzhaften Kuss liegt, den Misty ihm gerade auf den Mund gepresst hat. »Du siehst großartig aus.«

»Oh, danke schön, Sir.« Misty kichert, aber als ein paar Blitzlichter aufleuchten und ihre Aufmerksamkeit auf die Berühmtheit auf der gegenüberliegenden Seite des Raums lenken, wird ihr Gesicht ausdruckslos. Sie packt Jesses Hand und verdreht sie in tausend Richtungen. »Melora Hall ist tatsächlich hier!«

Jesse lacht. Ich stimme mit ein. Obwohl ich die Sekunden zähle, die ich anstandshalber hier sitzen muss, bis ich mich für den Rest des Abends in Sarahs Büro verkriechen kann, ist die Aufregung, die in der Luft liegt, ein wenig ansteckend.

Als hätten meine Gedanken sie heraufbeschworen, scheint sich die willkommene Gestalt einer Frau aus der Mitte des Gedränges zu materialisieren. Heute Abend trägt Sarah – die Frau, die, solange ich zurückdenken kann, meinen Lieblingsbuchladen leitet – einen Pullover in rosa Pastellton, eine graue Leggings und in allen Farben des Regenbogens schimmernde Doc Martens. In ihrem ansonsten grauen Haar ist vorne eine einzige dunkelrosa Strähne. Sie ist die einzige Frau auf dem Planeten, die gleichzeitig wie eine Englischlehrerin und eine Ex-Punkrockerin wirkt.

»Misty und Kristy, es ist mir ein Vergnügen, euch Miss Sarah Reitz-Nikian vorzustellen«, sagt Jesse. »Sie ist eine Hälfte des erfolgreichen Paars, das diese Buchhandlung leitet.«

Kristy lächelt. »Nett, Sie kennenzulernen, Ma'am.«

»Ganz meinerseits, meine Liebe«, erwidert Sarah.

Aber von Misty kommt keine entsprechende Begrüßung. Gebannt sehen wir zu, wie ihr die Kinnlade beinahe bis zum Boden hinunterfällt. »T... tut mir leid«, platzt es schließlich aus ihr heraus. »Wirklich ... sehr leid. Aber verdammt, ihr hattet echt recht mit den Gästen!«

»Was?« Kristy beugt sich zu ihr hinüber und nutzt die Bewegung als Vorwand, um die Hand über meinen Bauch gleiten zu lassen. »Was ist, Süße?«

»Nicht *was*«, korrigiert Misty. »*Wer*. Oh, verdammt. Ich glaube, sie ist es wirklich.«

»Wer?« Kristy stützt sich auf meinen Rippen ab, offenbar braucht sie mich, um das Gleichgewicht zu halten, als sie sich in ihren Pfennigabsatzschuhen auf die Zehenspitzen stellt. »Wo?«

»Gleich dort!«

»Wo? Oh, Moment. Jetzt sehe ich sie. Oh, Wahnsinn!«

Aus reiner Neugier folge ich ihren Blicken zur Klassikabteilung, mit der ich so vertraut bin.

Ich erkenne sie sofort, weil ich ihre Erscheinung die letzten vierundzwanzig Stunden ununterbrochen vor meinem geistigen Auge hatte. Ihr liebliches Gesicht. Ihren kleinen Körper, den ich nicht so hätte beäugen dürfen, wie ich das getan habe, kaum dass wir allein im Hörsaal waren.

»Ich kann es nicht glauben.« Kristy schnappt nach Luft. »Das ist Kara Valari. Ich kann mich nicht erinnern, wann sie zuletzt in der Öffentlichkeit zu sehen war.«

Ich atme kräftig durch die Nase ein und überlege verzweifelt, wie ich die beiden Frauen ablenken könnte, die sich auf die Hauptperson der Feier konzentrieren sollten und nicht auf die scheue Schönheit aus einer von Hollywoods berüchtigten Dynastien. Denn wenn ich aus ihrem unauffälligen Äußeren irgendeinen Schluss ziehen darf, dann ist Miss Valari nicht für ein Fotoshooting hier.

»Was, glaubst du, tut sie hier?«, fragt Misty völlig verzückt.

Sarah verschränkt die Arme vor der Brust und wirft einen Blick über die Schulter. »Ihre Schwester Kell ist mit vielen der Gäste hier heute Abend recht gut befreundet, vor allem mit Miss Hall. Sie ist ebenfalls irgendwo hier.«

Ich glaube, bei diesen Neuigkeiten könnte Kristy gleich der Schlag treffen. Sie macht sich von mir los und hängt sich wieder an Misty. Gemeinsam verdrehen sie die Hälse und versuchen, die andere Valari im Raum zu entdecken.

Nun ... verdammt.

Diese neue Wendung bietet mir die beste Gelegenheit, mich zu verdrücken – nur dass sich mein Plan beim Anblick von Kara Valari radikal geändert hat.

Nachdem ich Sarah freundschaftlich umarmt und ihr meine von Herzen kommenden Glückwünsche für den gelungenen Abend ausgesprochen habe, signalisiere ich Jesse, dass ich gleich wieder da bin. Was zu diesem Zeitpunkt die Wahrheit sein mag oder auch nicht.

Meine Größe ausnutzend, bahne ich mir einen Weg durch die Menge, bis nur noch wenige Leute zwischen Kara und mir stehen. Die Lippe zwischen die Zähne gezogen und die Brauen vor Konzentration zusammengekniffen starrt sie auf das oberste Regal vor ihr.

Offenbar ohne die Menschen um sie herum wahrzunehmen, stellt sie sich auf die Zehenspitzen, doch ihre Finger reichen kaum bis zum Rücken des Buchs, das sie interessiert.

Ich schiebe mich weiter, bis ich nur noch Zentimeter von ihr entfernt stehe. Den Ernst dessen, was ich tue, begreife ich erst, als es bereits zu spät ist.

3

Kara

Ich reiße die Hand zurück, als er meine Haut berührt. Dieses unerwartet heiße, intensive Gefühl löst zunächst nur einen blitzartigen Anflug von Besorgtheit aus, die sich rasch steigert, als ich merke, dass Professor Kane – okay, Maximus – neben mir steht.

Seine höfliche Geste wird nicht von einem freundlichen Lächeln begleitet. Wüsste ich es nicht besser, würde ich behaupten, dass er dieses Energiefeuerwerk zwischen uns ebenfalls gespürt hat. Aber das ist unmöglich. Normale Menschen spüren nicht, was ich spüre … nur dass er aussieht, wie ich mich fühle – verblüfft und fasziniert.

Er starrt auf das Buch hinunter, als hätte es ihn beleidigt, bevor er es mir reicht. Ich nehme es, wobei ich darauf achte, ihn nicht zu berühren.

»Danke.«

Einen Moment lang sagt er nichts, nur der Blick seiner himmelblauen Augen bohrt sich in meine, als wäre ich ein Problem, das er nicht lösen kann. Dass der Laden überfüllt ist und uns eine Nähe aufzwingt, die sich zu intim anfühlt, macht die Sache nicht besser. Vor allem als ich anfange, Einzelheiten an ihm wahrzunehmen, die ich vorher noch nicht bewundern konnte. Der dunkelblaue Ring um die Iriden seiner Augen. Seine muskulösen Unterarme, die jetzt sichtbar sind, weil er die Ärmel sorgfältig hochgekrempelt hat. Am auffälligsten ist sein zerzaustes, kupfergoldenes Haar, das ihm in Wellen über die Schultern fließt und ihm ein wildes und ungebundenes Aussehen verleiht, völlig anders als der reservierte Professor, den ich gestern kennengelernt habe.

Das Kreischen eines aufgeregten Piper-Blue-Fans auf der anderen Seite des Ladens zerreißt den Lärm der Menge. Maximus schaut kurz hinüber und richtet die Aufmerksamkeit dann wieder auf mich und das Buch in meiner Hand.

»Vorgeschriebene Lektüre?«

Verblüfft blinzele ich ein paarmal, bevor ich begreife, was er meint. Ich klemme mir das schwere Buch unter den Arm. »Eigentlich nicht. Ich fand einfach, es sah interessant aus.«

Seine Mundwinkel wandern nach oben. »Griechische Rituale sind interessant?«

»Ich studiere Altphi…«

»Ja, ich weiß. Altphilologie. Das haben Sie mir bereits erzählt.« Er stützt den Ellbogen auf den Rand des Regals mit Büchern über das römische Reich. »Es ist nur so, dass alle hier sind, um sich über die Stars und Sternchen auszulassen, nur Sie sind hier in Ihrer eigenen kleinen Welt.«

»Und das finden Sie interessant?«

Diese Kobaltringe scheinen intensiver zu werden.

»Durchaus.«

Ich fummle am Relief des Buchcovers herum und fürchte sogleich, er könnte es merken. »Sind Sie deshalb hier? Um sich über Stars und Sternchen auszulassen?«

Sein Lächeln wird breiter. »Nein. Ich bin mit den Besitzerinnen befreundet. Ich bin in dieser Straße aufgewachsen. Sie sind quasi wie Familie für mich.«

»Genau wie Piper für meine Schwester. Sie sind seit Jahren unzertrennlich.«

»Nett von Ihnen, mitzukommen und sie zu unterstützen.«

Ich kann nicht anders, ich verdrehe die Augen.

Er lacht. »Was ist?«

»Piper hat genügend Mädchen, die sie anhimmeln. Sie braucht keine moralische Unterstützung. Meine Schwester will mich unbedingt so oft wie möglich ins Scheinwerferlicht verfrachten. Mir wurde versprochen, ich würde nach der Uni nach Hause gebracht, und jetzt bin ich hier.«

»Kleiner Umweg.«

Ich rümpfe die Nase. »Ganz kleiner.«

»Sie könnten doch einfach gehen.«

Ich zucke mit den Schultern. »Ich mag Bücher.«

»Das sehe ich. Wie kommen Sie mit Dante zurecht?«

Ich spüre, wie meine Wangen rot anlaufen, obwohl es keinen Grund dafür gibt. Seine Frage ist einfach genug. »Ich lese ihn sehr gern«, bringe ich schließlich heraus.

»Sie müssen das nicht sagen, nur weil ich Ihr Professor bin«, erwidert er, leiser jetzt. Es hat fast schon … etwas Intimes.

»Ich würde das nicht einfach behaupten.«

Sein Blick wandert von meinen Augen zum Buch und dann offenbar weiter über mich hinweg. Mein Atem wird unregelmäßig, denn das fühlt sich gefährlich nach Flirten an. Mit meinem Professor. Nicht dass ich deswegen moralische Bedenken hätte, aber ich bin nicht in der Lage, mich mit irgendjemandem einzulassen. Schon gar nicht mit Maximus mit den schönen Augen, der elektrisierenden Berührung und dem weich aussehenden Mund …

O Mann.

Plötzlich stößt jemand von hinten gegen mich, und ich lande an seiner breiten Brust. Schnell wie der Blitz schlingt er den Arm um mich, um zu verhindern, dass ich zwischen die Leute falle, die in unserer Nähe stehen.

»Oh, Himmel, das tut mir so leid«, höre ich jemanden sagen.

Die Stimme könnte meilenweit weg sein, denn ich höre nur noch Maximus' heftiges Ausatmen, während er uns fest aneinanderpresst. Seine große warme Hand an meiner Taille. Sein Geruch, der wie Sommerregen meine Sinne überflutet. Dann seine Stimme, rauchig und leise an meinem Ohr.

»Fuck.«

Es ist gerade noch ein Wispern. Ein Wort, das ich mehr spüre als höre, während ich noch versuche, die Sinnesexplosion dieses intensiven Kontakts zu verarbeiten. Mein Herz schlägt aufgeregt, als würde es auf eine neue Spaßdroge reagieren, die dazu dient, mich die ganze Nacht auf Hochtouren laufen zu lassen. Ich stemme die Handfläche gegen seine breite Brust und zwinge mich, Haltung zu bewahren. *Beruhige dich. Konzentrier dich.*

Nur dass es mehr ist als bloß Schmetterlinge. Es ist ein Phönix im Flug. Nackte Anziehungskraft, die nicht länger als irgendetwas anderes abgetan werden kann. Wie ein vibrierender Draht, den ich nicht mehr loslassen möchte, aber dringend loslassen muss, bevor sich Maximus falsche Hoffnungen macht.

Ich finde mein Gleichgewicht wieder und trete langsam einen Schritt zurück. Er lässt mich los, und ich bin fast schon traurig, zwinge mich aber, ihn anzuschauen. Ich will mich für seine schnelle Reaktion bedanken, doch die Worte bleiben mir im Hals stecken. Auf einmal brennt meine Haut genauso lichterloh wie das Feuer in seinen Augen. Auf einmal wird mir bewusst, dass sein Fluch nicht dem ungeschickten Trottel galt, der in mich hineingelaufen ist. Ich glaube eher nicht, dass er überhaupt etwas von sich geben wollte.

»Alles in Ordnung?«, fragt er mit rauer Stimme, die ich über meine Haut kratzen spüre. Und über andere Stellen.

»Mir geht es gut.«

Zu gut. So gut, dass ich vor Euphorie vibriere. So gut, dass ich ihm die Kleidung vom Leib reißen könnte.

Ich sollte mich bedanken, dass er mich vor dem Sturz bewahrt hat. Dann sollte ich mich umdrehen und gehen und alles daran setzen, dass ich ihm nie wieder so nah komme.

»Kara. Da bist du ja. *Also echt.*«

Der dramatische Tonfall meiner Schwester lässt den Zauber erlöschen. Maximus streicht sich mit zitternder Hand durch das Haar, als sie, von Kopf bis Fuß in Gucci, neben uns auftaucht.

»Es ist ein Wunder, wenn die Paparazzi überhaupt ein Foto von dir schießen können. Du versteckst dich an den unmöglichsten Orten. Du bist nicht mal ansatzweise dort, wo was los ist«, plappert sie weiter.

Bevor ich sie einander vorstellen kann, murmelt Maximus etwas, das ich nicht verstehe, und verschwindet in der Menge. Die Distanz, die er zwischen uns schafft, löst in mir widersprüchliche Gefühle aus. Dann fällt mir ein, dass ich ihn morgen im Seminar sehen werde, eine Aussicht, die keine derartige Begeisterung in mir auslösen sollte. Nicht nachdem mich beinahe von ein paar Sekunden Körperkontakt der Schlag getroffen hätte.

Vergeblich versuche ich, ihm nicht mit dem Blick zu folgen, als er sich auf der anderen Seite des Ladens einen Platz sucht. So weit wie möglich von mir entfernt. Weise. Das muss ich mir noch mindestens tausendmal vorbeten.

Lautlos schwöre ich mir, im Hörsaal in Zukunft auf meinem Platz in der hintersten Reihe zu bleiben. Das darf nicht noch einmal passieren. Er ist eine zu große Gefahr für meine Mauer aus Selbstbeherrschung.

»Komm schon. Lassen wir sie ein Foto schie…«

Kell reißt die dunkelbraunen Augen auf. »Wow. Riechst du das?«

Ich richte die Aufmerksamkeit wieder auf sie. »Was?«

Mit bebenden Nasenflügeln atmet sie ein paarmal ein. »Lust und …« Sie runzelt die Stirn. »… Unruhe?«

Ich fahre mir nervös mit der Zunge über die Lippen. »Das bin ich. Ich bin unruhig.«

»Ich weiß, wie du riechst, K-Dämonin. Das kommt nicht von dir.«

»Nenn mich nicht so.«

Anmutig wirft sie ihr dichtes schwarzes Haar über die Schulter nach hinten. »Kara, du bist die Einzige von uns, die man daran erinnern muss.«

»Okay, aber wir sind in der Öffentlichkeit.« Ich kann kaum eine ausholende Geste machen, ohne jemanden zu schlagen.

»Hat uns die Öffentlichkeit nicht schon Schlimmeres genannt?«

Ich verdrehe die Augen und seufze. »Wie du meinst.«

»Also …« Sie lässt den Blick über die Menge schweifen. »Wer war der geile Hengst? Das sieht dir gar nicht ähnlich, jemanden derart in Aufruhr zu versetzen.«

»Niemand. Er ist mein Professor. So ist das nicht.«

Als sie Maximus entdeckt, formen ihre hübschen roten Lippen schockiert ein O. »Du machst Witze. *Der* ist dein Professor?«

»Ja.« Ich stoße einen leisen Zischlaut aus und drehe ihm den Rücken zu. Hoffentlich merkt er nicht, dass die Erträglichste meiner Familie hemmungslos wie ein unbefangenes Kleinkind auf ihn zeigt und ihn anstarrt.

»Moment mal, verdammt«, sagt sie fast schon atemlos. »Das ist der superheiße Literaturprofessor, stimmt's? Mist. Ich habe auch versucht, in eins seiner Seminare zu kommen. Stattdessen bin ich bei einer alten Hexe gelandet, die sich nur für Whitman interessiert.«

»Kell, Professor Ferguson ist die Poeta laureata.«

Sie macht eine abschätzige Handbewegung. »Mir echt egal. Auf zu wichtigeren Dingen.« Sie betrachtet mich gründlich, als müsste sie irgendwelche Beweise an mir entdecken. »Hast du vor, ihn anzumachen? Ich hätte nie gedacht, dass du flirtest, um bessere Noten zu bekommen. Das sieht dir so gar nicht ähnlich.«

Das Knurren tief drinnen in meiner Brust wird von der Menge übertönt, anders als ihre flapsigen Sprüche, die so ziemlich jeder, den es interessiert, hören kann. Und heute Abend, wo die Medienvertreter wie Bienen im Bienenstock umherschwirren, sind genügend Leute da, die nach skandalösen Neuigkeiten von den Valaris gieren.

»Da ich bisher erst einmal in seinem Seminar war, nein. Ganz abgesehen von … du weißt schon.« Ich forme mit den Fingern winzige Kreise und starre auf das Regal neben mir. Einen kurzen Moment lang wünsche ich mir, es täte sich mir die Möglichkeit auf, mich zwischen den Bänden zu verstecken. Oder ich fände vielleicht eine Geheimtür in dieser entzückenden kleinen Buchhandlung, die mich wegführt von L. A. in eine andere Realitätsebene, wo mein Leben nicht bereits vorgezeichnet ist.

»Wovon zum Teufel redest du?« Kells makelloses Gesicht hat vor Verwirrung auf einmal Falten.

»Ich bin *versprochen*. Genau wie du übrigens. Hast du dieses winzige Detail vergessen?«

Als sie die Arme vor der Brust verschränkt und den Blick abwendet, weiß ich, dass sie es nicht vergessen hat. Wenn jemand den Schwur zu würdigen weiß, der uns seit unserer Geburt bindet, dann sie.

»Bis dahin kannst du doch was anderes machen«, murmelt sie wenig überzeugend.

»Was bringt das?« Meine Gefühle liegen zu dicht unter der Oberfläche, genau wie jeder niedere Trieb. Und wenn es um Sex geht, ist es einfach keine Option, mit irgendjemandem ins Bett zu gehen. Auch wenn ich es hasse, eine Valari zu sein, heißt das nicht, dass ich so tun kann, als wäre ich keine.

Wenn Menschen ihre Schwüre brechen, werden Gefühle verletzt. Wenn Dämonen Schwüre brechen, wird jemand bestraft.

Kell tippt sich mit einem ihrer rot lackierten Fingernägel gegen die Zähne. »Ja.« Kurz darauf strahlen ihre Augen wieder. »Also sobald du denjenigen kennengelernt hast, du weißt schon, wer immer er sein mag, und die Sache in trockenen Tüchern ist, kannst du dich einlassen, mit wem immer du willst. Du musst nur dieses blöde Studium beenden und es hinter dich bringen.«

»Wieso bringst du es dann nicht hinter dich?«

»Das *werde* ich«, erwidert sie spöttisch. »Ich versuche nur, mir noch ein bisschen Zeit zu gönnen, bevor ich häuslich werde. Ich bin keine alte Jungfer wie du.«

»Du bist kaum ein Jahr jünger als ich.«

Sie zuckt mit den Schultern, ein kaum merkliches Eingeständnis. »Ich hasse es, wenn man mir sagt, was ich tun soll. Vielleicht macht es mir in ein paar Jahren nicht mehr so viel aus.«

Unwahrscheinlich.

Um ehrlich zu sein: Ihre Sorge entspricht meiner. Wir haben keine Ahnung, mit wem man uns zusammentun wird, wenn es so weit ist. Aber alle Vollblutdämonen, die ich je kennengelernt habe, weisen ein bestimmtes Profil auf: Sie sind anmaßend, charismatisch, und mit ihnen ist nicht zu spaßen. Sie sind begnadete Lügner mit bösartigen Stimmungen, gesandt, um einen Stammbaum zu kräftigen, der von meinen menschlichen Vorfahren verwässert wurde.

Ich habe einen Großteil meines Erwachsenenlebens mit dem Versuch verbracht, nicht darüber nachzudenken.

»Komm.« Kell stupst mich an. Auch auf ihrem Gesicht zeichnet sich dieses Gefühl von Unausweichlichkeit ab. »Lass uns gehen.«

4

Maximus

»Verdammt.«

Es ist nicht mein erster Fluch heute Abend. Nicht einmal der erste, seit ich aus Sarahs Fenster im Büro auf die Feuerleiter und von dort hier oben auf das Dach geklettert bin. Garantiert wird er nicht der letzte bleiben.

Was zum Teufel habe ich mir dabei gedacht?

Auch das werde ich mich nicht zum letzten Mal gefragt haben. Und ich weiß darauf keine Antwort, weil diese Kraft, die mich durch die dicht gedrängte Menge quer durch den Laden zu ihr hinzog, mit Denken wenig zu tun hatte. Und das, obwohl ich fast den ganzen Tag versucht habe, jeden Gedanken an dieses Mädchen aus meinem Kopf zu verbannen.

Außer einem.

Studentin. Finger weg.

Was mir im Moment nicht weiterhilft. Nichts von all dem in mir, das sich so verkehrt anfühlt.

Aber als ich sie heute Abend im Arm hielt, fühlte sich alles richtig an.

Richtiger, als sich irgendetwas seit verdammt langer Zeit angefühlt hat.

Knurrend fluche ich weiter vor mich hin, bevor ich meinen Hintern auf die Betonumrandung rund um die fette Klimaanlageneinheit pflanze. Mit einem weiteren tief aus meiner Kehle kommenden Laut zerre ich mir das Haar aus dem Gesicht.

»Reiß dich zusammen, Kane.«

Die Nacht verschluckt rasch meine Worte. Selbst an einem Dienstagabend wacht die Innenstadt von L. A. gerade erst auf. Menschen lachen. Restaurants füllen sich. Autos hupen. Eine örtliche Coverband wärmt sich für ihren ersten Auftritt des Abends in der Bar drei Häuser weiter auf. Ihr Soundchecklied ist *Don't Stand So Close To Me*.

Wie könnte es anders sein.

Und gerade als ich denke, dass es schlimmer nicht mehr kommen kann, geht die Tür zur Innentreppe des Gebäudes auf. Ein Schwall Neonlicht ergießt sich über das Dach, und aus diesem Licht taucht eine Silhouette auf. Eine zierliche Gestalt mit einem Kopf voller Cornrows.

»Da steckst du.«

Reg kommt zu mir und setzt sich neben mich. »Dachte ich mir doch, dass ich dich hier finde.« Sie zupft an der fließenden schwarzen Hose herum, in die Sarah sie vermutlich gezwungen hat. Ihre Grimasse verrät, dass sie das Teil ähnlich schätzt wie Spinnweben. Dem Stricktop und der kurzen Jacke ergeht es nicht viel besser, sie zerrt hier und da am Stoff und scheint sich nicht wohl in ihrer Haut zu fühlen. Ein paar Sekunden lang schaue ich ihr dabei zu. Ich bin an diesen Look nicht gewöhnt, der so weit von den Cargohosen und mit Buchzitaten bedruckten T-Shirts entfernt ist, die ihre tägliche Kleidung darstellen, seit ich vor fast neunzehn Jahren in die Buchhandlung kam.

Ich war damals ein scheues, verängstigtes Kind. Sie füllte gerade die Bestsellerabteilung wieder auf, und als sie sagte, ich könnte mir irgendein Buch aussuchen und es behalten, wenn ich ihr half, war eine Freundschaft geboren.

Ich lasse sie wortlos eine weitere Minute herumzappeln, bevor ich das Schweigen breche.

»Was tust du hier oben? Solltest du als Gastgeberin nicht bei deiner Party sein?«

Ihre Antwort besteht nur aus einem frustrierten Seufzer.

»Dann war ich wohl nicht der Einzige, der von all den Leuten die Nase voll hatte«, murmele ich.

»Genau.« Sie lacht trocken auf. »Das Witzige ist, Melora Hall scheint die Vernünftigste in dem Haufen zu sein.«

Das überrascht mich, aber mit vorgefassten Meinungen kenne ich mich bestens aus. »Vielleicht müssen die lautesten Stimmen im Dschungel am wenigsten beweisen.«

Sie wendet den Blick von der funkelnden Skyline ab und richtet ihn auf mich.

»Oder am meisten.«

Ich versteife mich.

Ihr Blick wird bohrender. Sie kapiert es. Ich weiß,

dass sie es kapiert. Sie weiß, dass ich noch immer fast jeden Tag über diesen Mist nachdenken muss. Der Riese zu sein – in vielerlei Hinsicht – heißt nicht, dass ich tun kann, was ich will. Es heißt, ich muss der Welt ewig beweisen, dass ich besser bin als meine Instinkte. Es heißt, sich zu beherrschen und nicht das gesamte Geschirr zu zertrümmern.

Oder die Wände.

Oder die Menschen.

»Willst du wissen, weshalb ich wirklich hier oben bin?«

Da ist sie wieder. Diese konzentrierte Aufmerksamkeit, unter der ich schlimmer noch als sie herumzappeln möchte. »Wenn ich Nein sage, erzählst du es mir trotzdem.«

Sie grinst und stupst mich dann gegen die Schulter. »Ich bin hier, weil du hier bist.«

Ich zucke mit den Schultern und hoffe, dass ich unbeteiligter wirke, als ich bin. »Ich habe nur frische Luft gebraucht. Mir geht es gut. Ehrlich.«

Nicht einmal ansatzweise, aber ich hoffe, sie nimmt es mir ab. Innerlich bin ich ein Wrack. Ein aufgewühltes, hin- und hergerissenes Wrack, das ich dieser großartigen Frau, deren bedingungsloses Vertrauen ich genieße, gar nicht zu erklären wüsste.

»Du lügst«, erwidert sie kategorisch. »Ich habe Augen im Kopf. Ich habe dich mit dieser Valari gesehen.«

Sie sagt das, als wisse sie bereits, dass meine Gedanken die ganze letzte Stunde nur um Kara gekreist sind.

Umgehend löst meine Libido einen weiteren Erinnerungstsunami aus. Das Gedrängel der Menge. Die Nähe weicher Haut in einem Hauch von Sommerkleid. Der Geruch dieser Haut, eine betörende Mischung aus Rosen, Zimt und Rauch. Dieselbe Hitze, so deutlich in ihren großen braunen Augen, aus denen sie mich betrachtet, als wären wir in einem brennenden Wald die einzigen Bäume, die noch stehen.

Aber wenn man mit Feuer spielt, bedeutet das in der Regel, dass sich jemand verbrennt.

Rasch wende ich mich von Reg ab. »Es war nicht, was es schien.«

»Berühmte letzte Worte?«

»Der Raum war überfüllt und laut.« Ich vergrabe die Hände in den Taschen, auch wenn das in meiner sitzenden Position seltsam ist. »Du hast nicht gesehen, was du glaubst, gesehen zu haben, Regina.«

Sie atmet so heftig ein, dass es wie ein Pfeifton klingt. »Hast du das gerade wirklich gesagt? Meinen ganzen Namen? Selbst der mächtige Maximus ist nämlich nicht davor gefeit, seinen nächsten Kaffee statt mit Kaffeeweißer mit einem Spritzer Flüssigseife serviert zu bekommen.«

Ich kann mir das Lachen kaum verkneifen. Normalerweise übernimmt sie die erste Schicht an der Kaffeetheke der Buchhandlung, und deshalb könnte sie das – und würde es auch – mit dem Latte machen, den ich mir auf dem Weg zum Campus immer hole.

»Bei allem Respekt, Mrs Nikian, Sie haben trotzdem nichts gesehen.«

Sie zieht eine ihrer dunklen Augenbrauchen nach

oben. »Genau wie ich nie was gesehen habe, wenn du Kekse aus der Auslage geklaut hast?«

Ich gestatte mir zu kichern. »So in etwa.«

Ihr Gesichtsausdruck wird weicher. »Ich habe dich noch nie jemanden so anschauen sehen.«

Ich schließe die Augen und versuche verzweifelt, einen nichtssagenden Gesichtsausdruck aufzusetzen, bevor ich mich ihrem durchdringenden Blick stelle. »Zum letzten Mal, was immer du dir einbildest, gesehen zu haben ...«

»Vergiss nicht, bevor du mir deine Lügen auftischst, dass ich dich fast schon dein ganzes Leben lang kenne. Jetzt sag, wieso flirtest du mit einer Valari?«

So wie sie den Namen betont, weckt sie sofort meinen Beschützerinstinkt.

»Gibt es irgendetwas, was dich an ihrem Nachnamen besonders stört?«

Sie zuckt leicht zusammen. »Sagen wir, ich bin neugierig. Das ist alles.« Sie legt zärtlich die Hand an meine Wange. »Natürlich denke ich, dass sie deiner nicht wert ist.«

Sie verzieht den Mund zu einem angedeuteten Lächeln, und das Toben zwischen meinen Rippen verwandelt sich in ein warmes Wohlgefühl. Verdammt.

»Du hast wirklich was Besseres als sie verdient.« Und unversehens verschwindet ihr Lächeln und macht einem neuen Gesichtsausdruck Platz. Es trifft mich mit voller Wucht. Fast schon mit Gewalt. »Was viel Besseres.«

Bei dem letzten Satz versteife ich mich wieder. »Nicht unbedingt das, worüber ich mir Sorgen mache, Reg.«

»Worüber dann?«

Wieder gehen meine Gedanken auf Wanderschaft, hinunter zu dem hübschen Mädchen, das anzufassen ich kein Recht hatte, sei es aus Versehen oder aus anderen Gründen. Ich habe vor langer Zeit aufgehört, mir in Bezug auf andere Menschen zu trauen. Trotz des nagenden Hungers nach Kontakt und ... mehr.

»Sie ist ein nettes Mädchen. Soweit ich das beurteilen kann, ist sie vermutlich besser, als die Leute ihr zutrauen.« Ich zucke zusammen und bremse mich, bevor ich noch mehr sage. »Ich kann mich im Moment einfach mit niemandem einlassen«, beende ich das Thema mit dem Gefühl der Niederlage.

»Es hat mit Jesse zu tun, nicht wahr?« In Regs Stimme, die jetzt wieder verärgert klingt, schwingt etwas Neues mit. Etwas Herausforderndes.

Meine Antwort besteht in Schweigen. Ich starre über die Dächer der Gebäude hinweg auf das weite Dunkel am Horizont, den Ozean. Normalerweise vermittelt mir dieser flüssige Raum eine seltsame Sicherheit – innere Ruhe. Im Moment steht er für alles, was ich über diese Welt nicht weiß. Über mich.

»Nach all diesen Jahren hast du es dir noch immer nicht verziehen«, sagt sie leise.

Ich riskiere einen Blick in ihre Richtung, um ihr zu erklären, dass ich das auch niemals tun werde. Aber die leise Wildheit und die Ergebenheit in ihren Augen halten mich davon ab, all das zu sagen, was ich sagen will.

»Ich habe meinen besten Freund in den Rollstuhl befördert. Ich hätte ihn beinahe umgebracht. Mir kann nicht verziehen werden.«

Ich atme kontrolliert ein. Einmal. Zweimal. Noch immer kämpfe ich darum, den Redeschwall, der aus mir herausplatzen will, zu stoppen und durch etwas zu ersetzen, das Reg akzeptieren kann. Sie hätte es verdient, aber es war mir nie möglich, ihr das zu geben. Sarah und sie haben mich nie enttäuscht, seit ich damals zum ersten Mal in ihrem Laden auftauchte, unsicher, ob mich jemals wieder irgendjemand als normal betrachten würde. Nach allem, was ich Jesse angetan hatte.

Es war egal, dass es keine böse Absicht gewesen war. Dass wir nur mit dem wilden Elan typischer Achtjähriger gespielt hatten. Der Schaden war angerichtet, und ich sollte nie wieder derselbe Mensch sein.

»Vergeben und vergessen«, sage ich schließlich. »Aber was ist, wenn man nicht vergessen kann?« Ich streiche mir über die Stirn und bohre zwei Finger hinein, bis es wehtut. »Ich werde nie vergessen können, was passiert ist. Selbst wenn ich ihn nicht dauernd sehen würde, wäre ich nicht in der Lage, diesen Tag aus meinem Gedächtnis zu streichen.«

Diesen Tag.

Den, der noch immer so viele meiner Albträume dominiert.

Jedes Einzelne seiner Details.

Die Bienen, die über den Spielplatz summen. Der warme Wind, der die ersten Sommergerüche mitbringt. Der berauschende Geschmack der Freiheit. Die Schule war vorbei, und Jesse und ich hatten große Pläne.

Pläne, die ich zerstört habe. Dauerhaft. In einer Sekunde. An jenem Tag.

Danach kamen weitere schreckliche Tage. Die Verwirrung. Die Schuldgefühle. Die Angst. Niemand wollte mit mir über Jesses Schicksal reden. Erst viel später habe ich erfahren, dass es keine Hoffnung gab, den Schaden an seiner Wirbelsäule zu beheben. Dass er den Rest seines Lebens im Rollstuhl verbringen würde. Dass sie ihn aus dem Krankenhaus rollen und er sofort mit einer Reihe dummer Sprüche daherkommen würde, damit ich nicht merkte, wie schwer er zu schlucken hatte oder welch traurige Verlorenheit in seinem Blick lag …

»Es war ein Unfall, Max. Du warst acht Jahre alt!«

»Das ist egal«, knurre ich.

»Natürlich ist das nicht e…«

»Es ist egal, Punkt.« Ich drehe mich von ihr weg, beuge mich vor und knalle meine Faust mit voller Kraft in die Brüstung. Sofort tut mir der breite Riss leid, der sich im Beton aufgetan hat. Da hatte ich mir geschworen, mich immer auf allen Ebenen zu beherrschen, und schon bröselt das Zeug wie Sand von meiner Faust. »Es hat am Ergebnis nichts geändert.«

Sie stöhnt frustriert auf. »Jeder macht Fehler, Maximus. Das Leben ist voll davon. Wir alle haben Dinge getan, die wir gern rückgängig machen würden.«

»Es ist mehr als das.«

So viel mehr als ein einfacher Fehltritt oder ein peinlicher Moment, der mich nachts nicht schlafen lässt. Es wird nie ausreichend wohlmeinende Worte oder liebevolle Blicke geben können, damit ich mich nicht mehr für das verachte, was ich Jesse angetan habe.

»Wirklich? Oder bist du so wild darauf, dich zu

quälen, dass du dich weigerst, deinen Frieden mit etwas zu schließen, mit dem Jesse schon längst Frieden geschlossen hat?«

»Woher willst du wissen, dass er damit Frieden geschlossen hat?«

Sie wirft mir einen Blick zu, der mehr sagt als Worte. Wir wissen es beide besser. Jesse liebt das Leben. Er hat sich bewusst dafür entschieden und sich geweigert, als Opfer oder als bemitleidenswert wahrgenommen zu werden – und hat mir das im Laufe der Jahre häufiger unter die Nase gerieben als alle anderen. Er hat sich mit den Umständen arrangiert und erwartet von mir dasselbe.

Aber auch jetzt, wenn ich darüber nachdenke, weigert sich ein sturer Teil in mir, dem nachzugeben. Irgendwie habe ich die Vorstellung, wenn ich loslasse, schaffe ich Raum, dass es wieder geschieht. Und damit könnte ich nicht leben.

Während wir in Schweigen versinken, legt Reg den Kopf in den Nacken und schließt die Augen. Die Perlen in ihren Zöpfen reflektieren das Licht der Straßenlaternen und funkeln wie lila und blaue Sterne.

Ich lenke mich von dem wachsenden Druck in meiner Brust ab, indem ich sie liebevoll mit der Schulter anstoße. »Wenn Sarah merkt, dass wir sie beide sitzen lassen haben und hier rauf gegangen sind, wird sie stocksauer sein.«

Sie lächelt. »Da hast du recht. Und ich bin mir ziemlich sicher, wenn du nicht runtergehst, wird sie Jesses kleine Bewunderin vielleicht mit der Brechstange von ihm loseisen müssen.«

Ich stehe auf und dehne die Steifheit aus meinen Muskeln. »Das wird garantiert nicht nötig sein. Aber ich werde mich trotzdem vorsichtshalber mal um sein Wohlbefinden kümmern.«

Ich strecke ihr die Hand hin und helfe ihr hoch. Aber sie lässt meine Hand nicht gleich wieder los. Stattdessen starrt sie mich erneut mit einem Blick an, der viel mehr als ihre Liebe und ihre Besorgnis ausdrückt. Es liegt etwas Entschlossenes darin, das in mir den Wunsch weckt, unser Gespräch rasch zu beenden.

»Und das Mädchen?«

»Sie ist eine Studentin, Reg. Ich habe nur Hallo gesagt. Gib endlich Ruhe, okay?« *Bitte, bitte, gib endlich Ruhe.*

»Magst du sie?«

Ich stöhne frustriert auf und überlege ernsthaft, ob ich eiligst verschwinden sollte, aber letztlich entkommt man Reg nicht, und auch nicht einem Gespräch, das sie unbedingt mit einem führen will.

»Klar. Als Studentin.« Ich stoße einen tiefen Seufzer aus. »Himmel, ich weiß es nicht.« Nervös streiche ich mir durch das Haar. Verdammt, ich sollte wirklich die Klappe halten und Reg nicht noch mehr Munition liefern.

»Bist du deshalb hier oben?«

»Nein, ich …«

Ich will ihr schon weismachen, dass ich der Menge entkommen wollte, genau wie sie, aber irgendetwas sagt mir, dass sie zu misstrauisch ist, um mir zu glauben. Ich drücke leicht ihre Hand und lasse sie dann los.

»Ich bin … anders, Reg«, murmele ich schließlich. »Das wissen wir beide, du und ich.«

»Es ist nicht schlimm, anders zu sein.«

»Wenn man ich ist, dann schon.«

»Da liegst du völlig verkehrt.« Sie verlagert das Gewicht auf ein Bein, verschränkt die Arme vor der Brust und wirft mir einen noch durchdringenderen Blick zu. »Und eines Tages wird dir das jemand auf die bestmögliche Art beweisen, egal ob du dazu bereit bist oder nicht. Vermutlich nicht diese Frau, aber eines Tages wird eine kommen. Mein Rat an dich, Maximus Kane, lautet deshalb: Stell dich lieber schon mal darauf ein.«

Ich zwinge mich zu lächeln, um die Angst zu kaschieren, die sich in meine Eingeweide frisst. Angst, dass sie recht haben könnte. Dass mir jemand trotz all meines Kraftaufwands zu nahe kommen könnte. Angst, dass ich es vielleicht zulasse.

Denn verdammt, diese Ängste haben jetzt ein Gesicht. Ein schönes, unvergessliches.

Das Gesicht von Kara Valari.

5

Kara

Im Tal zwischen dem Haus und den riesigen Blockbuchstaben am Hügel gegenüber liegt undurchdringlicher Morgennebel. Ich muss das Schild nicht sehen, um zu wissen, dass es dort ist – eine konstante Erinnerung, dass Hollywood mein Zuhause ist. Das von meiner Familie gewählte Hauptquartier jenseits des Königreichs, dem zu dienen wir auf alle Ewigkeit verdammt sind.

Ich lege mir eine dicke Decke um die Schultern, um die feuchte Kälte auf der Sonnenterrasse oberhalb des Wasserreservoirs zu vertreiben. Selbst im September sind die Morgen in Südkalifornien für meinen Geschmack zu kalt.

Hinter mir gleitet die Tür auf, eindeutiges Zeichen, dass mein friedlicher Morgen seinem Ende entgegengeht. Das Gartenmöbel unter mir quietscht laut, als sich meine Mitbewohnerin mit einem großen Kaffeebecher in der Hand niederlässt.

»Du bist früh auf«, sage ich. Ich bin beeindruckt, dass Kell seit der Veranstaltung gestern Abend schon wieder top gestylt aussieht. Ihr Haar hat sie bereits mit dem Haarglätter bearbeitet, ihr Make-up ist perfekt, ihre Kleidung makellos, brandneu und hauteng. Es ist fast, als hätte sie eine Vereinbarung mit den Paparazzi, dass sie von ihr bekommen, was sie wollen, wenn sie ihr geben, was sie will – verführerische Fotos ohne unschmeichelhafte Winkel.

Sie lässt den Daumen über das Display ihres Handys wirbeln und fängt an, durch ihr Social-Media-Futter zu scrollen. »Ich habe um acht Uhr ein Seminar.«

»Hast du dich bewusst dafür eingeschrieben?«

Sie fängt an, einen Kommentar zu tippen. »Einführung in die Astronomie. Zumindest bin ich pünktlich, weil ich vor dem ganzen Verkehr durchkomme.«

Das stimmt. Die Fahrtzeit von unserem Haus in den Hollywood Hills zum Campus ist nicht immer vorhersehbar. Ich ziehe mir den kopierten Wälzer der *Göttlichen Komödie* auf den Schoß. »Gut. Ich mache mich fertig und fahre mit dir mit. Nach meinem letzten Seminar können wir bei Grandpa vorbeifahren. Er hat heute Geburtstag.«

Sie reißt den Kopf hoch, und ihr besorgter Blick lässt ihr Gesicht gleich kantiger wirken. »Kara. Nenn ihn nicht so.«

In mir sträubt sich alles, aber ich versuche, es mir nicht anmerken zu lassen. Gefühle für unseren Großvater waren immer ein heikles Thema. Und nur ihm zuliebe zeige ich sie wenig. Als einziges unseliges menschliches Wesen in einer Familie aus schwarzen Seelen spricht schon genügend gegen ihn, ohne dass ich den Verdacht erwecke, er könnte mir mehr bedeuten, als er sollte.

»Wir fahren zu Gio«, korrigiere ich mich und betone dabei den Namen, den man uns aufgezwungen hat. Im Stillen ärgere ich mich. Wieso muss es so sein? Es ist, als wäre er bloß ein Fremder, der Platz im Gästehaus auf dem Besitz der Familie belegt. Es würde mich nicht wundern, wenn Mom ihm Miete abknöpfen würde.

Kell richtet den Blick wieder auf ihr Handy, und ihre unwillig gerunzelte Stirn ruiniert ihr perfektes Äußeres. »Mom wird das nicht gefallen. Du solltest ihn erst in ein paar Tagen besuchen.«

»Ich gehe doch nicht mit Blechkuchen und Luftballons zu ihm. Ich will nur kurz vorbeischauen und ihm gratulieren. Du weißt, das macht keiner sonst. Und du kannst Mom ablenken. Sie ist garantiert mit genügend anderen Sachen beschäftigt, um sich auch nur zu erinnern, dass der Tag irgendeine Bedeutung hat. Es ist nur ein weiterer Tag, an dem sich alles um sie dreht.«

Sie verdreht die Augen und seufzt leise. »Na gut, lass mich da einfach raus, okay?«

Die nächsten zwei Minuten widmet sie sich wieder ihrem Handy. Kell und ich mögen im selben Haus wohnen und dasselbe Schicksal teilen, aber ansonsten haben wir nichts gemeinsam. Genau wie menschliche Geschwister sind wir völlig unterschiedlich. Das Problem ist, ich bin *zu* anders. Geld, Kleider und Exzesse sollten mich glücklich machen. Niemand versteht, wieso ich das gerade mal als Annehmlichkeit empfinde. Mit weniger wäre ich genauso glücklich, aber ein Lebensstil, der dem stetig wachsenden Vermögen der Valari entspricht, ist der Scheck, den einzulösen man von mir als Ausgleich für meine Gehorsamkeit erwartet. Sich zu weigern, ist keine Option. Einen anderen Weg gibt es nicht.

Ich presse das Buch an die Brust, stehe auf und zwinge mich, die morgendliche Ruhe nicht zu zerstören, indem ich diese frustrierenden Gedanken meiner schwach beleuchteten kleinen Schwester mitteile. Ihre Lichtquelle auf dem Weg direkt in die Hölle ist die verrückte, wenn auch traurige Ironie des Tages.

»Ich brauche zehn Minuten«, sage ich schließlich. »Eher fünfzehn.«

Wozu sollte ich leugnen, dass ich für das Seminar heute ein bisschen mehr Aufmerksamkeit auf mein Äußeres legen werde? Ich bin eine Dämonin, kein Zombie.

Maximus hat mich seit fast einer Stunde nicht mehr angesehen. Dennoch schenke ich ihm jede Sekunde meine ungeteilte Aufmerksamkeit. Vor allem jetzt, wo er die letzten Strophen des Canto III laut vorliest. Seine Stimme klingt so volltönend und eindringlich, wie ich sie noch nie gehört habe. Alles an ihm wirkt im Grunde intensiver als sonst.

Man könnte vielleicht vermuten, dass er nicht genug Schlaf oder Kaffee hatte oder dass er einfach einen schlechten Tag hat. Aber ich habe gesehen, wie er den Blick plötzlich von mir abgewandt hat, als ich den Hörsaal betrat, und frage mich, was wirklich hinter diesen unsichtbaren Mauern vor sich geht.

Mein Gespräch mit Kell heute Morgen – ganz abgesehen von unserem bevorstehenden Besuch bei Grandpa heute Abend – beschäftigt mich noch immer, aber ich scheine mich nur darauf konzentrieren zu können, wie Maximus die Augenbrauen bewegt, während er liest, wie er gestikuliert, während er geht, als wären die Wörter eine Symphonie, die seine Finger dirigieren müssten. Selbst aus dieser Entfernung spüre ich die Leidenschaft, die er ausstrahlt, eine kaum wahrnehmbare Energie, eine subtile, aber gefährliche Verschiebung wie die der tektonischen Platten, die den Boden unter unseren Füßen mindestens ein Dutzend Mal am Tag erbeben lassen.

»Und was so jach hinüberzugelangen sie spornt, ist göttliche Gerechtigkeit, die also in Begehren kehrt ihr Bangen.«

Er fährt fort und beendet die letzten Zeilen mit perfekter Betonung. Ihre Bedeutung schießt einen brennenden Pfeil durch das Herz, von dem ich weiß, dass ich es habe, auch wenn sich seine Wünsche und Sehnsüchte nie auf das auszurichten scheinen, was ihr Ziel sein sollte.

Eine Mischung aus Endgültigkeit und Erwartung entsteht in der Stille, nachdem Maximus seine Ausgabe des Buchs zugeschlagen hat. Die Studierenden rutschen unruhig hin und her, zweifellos machen sie sich auf Fragen gefasst, die zu beantworten sie womöglich nicht in der Lage sind. Er läuft wortlos vor der ersten Reihe auf und ab, ob tief in Gedanken oder um die Spannung zu erhöhen, kann ich nicht sagen. Schließlich bleibt er stehen, räuspert sich und beginnt zu sprechen.

»Vergil und Dante stehen also an den Toren zur Hölle. Charon ist bereit, die Seelen der Verdammten über den Fluss zu setzen. Dennoch behauptet Vergil, dass sie alle willig gehen. Wie kommt das?«

Ich verkeile meine Finger ineinander, bis ich alles Blut aus ihnen herausgepresst habe. Der Drang zu reden und seinen Blick auf mir zu spüren kämpft mit dem Unwillen, die Aufmerksamkeit aller auf mich zu ziehen. Noch dazu habe ich bereits beschlossen, dass jede Interaktion mit dem Professor, sei es auch von der letzten Reihe aus, gefährlicher ist als seine Leidenschaft für den Text. Ich bin viel zu begeistert von ihm.

Als könnte er meine unausgesprochenen Gedanken hören, richtet er den Blick schließlich auf mich. Ich glaube, dass er mich bewusst ausgewählt hat, und er starrt mich lange genug an, dass mein Blut in Wallung gerät. Meine Nervenenden prickeln. Mein Verstand rast.

»Kara?«

Mein Name aus seinem Mund sollte nicht solche Auswirkungen auf mich haben, wie es im Anschluss an sein Vorlesen der Fall ist. Dennoch hämmert mir das Herz gegen die Rippen. Einmal, zweimal, bevor meine Stimme durch meine plötzlich staubtrockene Kehle dringt.

»Nun … Vergil erklärt, dass die Hölle keine Strafe ist. Die Seelen der Verdammten sehnen sich tatsächlich nach ihr. Es ist eine vorsätzliche Entscheidung.«

Ich schlucke mühsam, bevor ich fortfahre: »Deshalb verdienen die Verdammten Dantes Mitgefühl nicht.«

Ich bin an dieser Passage hängengeblieben, seit ich sie vor ein paar Tagen gelesen habe. Sie aus Maximus' Mund zu hören – einem Mund, an den ich in letzter Zeit zu oft gedacht habe –, verwandelt sie fast in eine Anklage. Nur dass er nicht wissen kann, wie nahe mir das Thema geht. Mal ganz abgesehen von den abfälligen Bemerkungen meiner Kommilitonen könnte er niemals meinen inneren Aufruhr über die Entscheidungen verstehen, die ich zu treffen haben werde. Entscheidungen, die man von mir erwartet.

Er nickt kurz. »Sehr schön formuliert.«

Ich seufze lautlos und genieße das Gefühl der Befriedigung, während er das Seminar beendet, indem er den nächsten Lektüreabschnitt bekannt gibt.

»Falls jemand irgendwelche Fragen hat oder wenn Sie Themen für die Hausarbeit besprechen möchten, die in ein paar Wochen fällig ist, können Sie in meine Sprechstunde kommen, montags und mittwochs direkt im Anschluss an dieses Seminar sowie dienstagnachmittags. Mein Büro ist im dritten Stock des Archer-Gebäudes.«

Er entlässt die Studierenden, und ich würde gern so rasch wie möglich verschwinden, aber die hinausdrängende Menge macht es mir unmöglich. Ungeduldig warte ich, während sich all die heißblütigen Menschen Zeit lassen, den Hörsaal zu verlassen. Als ich schließlich aufstehe, ertönt Maximus' Stimme durch den Hörsaal.

»Kara. Warten Sie einen Moment. Bitte.«

Ich drehe mich um, weil ich mich durch das raue Vibrieren seines letzten Worts quasi dazu genötigt sehe. Die Tür schließt sich hinter den letzten Studierenden, aber ich bemerke es nur am Rande. Ich versuche, Maximus, der an seinem Schreibtisch lehnt, nicht zu unverhohlen anzuglotzen. Seine langen Beine sind leicht gebeugt und beulen den kakifarbenen Stoff seiner Hose aus. Ein paar Haarsträhnen, die sich aus dem unordentlichen Knoten in seinem Nacken gelöst haben, fallen ihm locker ins Gesicht. So lässig und beeindruckend gleichzeitig, abgesehen von seinen Händen, mit denen er sich am Tisch festhält, als könnte er sonst fallen.

Ich gehe langsam die Stufen hinunter und genieße den Anblick. »Was ist?«, frage ich fast schon atemlos.

»Wieso sitzen Sie immer ganz hinten?« Seine Stimme klingt verhalten, als würden sich hinter dieser Frage hundert weitere auftürmen.

Ich überlege einen Moment, welche Version der Wahrheit ich ihm liefern soll. Oder welche Lüge.

»Die Leute machen gern Fotos von mir. Sie haben ja selbst schon miterlebt, dass meine Anwesenheit im Seminar eine Ablenkung sein kann. Ich bleibe ganz hinten, damit es nicht so störend ist. Ich kann nichts daran ändern, wer ich bin, aber ich möchte nicht, dass mir das bei meinem Studium im Weg steht.«

Er tippt zweimal mit seinem Lederschuh auf den Boden. »Sie sind eine Ablenkung.«

Ich zucke zusammen. »Was genau wollen Sie damit sagen?«

Er schüttelt leicht den Kopf. »Ich meine … ich sehe

durchaus, wie es noch schlimmer sein könnte. Es ist einfach eine Schande. Ich halte Sie für eine der wenigen Studierenden, die sich wirklich für dieses Seminar interessieren, und es ist schwierig, eine intelligente Unterhaltung mit Ihnen zu führen, wenn es die Leute mehr interessiert ...«

»Selfies zu machen? Beleidigungen zu rufen?«

»Ja. Und es ist mir nicht entgangen, wie die Leute Sie anschauen.«

Wir starren uns lange an, so lange, bis sich jedes Luftmolekül im Raum wie ein nuklear aufgeladenes Atom anfühlt. Seine Augen und ihr intensives blaues Feuer verstärken den Eindruck noch. Schlagartig wird mir klar, dass er nicht nur von den Zwischenrufern redet. Die Aufmerksamkeit, die ich errege, hat nicht ausschließlich mit Boshaftigkeit zu tun.

»So wie Sie mich ansehen?«

Ich weiß nicht, wieso ich das sage, außer vielleicht, weil ich unbedingt wissen möchte, wie ich diese Interaktion zwischen uns interpretieren soll. Habe ich den Effekt auf ihn, den ich mir heimlich wünsche?

»Tut mir leid. Das habe ich nicht gemeint«, erwidert er rasch mit rauer Stimme.

»Für einen Gelehrten tun Sie sich ziemlich schwer zu sagen, was Sie meinen.«

Er verschränkt die Arme vor der Brust, als müsste er sich vor meiner Anwesenheit schützen, dabei ist er derjenige, der mich hier zurückhält.

Auf einmal entdecke ich die leichten Kerben im Metall, wo vorher seine Hände lagen. Ich reiße die Augen auf und trete einen Schritt näher, denn ich bin zu neugierig, um den verunstalteten Schreibtisch ununtersucht zu lassen. Nur dass er die Hände rasch wieder in die Rillen presst, die sich perfekt seinem festen Griff anpassen.

Ich schaue ihm in die gequält blickenden, überschatteten Augen, in denen all die Antworten liegen, die er mir nicht gibt. Die unerklärliche Qual in seinem Blick zieht mich einen weiteren Schritt näher. Ich weiß nicht, was mich vorwärtstreibt, bis wir uns fast berühren. Aufsässigkeit? Purer Übermut? Mit angehaltenem Atem strecke ich die Hand aus und fahre mit den Fingerspitzen über den rauen Stoff seiner Weste.

Seine Atmung verändert sich, aber er schiebt mich nicht weg. Das Metall verbiegt sich sichtbar unter seinem Griff, und seine Fingerknöchel werden weiß. Das reicht, um mich von unserer alle Gedanken auslöschenden körperlichen Verbindung abzulenken. Es reicht, dass ich mich frage, ob er es vielleicht ebenfalls spürt. Ob er vielleicht genauso anders ist wie ich.

6

Maximus

»Kara.«

Ich bin mir nicht sicher, ob das Wort überhaupt zu hören ist. Es fühlt sich eher wie ein Pulsieren meines Instinkts an. Eine Wellenbewegung meines Blutflusses. Als hätten urwüchsige Teile von mir auf ihre Ankunft gewartet …

Hier. So nah.

Dann noch näher, als sie mich nicht mehr nur mit den Fingerspitzen, sondern mit der ganzen Hand berührt. Die Hitze, die von ihr abstrahlt, ist fast schon greifbar, wie Flammen, die sich über meine Brust ausbreiten bis direkt in das Organ hinein, das darin hämmert. Es scheint sich nach mehr von dem wunderschönen Feuer zu recken. Nach ihrer intensiven, verbotenen Hitze.

»Kara.«

Jetzt hat sie mich gehört. Das zeigt sich darin, dass sie innehält, allerdings ohne die Hand wegzunehmen. Plötzlich kann ich Dante besser verstehen, als ich mir das jemals hätte vorstellen können. Überquere ich den

Fluss – willentlich – in die Flammen, oder bleibe ich an meinem Ufer? Halte ich mich von den Sünden fern, denen ich mich auf der anderen Seite gegenübersehe?

»Maximus.«

Ihre Antwort ist ebenfalls ein Flüstern, eingesponnen in ihren einzigartigen Geruch, Zimt und Gewürze, der mich mit der Zunge über die Innenseiten meiner Lippen fahren lässt. Dann über die Außenseiten.

Verdammter Mist. Ich stecke in Schwierigkeiten.

»Bitte … nicht …«, murmelt sie leise.

Ein Knurren dringt aus meinem Mund, während ich die Platte meines Schreibtisches zu moderner Kunst umforme und dem Boden mit den Absätzen meiner Schuhe Narben zufüge.

»Sie machen Witze, oder? Denn wenn ich noch krampfhafter versuche, Sie nicht zu berühren …«

»Ich meinte … stoßen Sie mich nicht weg.«

Luft zischt durch meine Nasenlöcher.

Ihre Kehle bebt, als sie schluckt.

»Maximus«, sagt sie mit rauer Stimme und in einem singenden Tonfall, der das Wort fast schon wie eine Frage klingen lässt. Eine aus Verzweiflung geborene Frage.

»Was?«, murmele ich. »Was ist los?«

»Sag mir, dass ich nicht die Einzige bin, die es spürt. Bitte … sag es mir.«

Ich schlucke genauso heftig wie sie, als sie die Hand spreizt und an meiner Kehle entlangstreicht.

»Ich wusste es«, flüstert sie.

Wieder bringe ich lange keinen Ton heraus. Ich

bestätige es, indem ich erneut ihr Gesicht genau betrachte. Sie hat wirklich keine Angst vor mir. Oder vor der Gewalt, die ich dem Metall unter meinen Händen angetan habe und dem Boden unter meinen Füßen. Eher hat der Verlust meiner Selbstbeherrschung ihre Sinne noch mehr erregt. Ihr Atem ist ein hektischer Trommelwirbel. Ihr durchdringender Blick gleitet über mein Gesicht, ihre Pupillen verfinstern fast völlig ihre dunkelbraunen Iriden.

Sie atmet entschlossen ein, als säßen wir in einem abstürzenden Flugzeug und ich hätte ihr gerade die letzte funktionierende Atemmaske gereicht. »Aber wieso versuchst du immer noch, es vor mir zu verbergen?«

Ich falle. Verliere an Höhe. Rasch und gewaltsam. Wo geht es nach oben? Und interessiert mich das überhaupt?

Nein. Es muss mich interessieren.

Es gelingt mir, die Hand zu heben. Ich breite die Finger über ihre und drücke fest zu. »Weil es nicht geht, dass wir …«

»Was? Es uns zumindest eingestehen?« Mit schockierender Kraft drückt sie gegen mein Kinn.

Zumindest muss ich das nicht vor ihr verbergen. Sofort reagiert sie auf meine Verblüffung mit einem strahlenden, liebevollen Lächeln. Als wenn es völlig normal für sie wäre, mit meinem Gesicht umzugehen, als wäre sie ein Bulldozer in Koboldgröße.

Ich schließe umgehend die Augen.

»Liege ich falsch?«, bleibt sie hartnäckig. »Mach die Augen auf, sieh mich an und sag mir, dass ich mich irre, und ich gehe auf der Stelle. Ich werde es nie wieder erwähnen. Ich bleibe den Rest des Semesters hinten im Hörsaal. Wir können uns jede Woche zwei Stunden lang damit amüsieren, über die Hölle zu reden, und ...«

Sie schnappt nach Luft, als ich die Hand in ihrem Haar vergrabe und daran ziehe. Fest. Und damit verschwindet die letzte Farbe aus ihren Augen. Die Erkenntnis, die sich in ihrem Blick widerspiegelt, lässt alles außer ihrer pechschwarzen Lust aus meinem Gesichtsfeld verschwinden.

»Glaubst du, die Hölle besteht nur aus ein paar Buchseiten, wenn du in meiner Nähe bist?«, frage ich.

Ihre Berührung wird zärtlicher. Ihre Fingerspitzen suchen unter meinem Bart Kontakt mit meiner Haut. »Ich habe geglaubt, ich wüsste, was Hölle ist – bis du mich zum ersten Mal berührt hast.«

Jetzt hat sie es geschafft. Hat jegliche Hoffnung zerstört, die ich noch hatte, dass ich ihr das Leugnen verkaufen könnte, das sie eingefordert hat. Aber da ist auch noch eine andere Wahrheit – und die Dringlichkeit, sie laut auszusprechen. Sie zu formulieren, wird sie erträglicher machen.

Hoffe ich.

»Nun gut.« Ich entwirre die Hand aus ihren seidigen schwarzen Haaren. »Du hast nicht unrecht. Das ist eindeutig etwas ...«

»Etwas?«

»... anderes.«

»Okay.« Sie starrt mich resigniert an. »Etwas anderes.« Aber auch in dieser Wiederholung schwingt eine

Frage mit. Eine Forderung, die sie mich nicht ignorieren lassen wird.

»Ja.« Ich brauche einen Moment, um meine Gedanken zu sammeln, bevor ich schließlich mühsam herausbringe: »Und Gefährliches.«

Ich löse mich ganz aus dem Kontakt mit ihr und wandere um das Holzpult herum, das ich selten nutze, für dessen Massivität ich aber gerade sehr dankbar bin. Ich fange an, meine Unterlagen zusammen zu sammeln, die ich fünfzehnmal neu ordne, nur um meine Hände zu beschäftigen. Mit allem, nur nicht mit ihren üppigen Kurven und ihrer weichen Haut.

»Weil du mein Professor bist?« Sie schnaubt leise. »Ich bin nicht gerade ein Erstsemester frisch von der Highschool. Selbst wenn ich das wäre, hat mich das Leben bereits einige harte Lektionen gelehrt. Und ich bin mir ziemlich sicher, dass wir nicht der erste Dozent und die erste Studentin sind, nicht mal hier an der Alameda, die ...«

»Damit hat das nichts zu tun.«

Sie verschränkt die Arme vor der Brust. Den Anblick kann ich gerade gar nicht brauchen, denn mit dieser Aktion zieht sie ihre Baumwollbluse nach unten, und ihr Ausschnitt präsentiert sich in bester – verdammt, *schlimmster* – Manier. Wieder einmal bin ich unendlich dankbar für das Pult – und dafür, dass das Möbelstück meinen nicht zu übersehenden Ständer verbirgt.

»Und was genau heißt das?«

»Ich weiß es nicht.« Das ist die nackte Wahrheit. »Ich kann nur sagen, dass ich bereits mehr darüber nachgedacht habe, als mir lieb ist. Über das, was zum Teufel sich hier abspielt, und darüber, wie es sein würde, wenn wir unseren unsichtbaren Charon bitten würden, uns ans andere Ufer zu bringen.« Ich muss beinahe über mich lachen. Ich bin eher der Typ, der Poesie studiert als sie verfasst.

Kara verlagert das Gewicht von einem Fuß auf den anderen. Sie wirkt unsicher und sicher zugleich. Den einen Moment mutig, den nächsten bereit zu fliehen. Was ich will, und was ich brauche, sind ebenfalls zwei unterschiedliche Dinge, und ich fürchte, ihr geht es da nicht anders.

»Wie hat sich das angefühlt?« Sie beißt sich auf die Unterlippe. »Sich diesen Sprung mit mir vorzustellen?«

Ich atme heftig durch die Nase aus. »Es hat sich tausendfach falsch angefühlt.«

Aber tausendfach richtig.

Doch dieses Gefühl behalte ich für mich, trotz des Zuckens, das über Karas Gesicht huscht. Ein Schmerz, den mit anzusehen pure Qual ist. Aber ich kann das, was ich zu ihr gesagt habe, nicht weiter ausführen. Ich kann nicht erklären, woher ich weiß, dass es die absolute Wahrheit ist – nur *dass* ich es weiß, mit absoluter Sicherheit. Ich bin mir dessen so sicher wie der Fasern meiner Muskeln und dem Mark meiner Knochen. Selbst bis dahin ist sie vorgedrungen. Hat Teile in mir geweckt, die tief …

Außerdem schleppt Kara schon genug psychischen Ballast mit sich herum, dank ihrer Herkunft. Je genauer ich mir ihren Familienstammbaum ansehe, desto mehr frage ich mich, wie sie halbwegs bei Verstand bleiben konnte. Aber mein brütendes Schweigen hat sie inzwischen dazu veranlasst, wieder ihre surreale – und sogar leicht beängstigende – Maske aus Resignation aufzusetzen. Vielleicht ist es so am besten. Je mehr Zeit ich mit Kara Valari verbringe, desto weniger möchte ich, dass es endet.

Aber desto mehr weiß ich, dass es das muss.

»Wäre das dann alles, Professor? Ich bin mit meiner Schwester zum Lernen in der Bibliothek verabredet.« Sie schiebt herausfordernd eine Hüfte vor und legt den Kopf schief.

Ich sehe sie skeptisch an. »Sie wissen schon, dass das ein Widerspruch ist, oder? ›Kell Valari‹ und ›Lernen‹ in einem Satz?« Der Kommentar, mein misslungener Versuch, die Stimmung aufzulockern, bewirkt das Gegenteil. Ich habe ihren bösen Blick verdient.

»Okay, das war nicht fair«, entschuldige ich mich. »Ich kenne Kell nicht …«

»Verdammt richtig. Sie kennen sie nicht«, erwidert sie anklagend.

»Das sind nur Gerüchte vom Personal der Cafeteria«, gebe ich zu. »Sie sollten es besser wissen. Verdammt …« Ich fahre mir mit der Hand über das Kinn. »*Ich* sollte es besser wissen.«

Sie reagiert auf meine armselige Entschuldigung mit einem kurzen bösen Blick. »Ich gehe jetzt«, sagt sie tonlos, dreht sich auf ihren hochhackigen Schuhen um und eilt die aufstrebenden Stuhlreihen hoch.

Die Spannung ist zum Greifen, als sie ihre Sachen zusammenpackt und dann durch die Tür oben im Hörsaal verschwindet.

Ich brauche gerade mal zwei Sekunden, um mir einzugestehen, dass ich mich schon wieder nach ihr verzehre.

Ich nehme zwei Stufen auf einmal und hoffe, dass ihr Geruch noch da ist …

Auf was ich stoße, hatte ich weniger erwartet. Ein mit Edelsteinen besetzter Ohrring glitzert wie angestrahltes Blut auf dem grauen Industrieteppich, genau vor meiner Schuhspitze.

Ihr Ohrring.

Ich bin mir sicher, war doch meine Hand eben noch in ihrem wunderbaren Haar vergraben, das um das goldene, mit Rubinen und Diamanten besetzte Teil herum fiel. Es ist mehr als nur eine Reihe Edelsteine in einem ausgefeilten Design. Es sieht aus wie ein altes Familienwappen. Ein kräftiger, mittelalterlicher Wolf scheint über einen Himmel aus Diamanten zu laufen und einen in jeder seiner spitzen Pfoten zu halten. Seine Schlitzaugen und seine gewellte Zunge sind aus den dunkelroten Rubinen geformt.

Es ist eines der erlesensten Schmuckstücke, die ich je gesehen habe. Irgendetwas daran berührt die dunkleren Seiten in mir, so intensiv, dass ich die Augen zusammenkneife, um die winzigen lateinische Worte am Rand des Ovals zu entziffern …

Bis mir bewusst wird, dass sie sich mit jeder Sekunde, die ich verplempere, weiter entfernt.

Mit einem entschlossenen Satz bin ich an der Tür und fast im selben Moment schon hindurchgeschossen.

»Kara!«

Aber in der Zeit, in der ich das fein gearbeitete Teil bestaunt habe, das sie verloren hat, ist sie verschwunden. Der Flur ist leer, und ich habe keine Ahnung, in welche Richtung ich gehen sollte. Was mich nicht so wütend machen dürfte, wie es das tut.

In ein paar Tagen werde ich sie wiedersehen. Ein wenig zu früh nach allem, was zwischen uns passiert ist. Aber ich muss der Wahrheit ins Gesicht sehen. Ich muss akzeptieren, dass ich mit dem Mädchen soeben eine Grenze überschritten habe, trotz aller Alarmmeldungen und Warnungen und Drohungen, die mein gesunder Menschenverstand mir zugebrüllt hat. Weisheit, die ich vorsätzlich ignoriert habe.

Eine Wahrheit, die ich nicht länger leugnen kann.

Ich werde diese Grenze wieder überschreiten. Wieder und wieder und wieder werde ich über diese Grenze dringen, bis ich herausfinde, wieso Kara Valari anders ist als jeder andere Mensch, den ich je kennengelernt habe.

Und wieso es sie nicht ängstigt, dass ich ebenfalls ganz anders bin.

7

Kara

»Was ist los? Du bist zu still, selbst für deine Verhältnisse.« Kell scrollt durch Dutzende Songs auf ihrer Playlist, bis sie den einen findet, der ihr gut genug zu gefallen scheint, um wieder auf die Straße hochzuschauen.

Wir stecken fest. Ich starre aus dem Fenster ihres kirschroten Bentleys auf das Meer aus stehendem Verkehr und überlege, was ich ihr erzählen soll. Ich bin zu sehr in meine eigenen Gedanken eingesponnen. In Maximus. Vermutlich nimmt er an, ich hätte ihn abblitzen lassen, und das sollte mir gerade recht sein. Wenn er wüsste, dass es pure Verzweiflung war, die mich hat verschwinden lassen, bevor ich etwas noch Unbesonneneres getan hätte! Wie zum Beispiel die Lippen auf seine zu pressen, nur um zu sehen, ob ich noch mehr von seiner Kraft aktivieren kann.

Seine Kraft.

Ich schließe die Augen und durchlebe noch einmal den Moment, den ich noch immer nicht ganz glauben kann. Ich habe in meinem Leben Dinge gesehen …

Dinge, die man nicht unbedingt als normal bezeichnen würde oder auch nur als irdisch. Aber noch nie habe ich einen Menschen gesehen, der mit den Absätzen den Laminatboden in Staub verwandelt. Noch nie hat mich ein Mann mit derartiger Energie angefasst – einer Energie, die mich nicht loslässt.

Ich sollte nicht mehr davon wollen. Aber verdammt, ich will mehr. Ich würde so ziemlich alles dafür geben, jetzt wieder dort zu sein, zwischen seinen Schenkeln zu stehen, seine Finger in meinem Haar vergraben, und dem Kampf in seinen Augen zuzuschauen, während er mit aller Macht versucht, mich nicht zu berühren, und doch scheitert.

Auf einmal ist da mehr als diese unerklärliche Anziehungskraft, die meine Gedanken zu ihm hin zwingt. Es ist jene Faszination, die ich mir für wissenschaftliche Fächer und alte Texte aufbewahre, nur dass ich Maximus bestimmt tausendmal so dringend begreifen möchte.

Wer *ist* er?

Ich schüttele leicht den Kopf und frage mich, ob er es mir wohl erzählt hätte, wenn ich nicht davongelaufen wäre.

»Kara«, fährt mich Kell an, gerade als sich die Autos vor uns wieder in Bewegung setzen. Wunder über Wunder um diese Tageszeit auf dem Sunset Boulevard.

»Was ist?«

»Du bist mit den Gedanken woanders, seit wir die Bibliothek verlassen haben. Heute Morgen warst du auch seltsam. Was ist los mit dir?«

»Nichts. Alles bestens.«

»Das Gleiche hast du gesagt, als ich dich gefragt habe, wie mittelalterliche Literatur war.«

»Weil das Seminar auch bestens war.«

Kell starrt wieder auf die Straße und klopft mit ihren glänzenden roten Fingernägeln auf das Lenkrad. »Machst du mit diesem Professor rum?«

Ich schnappe nach Luft, teils aus Schock, dass sie das glauben könnte. Selbst nach der Begegnung in der Buchhandlung, trotz der Tatsache, dass Kell und ich zusammen wohnen und auf dieselbe Uni gehen, bin ich überzeugt, dass sie zu sehr mit sich selbst beschäftigt ist, um jemals die Teile meines Privatlebens zusammenzusetzen. Ausnahmsweise hoffe ich von ganzem Herzen, dass sich das niemals ändert.

»Er ist mein Professor.«

»Er ist außerdem supersexy, ich könnte es dir also nicht verdenken.«

»*Kell.*«

»Was ist? Schwester, dein Nach-Luft-Schnappen sagt nein-nein-nein, aber dein Geruch schreit …«

»Nichts«, falle ich ihr ins Wort. »Ich bin nur müde und hungrig, okay? Kümmere dich um deinen eigenen Kram.«

»Hmm.« Sie äußert sich schockierend diplomatisch. »Pass einfach auf.«

»Wieso sollte ich aufpassen müssen?« Ich verteidige mich noch immer, weil es mir die richtige Reaktion zu sein scheint. »Da ist nichts.«

Sie wirft mir einen skeptischen Blick zu. »Du bist

die Sentimentalste von uns allen. Lass dich nur nicht zu tief mit ihm ein. Er ist nicht wie wir.«

»Du ziehst eine Menge voreiliger Schlüsse.«

»Ich sage nur …«

»Möchtest du, dass ich mich in dein Privatleben einmische?«

Ihr Blick wird böse, teils als Warnung, teils aus Sorge, so ich die neue Energie zwischen uns richtig deute, aber sie sagt nichts weiter.

Ich atme erleichtert auf, als der Verkehr wieder fließt und uns Beverly Hills näher bringt. Die Fahrt zum Haus der Familie ruft in der Regel nicht solch eine Reaktion in mir hervor, aber heute Abend ist es mir wichtiger als sonst, meinen Großvater zu sehen. Ich muss nur einen Weg finden, an meiner Mutter vorbeizukommen.

Schließlich fahren wir vor dem breiten dunklen Holztor vor, das sich fast schon intuitiv öffnet, als wüsste das Haus, dass wir willkommene Gäste sind. Kell rast über die gepflasterte Auffahrt und parkt vor dem Haus, als würde es ihr gehören.

Der Butler taucht aus den Schatten des frühen Abends auf, als würde sich ein Geist aus dem Nichts heraus materialisieren.

»Miss Valari.« Er neigt den Kopf zunächst in meine Richtung, dann begrüßt er Kell mit einem sparsamen Lächeln. »Miss Valari.«

»Hallo, Dalton.« Sie wirft das Haar über die Schulter nach hinten und eilt an ihm vorbei, ohne ihn anzuschauen.

Ich berühre auf dem Weg nach drinnen kurz seinen Arm und bringe ein wenig Wärme in die dunkelgrauen Augen, die genau zu seinem Anzug zu passen scheinen. Seine starre Haltung gibt ein wenig nach.

»Ist Grandpa zu Hause?«, frage ich flüsternd.

Er nickt, dann folgt er mit dem Blick Kells Weg durch die breite geschwungene Tür. »Er hat das Gästehaus den ganzen Tag nicht verlassen. Aber Ihre Mutter erwartet Sie.«

Ich beiße mir auf die Lippe. »Klasse.«

Er antwortet mit der Andeutung eines Schulterzuckens, auf das ich nur mit einem Seufzer reagieren kann und folge meiner Schwester, die meiner Mutter irgendwann heute Bescheid gesagt haben muss. Den Rachedurst meiner Familie habe ich nicht geerbt, aber es juckt mich in den Fingern, meine kleine Schwester dafür büßen zu lassen, dass sie vorsätzlich das Minenfeld aktiviert hat.

Fürs Erste folge ich ihr in die Villa, die mir trotz der warmen Farben all ihrer Toscana-inspirierten Innenausstattung sofort einen Schauder über den Rücken laufen lässt. Das langsame Klicken meiner Absätze kontrastiert mit dem entschlossenen Stampfen von Kells, als wir das marmorne Foyer durchschreiten, auf dem Weg in den creme- und goldfarbenen Luxus des riesigen Wohnzimmers auf der gegenüberliegenden Seite.

»Mom«, schreit sie, noch bevor wir die Hälfte der Strecke hinter uns gebracht haben.

Ich zucke bei dem lauten Ton zusammen und warte auf den nächsten zu erwartenden Angriff auf mein Ohr, der sich durch unverständliches Murmeln und das dazu ertönende Fiepen der Fellknäuelbegleiter meiner Mutter ankündigt. Dann ihre Stimme, so durchdringend und unnachgiebig wie immer.

»Jaden bekommt die Rolle, und wenn ich höchstpersönlich in das verdammte Studio runterfahren muss!«

Sie reißt die Flügeltüren ihres Büros links von uns auf und kommt herausgestürmt. Zwei Assistentinnen in makellosen, stylishen Hosenanzügen flankieren sie. Beide sehen genauso panisch aus, wie Veronica das von ihnen erwartet.

Als würde sie leidenschaftlich zustimmen, beginnt die hauseigene Gang aus teetassengroßen Chihuahuas begeistert zu bellen.

»Soll ich jemandem eine E-Mail schicken?«, fragt die hoch aufgeschossene Blondine. Einer der Hunde gerät ihr zwischen die Beine und bringt sie beinahe zu Fall.

Sofort tut mir die junge Frau leid. Sie ist ziemlich neu. Aber wenn sie bereits einen Monat überstanden hat, sollte sie wissen, auf was sie sich da eingelassen hat.

»Nein. Sie rufen ihn auf der Stelle an, bevor er diesem anderen Unbegabten die Rolle gibt«, zischt meine Mutter, und ihre dunklen Augen werden noch eine Spur dunkler. »Der Chef des Studios schuldet mir einen Gefallen. Rufen Sie seine Leute an und lassen Sie ihm mitteilen, dass Veronica Valari ihn noch heute zu sprechen wünscht. Lassen Sie sich nicht mit einem Nein abspeisen.«

Die Blondine nickt eifrig und läuft zurück ins Büro,

womit das Thema für meine Mutter zumindest so weit erledigt zu sein scheint, dass sie die Ankunft ihrer Töchter wahrnimmt.

Ihre Augen leuchten, und ihre glänzenden Lippen bringen so etwas wie ein Lächeln zustande. »Määädels!« Sie zieht das Wort in die Länge und kommt mit weit ausgebreiteten Armen auf uns zu. Die Aktion bringt den Stoff ihres schwarzen Satinhosenanzugs an seine Grenzen, aber die Knöpfe an der Brust des Kleidungsstücks halten stand. Gott sei Dank.

Kell, deren Blick unser beider Erleichterung reflektiert, geht ihr auf halbem Weg entgegen und drückt ihr einen offenbar ehrlich gemeinten Kuss auf die Wange.

»Wie geht es dir, Mutter?«

Sie antwortet mit einem dramatischen Stöhnen. »Euer armer Bruder rennt schon ewig von Vorsprechen zu Vorsprechen, und ich kann es nicht mehr mit ansehen, dass er dauernd übergangen wird. Noch dazu von unseren *Freunden*.«

Die einzige Mission im Leben meiner Mutter besteht darin, unserer Familie ein neues Image zu verpassen. Wir als ihre Kinder sind mehr als ihr Fleisch und Blut. Wir sind Waren. Verlängerte Arme des Imperiums, das sie um unsere Talente und unser Aussehen sowie um die weitgehend in Vergessenheit geratene Berühmtheit meines Großvaters herum aufbauen will. Der jahrzehntealte Skandal, der ihn beinahe umgebracht hätte, interessiert in der Popkultur niemanden mehr. Aber in Hollywood kann sein Name noch immer Türen öffnen. Stößt meine Mutter auf eine geschlossene Tür, neigt sie dazu, mit dem Bulldozer hindurchzubrechen. Wie jetzt.

Abwesend winkt sie mich zu sich. Widerwillig gehe ich zu ihr und lasse die gefühllose Umarmung über mich ergehen. Wie erwartet geht sie völlig darin auf, die Leute herumzuscheuchen, die es sich gefallen lassen, einschließlich Jaden. Er ist der Jüngste von uns und scheint nicht den geringsten Funken Ehrgeiz zu besitzen. Dass er sich auf irgendetwas einlassen will, das sechs Monate dauert, sollte uns allen zu denken geben. Aber meine Mutter ist wild entschlossen, uns alle ins Rampenlicht zu bringen, koste es, was es wolle.

»Und falls er die Rolle nicht bekommt?«, fragt Kell mit aufmerksam geneigtem Kopf. Ich weiß genau, dass sie die gute Frau nur besänftigen will. Wie wir alle.

Veronicas Antwort besteht aus einem hinterhältigem Grinsen. Sanft klopft sie Kell auf die Wange. »Darum kümmere ich mich schon, keine Bange. Wie auch immer, erzähl mir von der Signierstunde im *Recto Verso*. Ich habe die Aufnahmen von Piper und dir gesehen. Fantastisch!«

Mutter hakt sich bei Kell unter und führt sie in ihr Büro. Die noch verbliebene Assistentin und die drei kleinen Ungeheuer folgen ihr aufmerksam. Ich bleibe stehen, wo ich bin, bis alle außer Sichtweite sind und die exaltierte Stimme meiner Mutter kaum noch zu hören ist. Würde ich unserem Besuch nicht so unbedingt entkommen wollen, würde mir die schnöde Behandlung vielleicht wehtun. Aber wie so oft vergisst Veronica normalerweise, dass ich existiere, wenn ich mich ruhig und unauffällig verhalte. Genau wie sie meinen Großvater vergisst.

Eine Erkenntnis, die mir die Kraft für meine nächste Entscheidung verleiht.

Ich drehe mich leise um und gehe durch den hinteren Teil des Hauses, froh, dass ich auf niemanden stoße, der sich zwischen mich und mein Ziel stellt. Ich meide die Küche der Angestellten und überquere das Gelände rund um den lächerlich großen Pool, bis ich an dem einige Meter entfernten Gästehaus angekommen bin.

Behutsam öffne ich die Tür. Genauso behutsam trete ich ein und schließe sie hinter mir.

»Grandpa?«

Ich folge dem leisen Murmeln eines Fernsehers, das aus dem Wohnzimmer dringt. Dort finde ich ihn auf der Couch schlummernd. Sein Kopf ist von mir weggedreht, aber bei jedem seiner gleichmäßigen Atemzüge glänzen die Knöpfe seines Hemds im abnehmenden Licht.

Ich grinse und schaue zu dem Flachbildschirm über dem Kamin hoch, auf dem ein alter Schwarz-Weiß-Film läuft. Das Gästehaus ist selbstverständlich gut ausgestattet, wenn auch unnötig abgesondert.

Vorsichtig nehme ich die Fernbedienung von seinem Schoß und stelle den Ton leiser.

Er grummelt und reibt sich kräftig die Nase. »Was ist los?«

Er blinzelt ein paarmal, dann weicht sein Stirnrunzeln einem überraschten Gesichtsausdruck. »Kara!«

»Herzlichen Glückwunsch zum Geburtstag, Grandpa.«

»Oh.« Er stößt einen tiefen Seufzer aus, und ich versuche, nicht wahrzunehmen, wie seine Augen schimmern, als er antwortet: »Danke, Schatz. Deswegen hättest du aber nicht extra den weiten Weg hierher auf dich nehmen müssen.«

Hätte ich nicht müssen. Hätte ich nicht sollen. Aber hier bin ich.

Ich setze mich neben ihn auf die Couch. »Wie war dein Tag?«

»Ach.« Er beugt den Kopf ein paarmal nach vorne und nach hinten und deutet zum Fernseher hoch. »Heute haben Liberty Vance und ich zusammen gefeiert. Aber das ist für mich in Ordnung. Er ist einer meiner Lieblinge.«

»Ich erinnere mich.« Ich betrachte den jungen Jimmy Stewart, der den Bildschirm ziert, bevor dieser schwarz wird.

Grandpa lässt die Fernbedienung auf den hölzernen Beistelltisch fallen. »Was geht dir im Kopf herum, Herzchen?«

Mir wird warm ums Herz bei dem Kosewort, auch wenn das nicht sein dürfte. Ich sollte nicht einmal hier sein und mit ihm reden. Und schon gar nicht sollte ich tausend Fragen haben, die zu stellen ich kein Recht habe.

Er hebt mein Kinn an, damit ich ihn anschaue. Seine Augen haben eine verwaschene blaue Farbe, die mich an trübe Meere oder Regentage erinnert. In ihnen scheinen sich seine Güte und all sein Kummer gleichzeitig zu spiegeln. Ich greife nach seiner Hand und halte sie mit beiden Händen. Sie ist weich, die Venen sind deutlich unter der Haut zu erkennen.

»He«, bohrt er liebevoll nach.

»He«, bringe ich mühsam heraus. Im Moment fällt mir nichts Besseres ein.

»Kara. Komm schon. Ich bin es doch. Was ist los?«

Ich seufze. Die Frage müsste eigentlich lauten: Was ist *nicht* los. Aber ich gehe der Frage aus dem Weg, indem ich mich etwas Einfacherem zuwende.

»Ich finde es schrecklich, dass du die ganze Zeit hier bleiben musst.«

Er drückt meine Hände. Die Geste ist nichtssagend und sagt doch alles. Vermutlich verdrängt auch er seine traurigen Gedanken.

»Ach, weißt du, ich bin schon schlimmeren Orten entflohen. Ich kann jederzeit gehen, wenn ich will.« Er zwinkert mir zu, aber mir bricht dennoch ein wenig das Herz.

»Ich wünschte, Mom wäre netter zu dir. Es sollte nicht so sein müssen, wie es ist.«

Er nickt nachdenklich. »Als ich herausfand, dass deine Großmutter eine …« Er verzieht das Gesicht zu einer Grimasse, um mich dann durchdringend anzusehen. »Hör zu. Ich hatte die Wahl, Kara. Wir haben *immer* die Wahl. Und als sie mir schließlich erzählt hat, wie ihre Pläne für unsere Kinder und Enkelkinder aussehen, hätte ich die Möglichkeit gehabt zu gehen. Aber ich habe mich geweigert, die Familie, die wir erschaffen hatten, als Bestrafung zu sehen. Selbst wenn Veronica und die anderen nicht gerade warmherzig sind, bin ich lieber hier als irgendwo anders. Ihr seid meine Familie. Ihr seid alle meine Familie, egal was irgendjemand sagt.«

Ich lasse den Kopf sinken, damit er nicht sieht, dass in meinen Augen Tränen schimmern. Ich starre auf unsere Hände hinunter und schlucke heftig. Nichts davon ist hilfreich oder hält die Gefühle auf, die an die Oberfläche drängen.

Ich hasse das. So vieles davon. Und ich weiß, auf seine Art tut Grandpa das ebenfalls, nur ist er sehr viel besser in der Lage, es zu verdrängen und die Schwere des Ganzen zu verbergen.

Der Betrug meiner Großmutter ist der einzige Grund, weshalb ich lebe. Nur deswegen bin ich eine Valari mit Dämonenblut in den Adern. Und obwohl sie schon lange an den Ort zurückgekehrt ist, von dem sie ursprünglich kam, werde ich, wenn alles nach Plan läuft, eines Tages Kinder haben, die ihre Menschlichkeit verachten, so wie man es auch mich gelehrt hat. Jede Generation ein Triumph und eine Bestrafung. Eine Lektion für alle, die glauben, sie könnten straffrei der Hölle entkommen.

»Grandpa …« Ich versuche, irgendwie einen Satz zu bilden, auch wenn ich weiß, dass es keine richtige Formulierung gibt. »Ich … ich habe jemanden kennengelernt.«

Die Falte zwischen seinen Augenbrauchen vertieft sich. »Wen? Einen Freund?«

Ich zögere. »Ich bin mir nicht sicher, was ich gerade für ihn empfinde. Ich glaube, das ist das Beängstigende daran.«

Er presst die Lippen aufeinander und entzieht mir die Hand, um sich damit über den Nacken zu fahren. Der Knoten aus Angst, den ich seit meiner Begegnung mit Maximus spüre, zieht sich enger zusammen.

»Ich kenne ihn noch nicht lange. Erst seit ein paar Tagen.«

Er schließt einen Moment lang die Augen. »Oh, Kara.«

»Ich weiß«, flüstere ich.

»Bitte, *bitte* sei vorsichtig. Deine Mutter …«

»Ich *weiß*. Glaub mir. Ich habe es niemandem außer dir erzählt. Niemand versteht besser als ich, was auf dem Spiel steht.«

Er sieht mich ernst an. »Außer mir. *Ich* weiß es, und dich mag ich mehr als …«

Er redet nicht weiter, aber wir kennen beide die Wahrheit. Was wir haben, ist eine der wenigen Kostbarkeiten, die ihm noch geblieben sind. Die Beziehung, zu der wir nicht stehen dürfen. Nicht in der kitschigen Villa nebenan und schon gar nicht in der Welt jenseits davon.

Aber meine kurzen Besuche bei Grandpa entspringen demselben Instinkt, der mich auch zu Maximus hinzieht. Manche mögen es für Rebellion halten, ich aber nenne es freien Wille. Natürlich werden das die höheren Mächte anders sehen.

Für mich allein kann ich mir problemlos einbläuen, die Regeln zu befolgen, aber wenn ich im selben Raum bin wie der Mann, der wie ein Gott aussieht, scheine ich nicht gerade mit Willenskraft gesegnet zu sein.

Maximus. Alles in mir möchte diese Silben dauernd wiederholen. Mein Körper sehnt sich nach der unglaublichen Erregung, die sie auslösen.

»Irgendetwas ist da an ihm.« Es gelingt mir nicht, das unterschwellige Flehen aus meiner Stimme herauszuhalten. »Da ist diese Energie zwischen uns, die ich nicht beschreiben kann. Es ist fast, als könnte er einer von uns sein, aber ich weiß, dass er das nicht ist. Das würde ich *spüren*. Es … nun, es ist anders.«

Er starrt mich durchdringend an. »Willst du damit sagen, dass du glaubst, er ist kein Mensch?«

»Ehrlich, ich weiß es nicht. Ich bin mir nicht mal sicher, ob er es weiß.«

»Hast du ihn gefragt?«

Ich schüttele den Kopf. Ich war zu sehr damit beschäftigt, mich davon abzuhalten, seinen mächtigen Körper zu befingern. Zu sehr damit beschäftigt, so zu tun, als hätte ich in seiner Gegenwart noch einen Hauch von Selbstbeherrschung. Aber nach dem heutigen Nachmittag kann ich das vielleicht nicht länger vorspielen, egal wie heftig er protestiert.

»Noch nicht. Aber ich fürchte, ich kann ihn nicht in Ruhe lassen, bevor ich es nicht rausgefunden habe.«

8

Maximus

Jesses unmelodiöses Summen hallt von den Wänden wider. Ich leide an meinem Esstisch, dem zentralen Möbelstück in der Essecke meiner Wohnung in der Innenstadt von L. A.

Wenn ich nur einen Schritt brauche, um mir das nächste Stück Pizza vom Küchentresen zu holen, ist diese Anordnung prima. Wenn ich mir aber überlegen muss, ob ich mir Kopfhörer aufsetzen soll, um während unseres Wochenend-Benotungsmarathons Jesses musikalische Beiträge auszublenden, wünsche ich mir, ich hätte in diesem Gebäude eine Wohnung mit mehr Quadratmetern gemietet.

Aber im obersten Stockwerk zu wohnen, bedeutet Gewölbedecke und einen Balkon ohne Überdachung, wofür mir jeder Zentimeter meines langen Gestells täglich dankt. Nur im Moment, wo dieser Mensch nicht aufhört zu beweisen, dass in seinem Lebenslauf niemals etwas zum Thema Musik auftauchen wird, fühlt sich diese Wohnung deutlich zu klein an.

»Dude«, sage ich, als ich es schließlich nicht länger aushalte. »Wenn das die Rache für unsere Runde im Gewichtheberbereich in Venice heute Nachmittag ist …«

»Natürlich nicht.« Jesse tippt weiter auf seinem Laptop herum. »Ich verschwende meine Zeit nicht mit Rache. Das weißt du. Sobald das Wort erst mal im Raum steht, fängt man an, misstrauisch zu werden.«

»Ich hätte wissen müssen, dass es nichts bringt zu fragen.« Manche Dinge auf dieser Welt wie Tod, Steuern, die Santa-Ana-Winde und die bissigen Kommentare meines besten Freunds werden sich nie ändern. Während ich damit leben kann, mir über die drei ersten keine Gedanken zu machen, besonders wenn der Wind heftig über meinen Balkon hinwegfegt, wäre das Leben ohne Letzteres nicht vollständig.

Er wackelt mit den Augenbrauen. »Aber du wirst doch wohl fragen, wie es gestern Abend mit Stacey gelaufen ist, oder?«

»Stacey?« Ich hebe abrupt den Kopf. »Wer ist das?«

»Komm schon, Alter. Bleib auf dem Laufenden. Stacey? Aus Sacramento? Hat einmal im Monat geschäftlich hier zu tun und trifft ihren Lieblingsrollstuhlfahrer? Du hast sie schon mal kennengelernt.«

Seine Beschreibung ruft eine vage Erinnerung von vor ein paar Monaten wach, aber ich bleibe bei meinem ursprünglichen Gedanken. »Was ist aus der Rothaarigen von vor nicht mal einer Woche geworden? Misty, stimmt's?«

»Nun, ich habe sie nicht umgebracht, falls das deine Frage ist. Obwohl ich das nach der Party im *Recto Verso* in ihrer Wohnung ein paarmal befürchtet habe. Verdammt. Wenn das Mädchen loslegt, ist das, als würde die Metro heranbrausen. Ihre Nippel werden hart wie …«

»Okay, okay, schon kapiert.« Und wie ich das tue, verdammt – denn sobald er die Vorstellung geweckt hat, legt mein Gehirn sofort das Bild von Kara Valari darüber.

Kara …

Die Magierin mit dem Feuersturmblick, die ich mir nicht aus dem Kopf schlagen kann. Die brennenden Berührungen, die meine Haut nicht vergessen will. Die Energie, verbindend und einnehmend, die ich nicht aus meinen Sinnen löschen kann. Nicht einmal wenn ich an das ins Auge springende *Fehlt* neben ihrem Namen beim gestrigen Seminar in meinem Notizbuch denke. Was meinen derzeitigen Geisteszustand natürlich gleich noch erbärmlicher macht.

Jesse greift nach einem weiteren großen Stück Pizza – ein Grundnahrungsmittel des Wochenend-Benotungsmarathons. »Wie sieht es mit dir und Kristy aus?« Seine Augen funkeln hinterhältig.

»Ah, *jetzt* kommt die Rache.«

Er kichert. »Ich könnte jetzt richtig gemein werden und mir überlegen, wie tief ich das Messer wirklich reinrammen will …«

»Oder auch nicht«, erwidere ich.

»Oder vielleicht könnte ich auch einfach das Thema wechseln.« Sein herausfordernd auf die Seite gelegter Kopf trägt nicht unbedingt zu meiner Entspannung bei. Ganz und gar nicht. »Aber vielleicht sind das zwei Fliegen mit einer für beide passenden Klappe …

falls das neue Thema ein gewisses Mitglied der Valari-Dynastie ist?«

Ich verziehe das Gesicht zu einer Grimasse, diesmal mit gebleckten Zähnen. Eine Überreaktion, klar, aber ich habe mich nicht mehr im Griff. »Worauf, zum Teufel, willst du hinaus, North?«

»Wow, schau an, Cowboy. Wenn du nicht über Kara Valari und die Art, wie ihr euch bei der Party im *Recto Verso* mit den Augen verschlungen habt, reden willst, okay. Ich hoffe nur, du bist ehrlich genug, um dir einzugestehen, dass du dich in ihrer Gegenwart in einen Atomreaktor verwandelt hast.«

»Verdammt noch mal.« Selbst mit abgewandtem Blick und zusammengesunkenem Oberkörper fühlt es sich an, als hätte der Mistkerl einen Kometen mitten durch meine Brust geschleudert. Ich vergrabe die Faust vorne in meinem T-Shirt, weil ich die Wahrheit nicht eingestehen will – eine Wahrheit, die jede Silbe der nächsten Äußerung meines besten Freunds würzt.

»Oh, verdammt, Maximus Kane, echt! Du stehst tatsächlich auf die entzückende Miss Valari?«

Ich schaue hoch und winde mich. »Verdammt, ich weiß es nicht, Mann.«

»Soll heißen?«

»Soll heißen, dass ›auf sie stehen‹ nicht das Erste ist, was mir in dieser Situation in den Sinn kommt.«

»Dann sollte ich also zu dem Atomreaktor zurückkehren?«

»Vielleicht. Vermutlich.« Ich reiße die Hand hoch und raufe mir das Haar. »Himmel, sie ist Studentin. Und sie gehört zu dieser seltsamen Familie ...«

»Seltsam.« Aus Gründen, die ich nicht nachvollziehen kann, klingt seine Entgegnung bitter. »Und das meinst du ... weshalb?«

»Wir reden noch immer von den Valaris, oder etwa nicht?«, frage ich zurück.

»Sie nutzen ein paar lukrative Geschäftsmöglichkeiten. Was ist daran so seltsam? Sie bauen die Marke aus, solange sie das können. Jung und hip zu sein hat ein Verfallsdatum. Wenn sie genügend Köpfchen haben, sich dessen bewusst zu sein, und den Kometen reiten, bevor er sich in Kristalle auflöst – nur zu.«

Während er den Astronomiegelehrten heraushängen lässt, greife ich in das Seitenfach meiner Tasche und hole Karas Ohrring heraus. Sobald sich das Licht darin spiegelt und er auf meiner Handfläche zu funkeln beginnt, ist Jesses Interesse an der Darstellung des Valari-Clans erloschen.

»Was ... ist ...?«

»Was war das gerade? Von wegen jung und hip?«

»Was zum Teufel ist das?«

»Der gehört Kara. Aber bevor du auf dumme Gedanken kommst, sie hat ihn im Hörsaal verloren. Ich bin ihr hinterhergelaufen, um ihn ihr zu geben, aber sie war bereits verschwunden.«

»Wieso hast du ihn nicht einfach ins Campus-Fundbüro gebracht?«

Genau das hatte auch ich mich gefragt, als ich mitten in dem leeren Gang stand und mich wunderte, wie sie so schnell hatte verschwinden können. Ich werde verrückt klingen, aber vielleicht muss mir das mal jemand sagen, ohne es zu beschönigen.

»Irgendetwas daran – *alles daran* – hat mich irgendwie berührt.« Verdammt, ich klinge wie ein Irrer. Aber jetzt gibt es kein Zurück mehr. »Das ist nicht gerade etwas, das sie auf dem Rodeo Drive erstanden oder aus der VIP-Suite bei einer Preisverleihung hat mitgehen lassen.«

Mit einem tiefen Seufzer lasse ich meinen Daumen über die Darstellung des Wolfs gleiten. Das Schmuckstück zu behalten, war keine bewusste Entscheidung, genauso wenig wie das Aussprechen der Worte, die als Nächstes aus meinem Mund kommen. »Und im Gegensatz zu jung und hip, sieht er eher aus, als wäre er schon vor hundert Jahren hergestellt worden.«

»Mehr als hundert«, murmelt Jesse. »Garantiert«, fügt er hinzu, sobald er den Ohrring hoch hält. »Das Ding muss so viel wiegen wie sie selbst.«

Ich zwinge meine Gedanken fort von Karas verführerischer kleiner Figur.

»Der Verschluss ist vermutlich pures Gold«, fährt er fort, »aber das Scharnier ist locker. Wahrscheinlich ist er deshalb abgefallen.« Die Rubine und Diamanten glitzern im Licht, als er ihn von einer Seite auf die andere dreht. »Das Design … das ist … wow!«

»Nicht wahr?« Mehr sage ich nicht. Das brauche ich auch nicht. Es ist nichts, was man bei unterbezahlten Angestellten im Fundbüro lässt. Das Ding ist mehr als nur sein Gewicht und ein altersloser Klunker.

Nachdem Jesse den Ohrring fast eine Minute lang genauestens betrachtet hat, murmelt er schließlich: »Zerberus.«

»Bleib bei deinen Sternen, North. Zerberus ist ein Hund mit drei Köpfen, nicht mit einem.«

»Und er war auch mal alles andere als ein Hund«, kontert er.

Ich schiebe meinen Laptop zur Seite und beuge mich vor. »Wer sagt das?« Das ist keine Kampfansage. Das ist reine Wissbegier. Ich habe gemerkt, dass Jesse in den Professor-North-Modus gewechselt hat, und dafür bin ich dankbar.

»Ein Typ namens Hevelius«, klärt er mich auf. »Astronom im 17. Jahrhundert. Sieben der zehn Konstellationen, die er entdeckt hat, haben heute noch Gültigkeit. Von den dreien, die keine mehr haben, war eine als Zerberus bekannt – eine dreiköpfige Schlange, gehalten von Herkules. Die Juwelen in diesem Ohrring sind nach dem Muster der Konstellation angeordnet.«

Keine Ahnung, wieso seine Enthüllung meinen Puls hochjagt.

»Woher hast du das alles? Soweit ich weiß« – und ich weiß es von Jesse selbst –, »ist Astronomie nicht dasselbe wie Astrologie.«

»Die Konstellationen gelten für beide«, erklärt er. »Was bedeutet, dass ich auch ein wenig Ahnung von Latein habe, nur dass man für die Buchstaben auf dem Ohrring die Augen eines Adlers bräuchte.«

»*Ex ignis*«, steuere ich aus der Erinnerung bei, schließlich habe ich schon viel zu viel Zeit damit verbracht, den Ohrring zu inspizieren. »Das ist der obere Teil. Unten steht *Victoria*.«

»Aus den Feuern, Sieg«, übersetzt er. »Vermutlich

ein Familienmotto und dem Wappen entliehen.« Er reicht mir den Ohrring zurück. »Ich muss zugeben, das ist alles ein bisschen seltsam, aber nicht unbedingt negativ. Nachdem ich mir den hier angeschaut und den ersten unangekündigten Test von Miss Valari benotet habe, fängt diese Familie an, mich ernsthaft zu interessieren.«

Ich halte auf halbem Weg mit dem Ohrring zu meiner Aktentasche inne. »War er derart schlecht?«

»Er war derart *gut*.« Er lehnt sich zurück und formt mit den Fingern ein Dach. »Der Weltraum hat mich fasziniert, seit wir Kinder waren, aber dieses Mädchen redet über die Milchstraße, als wäre sie bereits hindurchgeflogen.« Er lacht sehnsüchtig. »Und ich dachte, sie interessiert sich nur für die Promis auf Social Media - und nicht für den Sternenhimmel.«

Ich ziehe beide Augenbrauen hoch. »Das ist tatsächlich faszinierend.«

»Nicht wahr? Diese Valaris öffnen mir die Augen auf eine Art, wie ich mir das nicht hätte vorstellen können.«

»Geht mir genauso, mein Freund.« *Ganz genauso.*

Je länger ich hier sitze und dieses uralte Erbstück in der Hand halte, desto lauter scheint mich die Wahrheit anzuschreien. Mich herauszufordern.

Was ganz schön verrückt ist.

In meinem Arbeitsfeld bin ich es gewohnt, in Dingen wie alten Sternensystemen, mythologischen Tieren und lateinischen Sätzen, die wie Racheandrohungen klingen, allegorische Bedeutungen zu finden, nicht die Wahrheit.

Oder, was das angeht, auch in Kampfschreien.

Eine Einsicht, die mich zu einer weiteren führt.

Alle diese Informationen passen nicht zusammen. Hollywood und Glitzer mit Altlatein und alten Konstellationen. Rote Teppiche und goldene Laufstege mit antiken Schmuckstücken und Ohrringverschlüssen aus Echtgold.

Hier klaffen Abgründe. Viele. Aber wenn ich an den größten Widerspruch denke – den Unterschied zwischen dem, was die Welt in Kara Valari sieht und der dunklen Angst in ihren Augen – fühlt sich überhaupt nichts aus dem Gleichgewicht an. Alles, was sie betrifft – und mich –, fühlt sich völlig richtig an. Genau wie es sein sollte.

Jetzt muss ich nur noch herausfinden … wieso?

9

Kara

Ich presse die Hand gegen die Metalltür. Sie erwärmt sich unter der Hitze meiner Berührung. Ich lasse mir ein paar Sekunden Zeit, es mir noch anders zu überlegen. Falls er nicht zu Hause ist, habe ich nur eine Stunde im Internet vergeudet und die entnervende Fahrt hierher umsonst gemacht, alles nur um zu zeigen, was ich zu tun gewillt bin, um das verbotene Rätsel zu lösen, zu dem er geworden ist.

Das leise Murmeln menschlicher Stimmen auf der anderen Seite der Tür lässt mich einen Schritt zurückweichen. Ich erkenne Maximus' tiefen Bass, dann höre ich jemanden lachen. Einen anderen Mann.

Mist.

Das war eine blöde Idee. Ich muss hier weg, bevor …

Mit einem leisen Zischen öffnet sich die Tür, die Metallzargen quietschen ein wenig, und schon ist die Barriere zwischen uns verschwunden. Maximus lehnt lässig am Türrahmen, ohne sich meiner Gegenwart bewusst zu werden.

Sein dunkelhaariger Freund entdeckt mich zuerst und blickt mich fasziniert an. »Na dann.«

Er kommt mir irgendwie bekannt vor, aber ich komme nicht darauf, wieso. Meine Verwunderung hält nicht lange an, sie wird von meiner Nervosität verdrängt. Ich hatte nicht damit gerechnet, dass Maximus nicht allein ist. Dass es so ist, macht diese Konfrontation sehr viel schwieriger.

Schließlich nimmt auch Maximus mich wahr. Er weicht von der Tür zurück, als hätte er gerade schlechte Nachrichten bekommen. »Kara. Was …?«

Sein Freund unterbricht uns rasch, reißt die Hand von den Chromrädern seines Rollstuhls und greift nach meiner. »Ich bin Jesse.«

Ich zwinge mich zu lächeln. »Ich bin …«

»Kara. Ich weiß. Kell ist in einem meiner Seminare. Ich bin Professor North.«

Ich schließe kurz die Augen und verinnerliche all die vielen Flüche, die ich mir selbst entgegenschleudern möchte. Deshalb kommt mir sein Gesicht also bekannt vor. Leider befeuert die Entdeckung noch meine wachsende Angst. Ausgerechnet ihm muss ich hier begegnen …

»Was wollen Sie hier?« Maximus' unverblümte Frage klingt wie eine Anklage.

Lautlos wiederhole ich für mich die Frage. Was *tue* ich hier? Mein Kopf kennt die Antwort, aber mein Nervensystem kommt nicht so schnell mit. Ich zwinge mich, standhaft zu bleiben. Das hier fühlt sich zu wichtig an.

Ich schiebe das Kinn vor und befehle mir, dem

Blick seiner scharfsinnigen Augen zu begegnen. Ich habe mich beim letzte Mal nicht gerade freundlich von ihm verabschiedet, insofern sollte es mich nicht überraschen, dass er genervt ist, weil ich jetzt vor seiner Tür stehe. Noch dazu an einem Samstag.

»Tut mir leid, aber ich glaube, Sie haben etwas von mir.«

Jesse strahlt mich an. »Ah. Der Ohrring.«

»Ja«, erwidere ich, und der Ton meiner Stimme sagt: *Woher zum Teufel weißt du das?*

»Maximus und ich haben ihn uns vorhin angeschaut. Echt cool, das Teil. Was stand noch mal drauf? *Ex ignis victoria*?«

Es gelingt mir zu antworten, obwohl ich die Zähne fest aufeinanderbeiße. »Das stimmt.«

Er legt den Kopf schief. »Familienerbstück?«

»Etwas in der Art.«

Er nickt, aber ich entnehme seinem amüsierten Gesichtsausdruck, dass er noch weitere Fragen hat. Im Moment scheint er der fröhliche Gegensatz zu Maximus' trübseliger Stimmung zu sein. Nach einem weiteren kurzen Blick auf den Professor, der mich noch immer durchdringend anstarrt, weiß ich das fast schon zu schätzen.

»Ich wollte gerade gehen. Unterhaltet euch gut.« Jesse zwinkert mir zu, dann richtet er den Blick auf Maximus und lächelt ihn vieldeutig an. »Bis später.«

Klasse. Echt fantastisch.

Ich trete einen Schritt zurück, damit Jesse über die Türschwelle rollen kann. Er flitzt über den Korridor zum Fahrstuhl an dessen Ende. Was bedeutet, dass ich mich dem Mann stellen muss, von dem ich mir nicht mehr sicher bin, ob ich ihn noch sehen will. Maximus füllt den gesamten Türrahmen aus, sein Gesichtsausdruck ist nicht zu deuten.

»Tut mir leid«, wiederhole ich.

Er zieht eine Augenbraue hoch. »Was tut Ihnen leid?«

Er sagt das wie ein Schulmeister, der mit einem unverbesserlichen Schüler spricht. Als wollte er, dass ich all die Gründe mehrere Male an die Tafel schreibe, bis ich meine Lektion gelernt habe.

Ich werde nicht uneingeladen vor der Tür meines Dozenten stehen.

Ich werde nicht uneingeladen vor der Tür meines Dozenten stehen.

Ich nehme die Innenseite meiner Lippe zwischen die Zähne und beschließe, dass ich unter diesen Umständen durchaus damit leben kann, mich ein weiteres Mal zu entschuldigen.

»Es tut mir leid, dass ich einfach so hier reinschneie. Ich war im Campus-Fundbüro, aber niemand hatte ihn abgegeben. Ich dachte mir, Sie hätten ihn vielleicht gefunden, nachdem …« *Nachdem du in meinem Haar gewühlt hattest, als könntest du dich nicht beherrschen.* »Nun … ich dachte, Sie hätten ihn vielleicht.«

Wir starren uns eine Zeit lang schweigend an, bis ich ihn schließlich schamlos von oben bis unten betrachte. Heute trägt er eine Jeans und ein dünnes weißes T-Shirt. Sein Haar hängt offen und zerzaust herab, und ich würde meine Finger nur zu gern genauere Bekanntschaft damit machen lassen.

»Kommen Sie rein«, sagt er schließlich, dreht sich um und geht in die Wohnung.

Ich folge ihm und schließe hinter uns die Tür. Das Loft ist geräumig, aber bescheiden. Das Sichtmauerwerk und die Gewölbedecke lassen das Ein-Zimmer-Studio offen und luftig wirken, selbst für jemanden mit der Statur seines Bewohners. Mein Blick bleibt an dem Bett in der Ecke hängen. Die flauschige weiße Steppdecke ist auf einer Seite zerknittert. Ich bin länger von ihr gefesselt, als ich vermutlich sein sollte. Aber sogar jetzt geht von dem Bereich noch Energie aus. Eine Wärme, wie sie viele Schlafzimmer ausstrahlen, in denen schöne Träume ihren Platz haben – und doch eine Hitze, die nur von ihm abstrahlt. Von diesem Mann …

Falls das alles ist, was er ist. Denn gerade jetzt frage ich mich das mehr als je zuvor.

Als ich den Blick vom Bett abwende, stelle ich fest, dass er mich beobachtet. Ich muss mich am Küchentisch festhalten, um unter dem Ansturm seiner Gefühle aufrecht stehen zu bleiben. Es sind so viele, alle auf einmal, und ich spüre, wie ich rot anlaufe, bevor ich einige davon an mir abperlen lassen kann.

»Wissen Sie, auf dieser Welt gibt es zwei Arten von Menschen.«

»Ja?« Er verschränkt die Arme vor der Brust.

Ich grinse. »Menschen, die morgens ihr Bett machen … und solche, die das nie tun.«

Es scheint ihm nicht zu gelingen, nicht mit einem Grinsen zu antworten. »Und zu welcher von beiden gehören Sie?«

Ich lasse die Antwort erst in meinem Kopf abspielen. »Ich bin wie Sie.« In dem Moment, als die Worte aus meinem Mund kommen, hat sich ihre Bedeutung geändert, und mir fällt wieder ein, weshalb ich gekommen bin. Zumindest einer der Gründe ... »Mehr, als Ihnen vermutlich bewusst ist.«

Offenbar immun gegen die Anspielung geht er zum Küchentisch und greift in das Seitenfach seiner Tasche, die an einem der Stühle hängt. »Akademiker sind vermutlich eine Spezies für sich.« Als er zurückkehrt, baumelt der Ohrring von seinen langen eleganten Fingern. »Da ist er.«

Ich strecke ihm die Hand hin, und er lässt ihn hineinfallen, ohne mich zu berühren. Die Sorgfalt, mit der er das vermeidet, macht mir zu schaffen.

»Danke.«

Sein Mund verzieht sich zu einem Lächeln. »Er sieht teuer aus, deshalb habe ich ihn behalten. Ich dachte, ich sehe Sie am Freitag. Aber Sie waren nicht da.«

Ich schaue auf die funkelnden Juwelen auf meiner Handfläche hinunter und weiß, ich sollte mehr als nur *Danke* sagen, vor allem weil er mich davor bewahrt hat, meiner Mutter erzählen zu müssen, dass ich ihn verloren habe. Aber mir kommt nichts über die Lippen.

»Sie dürfen im Seminar nur zweimal fehlen«, fügt er hinzu.

Mit geblähten Nasenlöchern begegne ich seinem Blick, der vermutlich der viel geübte des enttäuschten Professors ist. Ich fühle mich nur ansatzweise schuldig, dass ich das Seminar verpasst habe. Ich habe die vorgeschriebenen Verse gelesen und mich gefragt, wie er sie betonen und wie sich seine Energie verändern würde, wenn er sie der Klasse vortrug. Das hätte beinahe gereicht, dass ich ins Seminar gegangen wäre, obwohl ich etwas anderes vorhatte.

»Keine Sorge, Professor. Ich habe meine Hausaufgaben gemacht.« Ich hole die zusammengetackerten Blätter meiner Hausaufgabe heraus und halte sie ihm hin. »Ich bin wegen dem Ohrring gekommen, aber auch, um zu reden. Ich dachte mir, dass der Hörsaal dafür vielleicht nicht der beste Ort ist.«

Er schiebt das Kinn hin und her. »Aber meine Wohnung ist es?«

Ein frustriertes Knurren vibriert tief unten in meiner Brust, unhörbar und doch ein Ausdruck von Gefühlen, die zu lange unterdrückt wurden. »So besteht wenigstens nicht das Risiko, dass Sie universitätseigenes Mobiliar zerstören, falls es zu intensiv wird.«

Leise stößt er einen tiefen Seufzer aus, dann geht er in die Küche und holt eine Flasche Wasser aus dem Kühlschrank. »Und was genau, glauben Sie, wird hier passieren?«

Ich könnte nicht sagen, ob sein Tonfall ironisch oder hoffnungsvoll ist. Sehnt er sich nach diesen Momenten zwischen uns, oder mache ich mich lächerlich, wenn ich darauf bestehe, dass es sie überhaupt gibt? Ich hole tief Luft und sage mir, dass ich vor allem meinem Instinkt trauen sollte.

»Was immer es ist, ich werde nicht so tun, als würde es nicht existieren.«

Eine weitere Pause. Eine lange. Zu lang.

»Sie sollten nicht hier sein, Kara.«

Ich lasse mich nicht einschüchtern. »Wieso nicht? Weil Sie sich in meiner Gegenwart nicht unter Kontrolle haben?«

Er trinkt fast die ganze Flasche in einem Zug aus. »Vielleicht.«

»Vielleicht geht es mir genauso. Ist Ihnen das je in den Sinn gekommen?«

»Umso mehr Grund, uns voneinander fernzuhalten. Ich lasse mich nicht mit einer Studentin ein, egal wie sehr Sie mich reizen.« Er schweigt einen Moment und lässt den Blick viel zu schnell über mich gleiten. »Bitte, gehen Sie einfach, Kara.«

»Und wenn ich nicht will?«

Er wirft die leere Flasche fort und kommt langsam auf mich zu.

»Ich bitte Sie zum letzten Mal. *Gehen Sie*.«

Andere Leute mag er einschüchtern, aber ich sehe die Qual in seinem Blick, als er auf mich hinunterstarrt. Ich habe keine Angst vor ihm, und er tut mir auch nicht leid. Die Vorstellung, seine Abwehr zu schwächen oder seinen Zorn zu erregen, stachelt mich nur an, und ich weiß, wie man das am besten schafft.

»Bringen Sie mich doch dazu«, flüstere ich.

»Hören Sie auf damit«, erwidert er mit gefährlich leiser Stimme.

»Ich meine es ernst, Maximus. Ich habe gesehen, wie Sie Metall verformt haben, als wäre es Wachs in Ihren Händen. Mich aus Ihrer Wohnung zu werfen, dürfte kein Problem für Sie sein.«

»Genau deswegen ...«

Als der letzte seiner Gedanken in der Luft zwischen

uns zu zerstäuben scheint, geht etwas mit mir durch. Ich packe ihn am T-Shirt, ziehe es nach unten und strecke mich dabei nach seinem Mund. Alles geschieht sehr schnell. Erbarmungslos, unvermeidlich, so wie der Blitz einen einzigen blendenden Moment nutzt, um einzuschlagen.

Es beginnt mit dem Aufeinandertreffen unserer Lippen. Meine Finger in seinem Haar. Dann stürze ich mich in seine Arme. Mit seinen kräftigen Händen packt er meine Schenkel am Saum meiner Shorts und hebt mich hoch, damit ich die Beine um seine Hüften schlingen kann. Der Ganzkörperkontakt entlockt mir ein gieriges Stöhnen, das ich in unserem Kuss untergehen lasse.

Ich öffne einladend die Lippen. Er nimmt die Einladung an, lässt mich ihn schmecken, packt mich fester und zieht mich noch näher an sich. Ich unterdrücke das Bedürfnis zu atmen, um den Kuss so lange wie möglich auszudehnen. So dürfte die Ewigkeit gern aussehen, geht mir durch meinen verwirrten Kopf.

Als ich den Mund schließlich von seinem löse, um nach Luft zu schnappen, richte ich den Blick zur Decke, damit er meinen Hals küssen kann. Das Kitzeln seines Barts an meiner empfindlichen Haut lässt mich die Augen schließen. Noch einmal atme ich wie im Fieber tief seinen männlichen Duft ein. Vergrabe die Fingernägel in dem festen Fleisch seiner muskulösen Schultern.

Er knurrt und macht ein paar Schritte mit mir, bis ich mit dem Rücken an die Wand stoße. Heftig.

Ich senke den Blick und starre in das Feuer seiner

Augen. Ich brauche nicht zu erraten, dass er sowohl wütend als auch genauso erregt ist wie ich. Ich spüre es aus seinen Poren dringen, wie es die Luftpartikel um uns herum sättigt, in mich an den Stellen eindringt, an denen wir miteinander verbunden sind.

Seine Brust bewegt sich im Rhythmus seines keuchenden Atems. Ich erwarte, dass er mich erneut küsst, aber überraschend packt er mein Handgelenk und löst meinen Griff. Er verschränkt unsere Finger und knallt sie in die offen liegenden Ziegel über meinem Kopf. Die schmerzhafte Reibung, Stein gegen Haut, hört auf, als er sich erneut auf meinen Mund stürzt.

Ich stehe in Flammen. Ich nehme kaum wahr, dass er die Bewegung mit meiner anderen Hand wiederholt und mich mit der Kraft seines massiven Körpers in die Wand drückt. Aber es ist die unglaubliche Lust, die mich hier hält. Es ist zu gut. Zu berauschend. Ich gebe einen wimmernden Laut von mir, weil ich weiß, dass mir das letzte bisschen Kontrolle entgleitet. Und ich lasse es ohne das geringste Bedauern dahinschwinden.

Bis zu diesem Moment hatte ich geglaubt, ich würde mich mit Versuchung auskennen.

Als er sich plötzlich losreißt, fühlt es sich an, als würden tausend Nägel an mir reißen. Sein Griff bleibt fest, bis er mich auf dem Boden abgesetzt hat, dann stolpert er einen Schritt zurück. Wir schnappen beide nach Luft, aber was mich innehalten lässt, ist sein Blick. Als hätte er gerade einen Mord begangen.

»Was ist los? Wieso schaust du mich so an?«

Er schüttelt den Kopf, schaut überallhin, nur nicht in mein Gesicht, und schließlich auf den Boden. Allmählich werden mir die kleinen Einzelheiten bewusst. Der Ziegelstaub rund um meine Füße. Dann die rosaroten Kratzer auf meinen Händen. Ich hebe den Kopf und sehe ihm in die Augen.

»Es ist nichts, Maximus.«

»*Nichts?*«, bricht es aus ihm heraus.

»Was macht es schon für einen Unterschied?«

Ich ziehe die Ärmel seines T-Shirts hoch, um die kleinen blutenden Wunden zu betrachten, die ich ihm eben noch zugefügt habe. Nur dass dort nichts ist außer weicher Haut. Er schiebt mich weg und tritt einen weiteren Schritt zurück. »Du musst gehen, Kara.«

»Nein«, erwidere ich, bevor ich mich bremsen kann, aber es klingt eher erstaunt als rebellisch.

»Kara.«

»Nein«, wiederhole ich. »Nicht, bevor du mir nicht sagst …«

»Hör auf«, fährt er mich an. »Fang gar nicht erst …«

»Bei dir … ist schon verheilt.«

Er wendet den Blick ab. »Und bei dir ist es das nicht. Ein weiterer Grund, warum das hier aufhören muss.«

In mir tobt ein Orkan. Das anhaltende körperliche Begehren liegt im Widerspruch zu dem Bedürfnis, mehr über ihn zu erfahren.

»Du kannst mir nicht wehtun«, beharre ich.

»Offenbar doch.«

»Nicht so, wie du glaubst.« Ich drehe mich um und inspiziere den Kara-großen Eindruck in der Ziegelmauer. Es stimmt, ein Mensch meiner Größe hätte das vielleicht nicht so gut überstanden. Wieder richte ich den Blick auf ihn. »Wirst du mir erzählen, was mit dir los ist? Was *wirklich* mit dir los ist?«

Er schweigt. Er hat mir den Rücken zugewendet, und seine Gestalt ist sowohl beeindruckend als auch furchteinflößend, selbst noch als sich sein Atem langsam normalisiert. Meine Tasche ist hinuntergefallen, und er bückt sich, hebt sie auf und dreht sich langsam zu mir um. Er reicht sie mir, und ich nehme sie, obwohl ich weiß, dass es die Aufforderung ist zu gehen.

Weitere angespannte Sekunden vergehen, bis er schließlich spricht. Seine Haltung ist starr, sein Gesichtsausdruck ebenfalls. »Du willst wissen, was mit mir los ist?«

Der unheilvolle Ton in seiner tiefen Stimme jagt mir einen Angstschauder über den Rücken. Dann bemerke ich, dass seine Hände zittern.

»Ja«, flüstere ich, auch wenn ich mir auf einmal nicht mehr so sicher bin.

»Als ich acht Jahre alt war, hat mein Verhalten dazu geführt, dass mein bester Freund für immer gelähmt ist, weil ich nicht wusste, zu was ich fähig war … welche Gewalt in mir schlummert. Damit hat es nicht aufgehört.« Er schließt die Augen – lange genug, dass sich ein tiefes V zwischen seinen Brauen bildet. »Jeden Tag meines Lebens geht es um Kontrolle. Und diese Kontrolle existiert nicht mehr, wenn ich dir so nahekomme. Ich werde diesen Fehler nicht noch einmal machen. Wenn ich dir etwas Ähnliches antue, werde ich niemals damit leben können. Deshalb, bitte, Kara. Um unser beider Willen, bitte, geh.«

10

Maximus

Nachdem sie sich mir ein ums andere Mal widersetzt hatte, tat sie genau, was ich wollte. Das heißt nicht, dass ich in den sechs Stunden, die seitdem vergangen sind, glücklicher geworden bin. Die Aufsätze, die ich noch zu benoten habe, starren mich weiterhin dank des blinkenden Cursors auf meinem Laptop an und warten auf meinen digitalen Rotstift. Alle Versuche, mich abzulenken, sind kläglich gescheitert – von Büchern, wahrer Zufluchtsort meiner Seele, bis zum Anblick der leicht angeschlagenen Ziegel in meiner Wand, in denen sich ein verstörend vertrauter Umriss abbildet.

Stattdessen bin ich auf und ab gelaufen. Von einem Ende meines Appartements zum anderen, das Zählen der Runden habe ich bei hundert aufgegeben. Was sollte es auch bringen?

Gegen Mitternacht höre ich lange genug damit auf, um die letzten beiden Pizzastücke hinunterzuschlingen. Ich hatte überlegt, ob ich damit zu Jesse hinuntergehen sollte, ein erbärmlicher Vorwand, um mir

Rat zu holen, den ich vermutlich gar nicht brauche. Er bekommt immer das letzte Stück Pizza. Das ist Tradition bei uns. Aber als Kara aufgetaucht ist, ist er hier rausgerollt, als wäre sein Rollstuhl raketengetrieben. Was ihn nicht davon abgehalten hat, mich mit einem reichlich anzüglichen Lächeln zu bedenken. Ich kann es ihm nicht verübeln, so wie Kara vor der Tür stand, frisch gebräunt und mit dem Geruch nach Sonne und Zimt. In zwei Sekunden hatte er mir mit einem Blick tausend eindeutige Botschaften zukommen lassen.

Du weißt, wo du mich findest, wenn du fertig bist, Dude.
Aber wehe, du bist vor morgen früh fertig.
Zur Erinnerung: Ich bin nur drei Stockwerke unter dir.

Karas Blick, als sie ging, war sehr viel verheerender. Sie ging ohne ein Wort, als wüsste sie, dass mich ihr Schweigen zerrütten würde. Ich frage mich fast schon, ob sie mein rastloses Umherlaufen vorhergesehen hat und mein ungutes Gefühl, dass ich ihr von Jesse erzählt habe – was in ihren Augen nicht mehr als eine lausige Entschuldigung für eine verwirrende Situation war.

Eine Verwirrung, mit der ich noch immer zu kämpfen habe. Noch immer suche ich nach Antworten, die es nicht gibt … nie gegeben hat. Ich habe mich vor langer Zeit damit abgefunden, dass ich es niemals wissen werde. Dass ich das Monster in mir für den Rest meines Lebens verstecken muss.

Weshalb zum Teufel liege ich dann noch derart im Widerstreit mit mir selbst? Und renne bis zu dieser

Sekunde deswegen hin und her? Ich weiß die Antwort bereits. Kara hat alle meine Instinkte geweckt. Das Feuer. Selbst die Gewalt. Nur dass sie sich nicht fürchtet. Vor nichts. Sie hält mich nicht für ein Monster. Sie schreckt nicht vor Angst zurück. Sie kontert mit Fragen.

Damit öffnet sie die Tür zu Dingen, die schwerer zu akzeptieren sind. Zu Gefühlen, die ich lange verdrängt habe. Meine eigene Neugier. Das Bedürfnis tief in mir, Antworten zu finden.

Die sich widersprechenden Gedanken liefern sich ein Wortgefecht in meinem Schädel. Sie schwappen über und elektrifizieren die Luft mit Energie, die zum Greifen ist.

Inzwischen ist es drei Uhr in der Früh, und Schlaf habe ich für heute Nacht offiziell zu meinem Feind erklärt. Nachdem ich mich umgezogen habe und die acht Straßen zu meinem vierundzwanzig Stunden geöffneten Fitnessstudio gelaufen bin, jage ich mich durch einen Work-out, der die drei anderen Verrückten dort – Stuntmen vom Film, die sich fit halten – mit offenem Mund staunen lässt. An anderen Tagen würde mir das vielleicht etwas ausmachen. Heute Morgen nicht.

Bis ich zurückgejoggt bin und geduscht habe, hat das *Recto Verso* bereits geöffnet. Wenn ich komme, bin ich oft der erste Kunde – normalerweise aus genau dem Grund, den Sarah anführt, als die Messingglocke über meinem Kopf klingelt.

»Schlecht geträumt?«

Feiner Staub wirbelt durch die morgendlichen Sonnenstrahlen, die die vordere Hälfte der Buchhandlung erhellen. Sie dreht sich von mir weg, um mir meinen üblichen Latte zu machen, und reicht ihn mir dann. Nachdem ich ihn ihr abgenommen habe, greife ich über den langen Tresen hinweg in die Sirupquelle und füge dem leckeren braunen Getränk eine Spur Zimt hinzu.

Sie zieht eine Augenbraue hoch. »Also alles in Ordnung?«

Ich blase etwas Schaum von der Oberfläche meines Getränks. »Wie wäre es, wenn du mich vor dem Verhör wenigstens mal die Hälfte austrinken ließest?«

Ihre Antwort besteht in einem leisen Lachen. Vermutlich eine weise Entscheidung, wenn ich schon so rappelig bin, *bevor* das Koffein seine Wirkung entfaltet.

Schließlich murmele ich: »Wie bist du da sofort drauf gekommen? Auf die Träume, meine ich.«

Zunächst bringt mir das nur ein hintergründiges Lächeln ein. Ihr Blick könnte alles bedeuten, von »bring den Müll raus« bis »ich kenne den Weg zum Weltfrieden«. Im Moment hoffe ich inständig, dass es keins von beiden ist.

»Du hast diesen Gesichtsausdruck«, sagt sie schließlich.

»Diesen Gesichtsausdruck?« Ich kneife die Augen zusammen und verziehe den Mund. »Welchen?«

»Diesen Gesichtsausdruck, den du immer bekommst.« Sie zuckt mit den Schultern, aber nicht sehr überzeugend. Bei der Bewegung glitzern die Pailletten an ihrem zeitlosen Bowie-T-Shirt im Licht der Tiffanylampen. An der Kaffeebar ist das Licht schummriger als in den Leseecken des Ladens, wofür ich im Moment dankbar bin. Schummriges Licht ist gut, um Verwirrung zu überspielen – obwohl mir das trotzdem vermutlich nicht allzu gut gelingt. »Als hättest du nicht nur geträumt.«

»Oh?«

Das Wort reicht ihr. Wie Reg weiß auch Sarah, dass Small Talk nicht angesagt ist, wenn ich auf und ab gelaufen bin, statt zu schlafen. »Als hättest du geträumt, wärest aufgewacht und hättest beschlossen, alles deinen Stofftieren vorzuspielen.«

Ich weiß nicht, ob ich lachen oder fluchen soll. Letztlich kommt eine leise Mischung aus beidem aus meinem Mund. »Ich hatte nie Stofftiere, Sarah.«

»Ich weiß.«

Einfach so scheint das Licht plötzlich noch trüber. Viel zu dunkel, verdammt. Ich richte mich auf meinem Stuhl auf, klatsche in die Hände und erkläre mich zum offiziellen Stimmungsaufheller. »So. Was gibt es hier Neues?«

Lastendes Schweigen – das bei mir zu neuen Befürchtungen führt. Anders als Reg ist Sarah normalerweise die Erste, die dabei ist, wenn es darum geht, die Stimmung aufzuhellen, und sie ist wirklich gut darin. Diese Frau kennt jeden noch so unbedeutenden Popkulturklatsch, von den Spitzen der Popcharts bis zu den Niederungen der Modefehltritte.

»Nun«, murmelt sie schließlich. »Ich nehme an, das sollte *ich* jetzt *dich* fragen, nicht wahr?«

»Hm.« Ich trinke einen weiteren Schluck von meinem Latte und betrachte sie über den Becherrand hinweg. Diese Frau kann die Königin der neutralen Haltung sein, und sie hat vor, das mit entnervender Gründlichkeit unter Beweis zu stellen.

»Aha, du ›nimmst an‹?«

Sie stellt sich breitbeinig hin, wobei diese Haltungssache nur zur Unterstützung ihres entschlossenen Blicks dient. »Aha. Jetzt verstehe ich.« Sie schiebt das Kinn vor. »Du hast letzte Nacht nicht geträumt, weil du nicht *geschlafen* hast.«

Ich knalle meinen Becher mit ähnlicher Entschlossenheit auf den Tresen. »Keine Aussage, die ich abstreiten könnte.«

»Mist«, murmelt sie. »Ich hatte gehofft, ich hätte mich geirrt.«

»Aber du warst dir ziemlich sicher, dass du recht hast.« Ich ziehe eine Augenbraue hoch. »Stimmt's?«

Sie runzelt die Stirn und verlagert das Gewicht. »Aber das neue Semester hat erst vor ein paar Tagen angefangen. Was ist los?«

Ihre Sorge, die sich in ihrer leicht erhöhten Stimme äußert, ist seltsam tröstlich und dringend benötigt. Ich bin aus dem Gleichgewicht. Schon seit Stunden. Vermutlich länger. Wenn ein Damm einen Riss hat, lässt sich das leicht ignorieren. Aber der Riss wird zu einer Spalte, und mir wird bewusst, wie viel Druck sich tatsächlich dahinter aufgebaut hat.

Ich lasse mir erneut Zeit und nippe an meinem Zimtgebräu. Allein der Geschmack verleiht mir den Mut, die nächsten Worte auszusprechen.

»Sag mir, was du weißt, Sarah.«

Ich bin auf ihre Reaktion vorbereitet, die im

Grunde keine ist. Nach mehreren langen Sekunden erwidert sie schließlich: »Ähm … was ich weiß? Worüber?«

»Über mich«, entgegne ich. »Irgendwas. Himmel, über alles, falls du so viel weißt. Und ich rede nicht von einer Wiederholung all der Einzelheiten, die ich bereits kenne. Ich brauche die anderen Sachen, okay? Den Kram, über den Mom nie reden will.«

Bevor ich noch zu Ende gesprochen habe, presst sie die Lippen aufeinander. Sie beugt sich vor und reibt an Flecken auf dem Tresen herum, die gar nicht da sind. »Deine Mutter hat nie zu denen gehört, die mit den Mädels saufen und sich über ihre Vergangenheit auslassen, Max.«

»Dessen bin ich mir bewusst, aber willst du ernsthaft behaupten, dass sie in all diesen Jahren nie eine Andeutung gemacht hat, nicht mal aus Versehen?«

»Tut mir leid.« Die Falten rund um ihre Augen haben sich geglättet, was mir beweist, dass es ihr Ernst ist. »Bei den wenigen Gelegenheiten, wo ich gefragt habe, hat sie einfach dicht gemacht. Und mit …« Sie schüttelt langsam den Kopf. »Nun, mit jener Qual, die man bei niemandem auslösen möchte, einfach indem man fragt. Das mag seltsam klingen, aber …«

»Nein.« Ich starre in meinen Becher. Dieselbe Erfahrung mache ich jedes Mal, wenn ich sehe, wie Jesse zu kämpfen hat. Was glücklicherweise nur sehr selten vorkommt. Aber wenn es mal wieder so weit ist, erinnert es mich sofort wieder daran, was ich bin und wozu ich fähig bin. »Ganz und gar nicht seltsam.« Ich stoße einen frustrierten Seufzer aus und wünsche mir sehnlichst, mein Latte würde sich in Whiskey verwandeln. »Vergiss, dass ich gefragt habe.«

Noch bevor ich mit meinem Rumnörgeln fertig bin, kommt Sarah auf meine Seite des Tresens gesprintet und lässt sich auf dem Stuhl neben mir nieder. »Maximus. Meine Güte. Was ist los?«

Sie klingt jetzt doppelt so besorgt. Dieselbe Energie spüre ich an ihrer Hand auf meiner Schulter. Aber wie soll ich antworten? Wie soll ich ihr sagen, dass – wäre sie jetzt Kara, die mich berührt – mein Blut voller Funken und mein Geist voller Erwachen wäre? Wie sage ich ihr, dass ich dieses Gefühl nicht mehr beiseite drängen kann? Dass ich den Damm nicht mehr geflickt bekomme?

»Ich brauche einfach ein paar Antworten«, fahre ich sie an, würde den harschen Ton aber gern ungeschehen machen, als ich sehe, wie es in ihren Augen blitzt. »Versteht das denn niemand? Ich habe Jesse zum Krüppel gemacht, als wir acht waren. Das war knapp ein Jahr, nachdem Mom und ich hierher gezogen waren, aber ich habe keine Erinnerung daran, wo wir davor waren oder was wir gemacht haben. Nicht eine einzige Erinnerung, nicht mal eine verschwommene.«

»Vielleicht ist das der Ort, an den dich deine Träume führen.«

»Wie tröstlich.«

Ich drehe mich zum hinteren Teil der Buchhandlung um. Die Dunkelheit dort passt perfekt zu der, die in mir wütet. Fast schon Besitz von mir ergreift.

»Ich muss es wissen, Sarah. Himmel, ich habe ein Recht, es zu erfahren.«

Die Türklingel bimmelt laut und lenkt mich von unserem Gespräch ab. Ich drehe mich um und muss bei der Helligkeit, die durch die offene Tür hereindringt, blinzeln.

Auch Sarah zuckte zusammen, bevor ihr ein »Oh, Gott sei Dank« entfährt.

Das Lachen, das als Antwort mitten aus dem grellen Sonnenlicht kommt, beruhigt mich sofort, auch wenn es mich schockiert.

»Sollte mich das amüsieren oder mir Angst einjagen?« Meine Mutter verschränkt die Arme und zupft an den Ärmeln ihres dicken Arbeitspullovers herum, der einen Teil der rosa Hose ihrer Krankenschwesteruniform und der Crocs mit dem Blumenmuster verdeckt.

»Wenn ich sage, Letzteres, dir aber einen Kamillentee ausgebe, bleibst du dann?«, erwidert Sarah.

»Oh, oh«, murmelt Mom und richtet den Blick auf mich. Ihre strahlend blauen Augen machen mir sogleich Schuldgefühle. Niemand sollte so bereit ausschauen, jemandem zu helfen, nicht einmal dem eigenen Sohn, wenn derjenige bereits zwölf Stunden nichts anderes getan hat.

Aber ich verschiebe das Gefühl auf einen anderen Tag. Aus diesem »Tag« sind Jahre geworden, inzwischen mehr als ein Jahrzehnt. Und ich muss herausfinden, was in mir lauert. Was da aus mir herausbrechen will, sobald Kara Valari in der Nähe ist.

»Hat jemand das Bedürfnis zu reden?«, fragt Mom,

was Sarah ihr mit einem Lächeln und einem kleinen Tablett mit Tee dankt. Neben dem kleinen Becher mit dampfenden Wasser liegt ein Tee-Ei mit Kamille.

Ich mache mir nicht die Mühe, Ja zu sagen. Nancy Kane liest in mir, solange ich mich erinnern kann – was nicht so lange ist, wie ich gern hätte – wie in dem sprichwörtlich offenen Buch.

»Gehen wir nach hinten«, schlage ich vor. »Da haben wir Ruhe.«

»Oh, dieses Gespräch erfordert *Ruhe*, schau an.« Mom löst das dicke Band, das ihr Haar zu einem strengen Pferdeschwanz zusammengehalten hat. »Himmel, fühlt sich das gut an.« Stöhnend schüttelt sie ihre dichten blonden Locken aus. Heutzutage lässt sie sie alle paar Wochen an den Wurzeln nachfärben, aber den mattgoldenen Ton habe ich definitiv von ihr geerbt. Fragt sich nur, woher die rötlichen Umbratöne kommen, die sich durch meine Mähne ziehen, und der zusätzliche blaue Ring in meinen Augen.

Oder die Fähigkeit, Metall verbiegen zu können – oder alles andere zu zerbrechen, was mir in den Weg kommt –, ohne darüber nachzudenken.

»Ich nehme an, es war ein glücklicher Zufall«, sagt sie ein paar Minuten später, als wir uns auf die trendige Couch setzen, die Reg für diesen neuen Anbau des Ladens angeschafft hat. Vor uns steht ein langer schwarzer Couchtisch, dazu auf der anderen Seite ein Paar nicht zusammen passender Schalenstühle.

»Der Zufall ist Gottes Methode, anonym zu bleiben.«

»Oh, danke, Albert Einstein«, zieht sie mich auf und trinkt einen Schluck von ihrem Tee. Nachdem sie ihre Crocs von den Füßen gestreift hat, zieht sie die Beine an und lehnt sich mit der Schulter an den Couchrücken. »Und, bekomme ich jetzt ein paar original Maximus-Kane-Sprüche? Zum Beispiel eine Erklärung, wieso du ein paar Stunden früher als sonst hier bist? Ich dachte, Jesse und du hättet gestern Abend einen Benotungsmarathon gemacht? Du solltest erschöpft sein und schlafen.«

Sie ist noch nicht fertig. Das ist mir bereits klar. Dennoch versuche ich, sie zu unterbrechen. »Mom.«

»Oh, so was. Du bist tatsächlich erschöpft.« Sie fährt mit dem Daumen unter einem meiner Augen entlang. »Schon so dunkel. So ausgelaugt ins Semester. Wie viele Seminare hast du diesmal? Haben sie dich doch noch dazu überredet, den anstrengenden Shakespeare-Kurs zu übernehmen?«

»Nein, Mom ...«

»Moment.« Sie schweigt, und ihr Blick scheint sich durch mein erschöpftes Äußeres zu bohren. »Einen Moment noch.« Zerstreut stellt sie ihren Becher ab. »Max. Geht es hier um ... ein Mädchen? Triffst du dich mit jemandem?«

Ich atme tief ein. »In meinem Alter nennt man sie normalerweise Frauen.«

Eifrig und voller Begeisterung packt sie meine Hände. »Erzähl mir von ihr. Erzähl mir alles.«

»Nein.« Ich entziehe mich ihrem Griff. »Alles ist das, was *ich* gerade von *dir* hören muss.«

Sie schaut mich verwirrt an.

»Mom ... du musst mir die Wahrheit sagen. Die *Wahrheit*. Über mich. Wieso ich ... so bin?« Bei dem letzten Satz drehe ich die Handflächen gen Himmel. Nur dass ich durchaus nicht vorhabe nachzugeben. Ich bin verloren, ja, aber nicht länger bereit, es zu sein.

Plötzlich ist sie aufgesprungen. Sie wirbelt von mir fort, versucht aber, es beiläufig aussehen zu lassen – so beiläufig wie sie die Tränen wegwischt, die ihr die Wangen hinunterlaufen, als könnte sie mich glauben machen, sie würde sich nur ein paar Haarsträhnen aus dem Gesicht streichen. Es ist ihre typisch lässige und doch nicht so lässige Bewegung, von der sie *glaubt*, sie perfektioniert zu haben. Aber ich durchschaue ihr Manöver. Auf der ganzen Linie. Sie versucht verzweifelt – und erfolglos –, ihren stillen Kummer zu verbergen.

»Es gibt nichts zu erzählen, Max«, sagt sie mit rauer Stimme. »Du bist anders geboren.«

»Du lügst.« Ich balle die Fäuste auf meinen Schenkeln, weil ich um die Kissen der neuen Couch fürchte. Ich habe mich so lange – zu lange – gezwungen, mich zu beherrschen, zu sammeln, zu verstecken. Zum ersten Mal in meinem Leben hat mir jemand die Erlaubnis gegeben, das alles zu ignorieren.

Nach Antworten zu suchen.

»Hier geht es nicht nur um Jesse.« Wie lange habe ich das schon sagen wollen? Es tut gut, ist aber auch qualvoll. »Du musst wissen, dass ich seit damals immer dagegen angekämpft habe. Meine Kraft. Dieser ... Fluch.«

»Hör auf.« Sie lässt die Hände sinken. Ihr Gesicht

ist vor Wut verzerrt. »Das ist kein Fluch. *Du* bist kein Fluch.«

»Dann sag mir, was ich *bin*«, brülle ich und stehe ebenfalls auf. Ich will es nicht. In diesem Zustand bin ich zu nah dran, ein Loch in die Wand zu schlagen oder eins von Regs neuen schicken Regalen auseinanderzunehmen. Aber Wut und Ungeduld bilden eine zu heiße Mischung in mir.

Mom stößt einen tiefen Seufzer aus. »Wieso jetzt, Max? Wieso willst du …?«

»War mein Vater jemals da?« Die Frage habe ich auch zuvor schon gestellt. Ich stelle sie erneut – ich muss – und hoffe verzweifelt, eine Antwort zu bekommen. Vielleicht diesmal. *Gott, bitte. Diesmal.* »War er *jemals* da, Mom? Weiß er überhaupt von mir? Lebt er?«

Sie dreht sich um und stützt sich mit den Händen an einem Bücherregal ab. Ihre Fingerknöchel sind weiß, ihre Schultern hängen herab.

»Ich habe es dir doch bereits erzählt. Wir haben uns kennengelernt, als ich in Ägypten war und ehrenamtlich für die Healers with Hearts gearbeitet habe. Dein Vater war ebenfalls dort. Er war … anders als irgendjemand, den ich je kennengelernt hatte. Herausragend. Er konnte eine Frau mit einem einzigen Blick erobern.« Als sie sich wieder umdreht, huscht ein Lächeln über ihr tränenüberströmtes Gesicht. »Und genau das hat er getan. Ich habe mich in ihn verliebt, aber es hat nicht gehalten. Nach ein paar Wochen war er fort, noch bevor ich wusste, dass wir dich erschaffen hatten.«

»Und du hast nie herausgefunden, wohin er gegangen ist? Oder woher er kam?«

Ihr Lächeln erlischt. »Es war eine leidenschaftliche Affäre. Da blieb wenig Zeit, einander aus unserer Vergangenheit zu berichten. Ich bin nicht stolz, dir das erzählen zu müssen, aber manchmal … passieren die Dinge einfach im Rausch unbekümmerter Leidenschaft. Das heißt nicht, dass ich nicht begeistert war, als man mir sagte, ich sei mit dir schwanger. Ich habe dich schon abgöttisch geliebt, bevor ich dich in meinem Bauch strampeln gespürt oder dich in den Armen gehalten habe.«

»Ich weiß, Mom.«

Ich presse die Lippen aufeinander. Nicht weil ich ihr nicht glaube, denn das tue ich wirklich. Diese Frau liebt mich. Würde alles für mich tun. Würden Einbrecher durch *Recto Versos* Eingangstür stürmen, würde sie die Kugel abfangen. Aber ich verstehe nicht, welche bizarre kosmische Macht sie davon abhält, mir all die Einzelheiten meiner Identität zu enthüllen. Das riesige fehlende Stück der Wahrheit über mich.

Ich richte mich gerade auf, stemme die Füße in den Boden und vergrabe die Hände in den hinteren Hosentaschen. »So was kommt vor. Du warst weit von zu Hause weg. Hast dich an einem fremden Ort in einen Fremden verliebt.«

»Alexandria«, flüstert sie ein wenig sehnsüchtig.

Sobald sie das Wort ausgesprochen hat, bricht meine Welt zusammen. Ich werde ruhig. Sehr, sehr ruhig.

»Kairo. Letztes Mal hast du mir erzählt, es wäre Kairo gewesen.«

Sie schluckt heftig. »Es ist so lange her.«

»War es überhaupt Ägypten?«

Sie hält inne und schiebt das Kinn vor. »Du bestürmst mich mit Fragen, Max. Das ist nicht fair.«

»*Sabah-al-khayer*«, knurre ich.

Sie sieht mich fragend an. »Was? Was hast du …?«

»*Sabah-al-khayer*«, wiederhole ich. »Das heißt im ägyptischen Arabisch ›Guten Morgen‹. Hättest du eine gewisse Zeit dort verbracht, würdest du das wissen.«

Ihre Augenlider zucken. »Wieso tust du das? Wieso machst du mir so einen Druck?«

»Wieso machst du es nötig, dass ich so einen Druck mache?«

Ich schreie schon wieder, aber es ist mir egal. Niemand sonst ist im Laden oder an der Kaffeebar – Sarah hat sich praktischerweise verkrümelt –, also passe ich meine Lautstärke an Moms an. Noch nie haben wir uns so gestritten, aber es hat sich auch noch nie etwas für mich so wichtig angefühlt. Besonders jetzt. Besonders wenn ich sehe, dass sie sich regelrecht in Rage steigert.

Ich stelle mich darauf ein, dass ich mich für die nächste Runde Tränen in ihren Augen zutiefst hassen werde, aber sie blinzelt ein paarmal, und schon sind sie fort. Ihr bleibt der Mund offen stehen, und sie gibt ein seltsames Keuchen von sich.

»Wer?«, fragt sie.

»Wer … was?«

»Wer ist es?«

»Wer ist was?«

»Wer immer dir diese Forderungen in den Kopf

setzt. Irgendjemand muss das mit dir tun. Dich dazu bringen, dass du die alte Wunde wieder aufreißt. Eine Wunde, die ich – das kann ich dir versichern – teile. Sehr viel stärker, als du dir vermutlich vorstellen kannst.«

Ich schüttele den Kopf und würde ihr gern antworten, dass meine Vorstellungskraft ausgeprägter ist, als sie glaubt. Stattdessen sage ich: »Sie ist nie verheilt. Weil ich nie die ganze Wahrheit erfahren habe.« Ich kann hören, wie traurig ich klinge, obwohl meine Sinne seltsam losgelöst davon sind. Wenn ich jetzt zulasse, dass sich diese Synapsen miteinander verbinden, werde ich den mageren Rest meiner Selbstbeherrschung verlieren.

»Sag mir einfach, wer es ist«, beharrt sie.

»Niemand.«

Mist. Wenn Mom die Wahrheit weiterhin für sich behalten will, habe ich das Recht, dasselbe zu tun. Außerdem fühlt sich alles an Kara – ihr Status in meinem beruflichen, ihre Dominanz in meinem privaten Leben – zu sehr nach meinem metaphorischen roten Faden an. Zerreissbar. Speziell und zu angespannt, um angenehm zu sein.

»Niemand, aha.« Mom legt den Kopf schief und verschränkt die Arme vor der Brust. »Für ›niemand‹ schaust du sehr viel zu Boden.«

»Okay, Vorschlag. Du erzählst mir, was ich wissen möchte, und ich erweise dir dieselbe Wertschätzung.«

»Das hat nichts mit *Wertschätzung* zu tun!« Ihre Betonung besteht in einem wütenden Schluchzer. »Sondern alles damit, dich davor zu bewahren …«

Seufzend bricht sie mitten im Satz ab. Der Seufzer kommt ganz tief aus ihrem Inneren. Sie klingt fast … panisch.

»Mich vor was zu bewahren, Mom? Sag es mir einfach!«

Lange schwankt sie auf der Stelle hin und her. Ihre Atemzüge sind wie Hurrikans aus Gefühlen. Als ich mich zwinge, ihr wieder direkt in die Augen zu schauen, versuche ich verzweifelt, ihren wilden Gesichtsausdruck zu deuten.

Verdammter Mist. Sie ist wirklich völlig verängstigt.

»Ich … ich muss los.«

»Wohin?«, brülle ich. »Wieso? Mom?«

»Es tut mir leid, Max«, bringt sie mühsam heraus. »Es tut mir so leid … wenn ich dir nicht gerecht geworden bin.«

»Mir *nicht gerecht geworden*?« Die Worte klingen absurd, selbst jetzt. Ich bin wütend, das schon, aber ich glaube keinesfalls, dass sie versagt hat.

Doch mir bleibt keine Gelegenheit, das zu sagen, denn sie dreht sich abrupt um und marschiert auf die Tür zu. Ein Teil von mir würde ihr am liebsten hinterherrennen und sie aufhalten, aber ein anderer Teil weiß, dass das nichts bringen würde. Wir müssen uns beide beruhigen, was aber nicht passieren wird, solange keiner von uns nachgibt – oder Informationen rausrückt.

Jetzt im Moment ist es so vielleicht besser. Zumindest von meiner Warte aus gesehen.

Ich habe keine Ahnung, wie ich über Kara reden sollte, besonders mit meiner Mutter. Wenn ich es mir vorstelle, fallen mir entweder zu viele Worte ein oder zu wenige. Alle sind sie abgrundtief unbrauchbar, um zu beschreiben, was für eine kosmische Gewalt diese Frau über mich hat.

Aber wie? *Wieso?*

Ich kenne dieses Mädchen noch kaum. Selbst jetzt, nachdem ich jeden Zentimeter ihrer Zunge geschmeckt und ihren geschmeidigen kleinen Körper gepackt habe, als hinge mein Leben davon ab, ist diese Sicherheit noch immer wie eine Totenglocke in meinem Kopf. Ein Läuten, das sogar noch lauter wird, nachdem Mom aus der Tür gestürzt ist und die Türklingel aufgehört hat zu bimmeln.

Sie lässt mich mit dem Chaos meiner Wut sitzen. Den schwarzen Löchern in meiner Erinnerung. Der anhaltenden Besessenheit von einer Frau, die mir immer wieder die Stirn bietet mit ihrem Feuer, ihrer Ehrlichkeit und ihrer Wahrheit ... selbst wenn sie nicht im selben Zimmer ist wie ich.

Ich werfe den Kopf in den Nacken und schließe die Augen. Mit ein bisschen Glück werde ich endlich erschöpft ein paar Minuten schlafen. Aber irgendetwas sagt mir, dass das Wunschdenken ist. Etwas, das mit dem Bild von Kara zusammenhängt, das erneut vor meinem geistigen Auge entsteht. Ich glaube, diesen Schluss kann ich guten Gewissens ziehen.

Ich bin total im Arsch.

11

Kara

Mich in die erste Reihe zu setzen, war vielleicht ein Fehler. Das Gemurmel und Geflüster im Hörsaal ist hartnäckiger als je zuvor. Aber überrascht mich das wirklich? Die Antwort, die tief aus meinem Inneren kommt, ist ein enttäuschtes Nein.

Mehr aber noch schadet es meiner Konzentration, wie viel Mühe sich Maximus gibt, mich nicht anzuschauen. Wenn er es doch tut, ist sein Blick ein Angriff auf meine Sinne. Es kommt fast schon seiner Leidenschaft für die Cantos gleich, die er vorliest und dabei wieder die Finger fliegen lässt. Und seinem inneren Aufruhr, wenn er eine Frage stellt und mich übergeht. Wieder und wieder und wieder.

Ich unterdrücke meine wachsende Frustration. Wieso drängt er mich, aus dem Schatten der hinteren Reihe zu treten, nur um mich dann zu ignorieren? Das halbe Seminar vergeht, bis ich mich damit abfinde, so unsichtbar zu sein, wie er das offenbar gern möchte. Er stellt leichte Fragen und bekommt leichte Antworten.

»Die Seelen, die dem zweiten Kreis der Hölle zugewiesen wurden, haben ihren Appetit nicht gezügelt. Ihre Sünde bestand darin, ihren Leidenschaften nachgegeben zu haben. Jetzt sind sie auf alle Ewigkeit dazu verdammt, in diesem Wirbelsturm zu bleiben. Was symbolisiert der große Sturm?«

Diesmal meldet sich niemand, um zu antworten, vermutlich weil die Antwort ein sexueller Ausdruck ist. Ich verdrehe die Augen und hebe die Hand.

Nach einer auffälligen Pause räuspert er sich. »Kara.«

»Lust«, erwidere ich tonlos.

Hinter mir kichern ein paar Leute.

Er schürzt die Lippen und nickt. »Richtig. Natürlich erkennt Dante mehrere zentrale Gestalten. Semiramis, Dido, Helena, Paris. Schließlich Paolo und Francesca, die eine gerade lange genug währende Atempause von dem endlosen Sturm finden, um ihre traurige Geschichte zu erzählen. Die meisten dieser Geschichten werden Ihnen bekannt sein. Einige nicht. Auf den ersten Blick scheinen sie alle um dasselbe Thema zu kreisen, nicht wahr? Leidenschaftliche Liebesaffären, die böse geendet haben.« Er schweigt einen Moment und lässt die Fingerspitzen an seinem Bart entlang nach unten wandern, bis sie sich unten treffen. »Ist irgendjemandem von Ihnen aufgefallen, dass sich eine der Geschichten von den anderen unterscheidet?«

Im Raum wird es mucksmäuschenstill. Ich spule die Geschichten aller Charaktere in meinem Kopf ab. Ehebruch, Betrug, Leidenschaft, Lust, Krieg und ein sehr dramatischer Selbstmord auf einem selbst gebauten Scheiterhaufen.

Oh, das ist es.

Ich reiße die Hand hoch. Maximus lässt den Blick theatralisch auf der Suche nach weiteren Meldungen über den Rest des Hörsaals wandern. Aber es besteht nicht die geringste Chance, dass jemand darauf kommt. Schließlich richtet er den Blick mit zusammengepressten Lippen wieder auf mich. Seine Nasenlöcher beben leicht, als er mich erneut aufruft.

»Dido.«

Er schweigt. Ich weiß, dass ich recht habe, aber ich frage mich, ob er im Stillen hofft, ich hätte auch mal unrecht. Die Herausforderung weckt etwas in mir. Vielleicht einen schlafenden Instinkt … vielleicht auch etwas Tieferes. Ich weiß nur, dass ich es gern angeschürt habe. Sehr gern.

»Wieso Dido?«

»Sie ist eine Selbstmörderin«, antworte ich. »Sie hatte eine Affäre, aber als Aeneas sie verlassen hat, hat sie sich umgebracht.«

»Und das bedeutet?«

Ich zucke mit den Schultern. »Ich nehme an, dass Minos einen Fehler gemacht hat, als er ihre Seele zu ewiger Qual verurteilt hat. Oder sie ist im falschen Stockwerk ausgestiegen. Selbstmorde müssen nach sieben.« Ich grinse, als ich sehe, dass er sich das Grinsen zu verkneifen versucht.

»Vielleicht hat Dante aber auch nur ein Nachsehen mit Liebenden.« Er blickt auf meinen Mund, dann in meine Augen. Endlich. »Wir sind noch nicht bis zum siebten Kreis gekommen. Haben Sie schon vorausgelesen?«

Ich schiebe mir eine Haarsträhne hinter das Ohr und stütze mich auf die Ellbogen. »Nein. Ich habe mir die Karte der neun Kreise der Hölle angesehen.«

»Natürlich hat sie das«, sagt jemand hinter mir spöttisch.

Maximus wirft einen genervten Blick in Richtung des Zwischenrufers, aber ich merke an seinen Augenbewegungen, dass er nicht herausfinden kann, wer die beleidigenden Worte gesagt hat. Er sollte sich besser daran gewöhnen. Wobei ich mir noch nicht sicher bin, ob ich weiter in der ersten Reihe bleiben möchte, vielleicht muss er es also doch nicht.

Er geht um das Holzpult herum und hebt einen dicken Stapel Unterlagen hoch. Erleichtert lehne ich mich auf meinem Sitz zurück, als er seine ausgedruckten Kritiken an den Hausaufgaben verteilt, die er bei dem Seminar eingesammelt hat, das ich verpasst habe.

An mehreren Stellen im Hörsaal wird empört nach Luft geschnappt, und ich lächele. Maximus ist wohl doch ein strenger Notengeber.

»Wie die meisten von Ihnen bemerkt haben werden, sind Ihre Einblicke in das Werk und Ihre Noten durchaus noch verbesserungswürdig. Ich schlage vor, dass Sie sich meine Kommentare mehrfach durchlesen. Niemand wird gern belehrt, aber meine Aufgabe ist es, Sie alle zu besseren kritischen Denkern zu erziehen. Das ist eine grundlegende Fähigkeit, die es wert ist, weiterentwickelt zu werden. Diese Zusammenfassungen sind wöchentlich fällig, jeden Freitag.

Verspätete Abgabe zählt automatisch als unvollständig. Ohne Ausnahme. Sollten Sie Fragen haben, können wir sie gern während meiner Sprechstunden diskutieren.«

Dann entlässt er die Studierenden. Mein selbstgefälliges Lächeln erlischt, weil ich meine Hausarbeit nicht zurückbekommen habe. Ich hatte gedacht, wenn ich sie persönlich abliefere, gleicht das vielleicht aus, dass ich zu spät damit dran bin, aber offenbar ist das nicht der Fall.

Als sich der Hörsaal leert, gehe ich zu ihm hin.

»Maximus?«

Keine Antwort. Nicht mal ein Nicken.

»Professor?«, hake ich nach. »Ich habe meine Hausarbeit nicht zurückbekommen.«

Er vermeidet jeglichen Augenkontakt und legt seine Ausgabe der Komödie sowie einige weitere Unterlagen in seine Ledertasche. »Ich sagte doch, Fragen zu den Hausarbeiten können während der Sprechstunden gestellt werden.«

Ich lache trocken. »Und die Sprechstunde beginnt direkt nach diesem Seminar. Wo liegt das Problem?«

Er schaut hoch. »Das Problem ist, dass Sie nicht meine einzige Studentin sind, Kara. Und die Sprechstunde findet in meinem *Büro* statt.« Er zieht eine Augenbraue hoch, als wäre ich eine Vollidiotin zu glauben, ich könnte Antworten von ihm verlangen, so wie ich mich aufgeführt habe.

Ich lockere mein Kinn und zwinge mich zu lächeln. »Nun gut, Professor. Ich denke, wir können gemeinsam hingehen.«

Er seufzt genervt und eilt an mir vorbei. Ich habe Mühe, mit seinen langen Schritten mitzuhalten. Gemeinsam bewegen wir uns auf das Archer Gebäude zu. Nachdem wir schließlich bei seinem Büro angekommen sind, stelle ich zu meiner Freude fest, dass der Plastikstuhl neben seiner Tür leer ist.

»Wow«, sage ich und folge ihm in das kleine Büro. »Ich hatte wirklich geglaubt, die Schlange würde länger sein.«

Er lässt sich auf seinen Stuhl hinter dem Schreibtisch sinken. »Schließen Sie die Tür.«

Ich tue wie geheißen und versuche, nicht an all das zu denken, was ich lieber hinter verschlossenen Türen tun würde, als ihn nach meiner fehlenden Hausarbeit zu fragen.

Als ich mich wieder umdrehe, schaut er aus dem Fenster und fährt sich abwesend mit dem Daumen über die Unterlippe. Umgehend taucht in mir eine lebhafte Erinnerung an diese Lippen auf. Wie sie sich auf meinen angefühlt haben. Wie ich sie erneut gesucht habe. Wie sie meine gesucht haben …

Ich setze mich ihm gegenüber. »Also, worum geht es hier?«

»Ich werfe Sie aus dem Seminar.«

Mir bleibt das Herz stehen. »Wie bitte?«

»Sie haben ein wichtiges Seminar verpasst und die Zusammenfassung, die Freitag fällig gewesen wäre, nicht rechtzeitig abgeliefert.«

Mir fällt die Kinnlade hinunter, aber er redet weiter, bevor ich etwas sagen kann.

»Und selbst wenn Sie sie nicht zu spät eingereicht

hätten, war sie …« Er greift nach einem Kugelschreiber und drückt mehrmals hintereinander den Knopf für die Mine. »Suboptimal.«

Ich springe auf. »Schwachsinn.«

»Sie studieren Literatur nicht im Hauptfach, Kara. Das sieht man ganz deutlich daran, wie Sie Ihre Schlussfolgerungen ziehen. Es ist besser, wenn Sie bei Seminaren in Ihrem Hauptfach bleiben. Ich bin sicher, Sie haben überdurchschnittliche Noten. Es ist nicht sinnvoll, so spät im Studium noch einen Misserfolg hinnehmen zu müssen.«

Ich gehe um den Schreibtisch herum. Meine Haut fühlt sich an, als würde sie in Flammen stehen, aus ganz anderen Gründen als beim letzten Mal, als wir so nah beieinander standen. Er wirbelt in seinem Stuhl herum, um mich ansehen zu können.

»Sie lügen.« Anklagend deute ich mit dem Finger auf ihn. »Außerdem habe ich drei Jahre gewartet, um in dieses Seminar zu kommen. Sie können mich nicht einfach ohne triftigen Grund rausschmeißen.«

Er drückt noch ein Dutzend weitere Male auf seinen Kugelschreiber, bevor ich ihn ihm aus der Hand reiße und quer durch das Zimmer werfe. Er schließt kurz die Augen, als würde er sich nach meinem kleinen Ausbruch vielleicht in sein Zen-Zentrum zurückziehen.

»Es wird nicht funktionieren«, sagt er leise. »Du kennst die Gründe dafür. Ich brauche sie dir nicht darzulegen.«

»Zehn Minuten lang hast du mich jetzt von oben herab behandelt. Wieso jetzt nicht mehr?«

»Kara … das muss aufhören, bevor wir etwas tun, was wir beide später bereuen.«

»Was zum Beispiel?«

Seine Augen verdunkeln sich und verwandeln meinen Wutausbruch in etwas ähnlich Intensives. Etwas, das mich vermutlich im zweiten Kreis der Hölle landen lassen würde, wenn ich nicht ohnehin bereits für Schlimmeres ausersehen wäre. Ich atme tief ein, um mich zu beruhigen, verschränke die Arme vor der Brust und lehne mich mit der Hüfte an seinen Schreibtisch.

»Du fühlst dich zu mir hingezogen«, sage ich.

»Offensichtlich«, erwidert er kurz angebunden.

»Gut.« Ich hole tief Luft. Aus irgendeinem Grund hatte ich mit dieser Antwort nicht gerechnet. Mit dem Wort an sich schon, aber nicht mit dieser Offenheit. »Ich fühle mich auch zu dir hingezogen. Und das ist nicht gerade … normal für mich.«

Er runzelt die Stirn.

»Ich bin nicht immun gegen Anziehungskraft«, fahre ich fort. »Aber meistens fällt es mir leicht, sie zu ignorieren. Dieser Magnetismus zwischen uns ist stärker als alles, was ich je mit jemand anderem erlebt habe, aber es geht auch noch darüber hinaus. Irgendetwas an dir ist besonders, ich komme nur nicht darauf, was. Auch wenn es gefährlich ist und uns beide gerade ein bisschen um den Verstand bringt, kann ich nicht aufhören, bevor ich nicht weiß, was das ist.«

Lange Zeit starrt er mich nur an und atmet, als würde er überlegen, was er mit mir tun soll. Ich mache mich darauf gefasst, dass er sagt, wir sollten wieder

Abstand zueinander halten. Aber ich hoffe, ihm ist klar, dass das mit mir einfach nicht läuft.

»Ich weiß, dass ich anders bin«, sagt er schließlich.

Dieser Ansatz eines Eingeständnisses verblüfft mich. Ich habe Angst, irgendetwas zu sagen, was ihn davon abhalten könnte, mehr preiszugeben, deshalb schweige ich und warte.

»Ich weiß nur nicht, wieso. Und bevor du angefangen hast, dich so, wie du das getan hast, in mein Privatleben zu drängen, war ich zufrieden damit, es nicht zu wissen.«

»Wovor hast du Angst?«

Ich löse die Arme und fahre mit den Fingerspitzen langsam über seinen Handrücken. Ich rechne damit, dass er sich meiner Berührung entzieht, aber das tut er nicht, und das macht mich noch mutiger.

»Ich bin ebenfalls anders, Maximus. Selbst wenn ich neulich Abend nicht die Angst in deinen Augen gesehen hätte, als du dich von mir losgerissen hast, konnte ich sie spüren.« Als er sich sichtlich anspannt, beschließe ich, ihn ein bisschen weiter in meine Welt hineinzulassen, auch wenn ich weiß, dass ich das nicht sollte. »Menschen …« *Schlechter Anfang.* »Menschliche Wesen erzeugen Vibrationen. Es entspricht dem, wie Leute Körpersprache deuten oder Pheromone riechen können und automatisch etwas über jemand anderen *wissen*. Was ich spüre, ist mehr eine Vibration. Was manchmal etwas überwältigend ist, wenn viele Menschen um mich herum sind.« Ich fahre mir mit der Zunge über die Lippen und frage mich, ob ich nicht bereits zu viel gesagt habe. »Menschen wie du.«

»Du klingst verrückt. Das weißt du, oder?«

Ich widerstehe dem Drang, etwas nach ihm zu werfen.

»Nun, wenn du den Leuten erzählen würdest, dass du Metall wie einen Strohhalm verformen kannst, würden sie dich vielleicht auch für verrückt halten. Wie wäre es, wenn wir hier in Anbetracht all dessen eine vorurteilsfreie Zone errichten würden?«

Er seufzt. »Gut. Ich weiß es nicht. Wenn man das alles laut ausspricht, erscheint es so …«

»… real?«

»Vielleicht. Ich sollte nicht in der Lage sein zu tun, was ich tue.«

»Und ich sollte nicht die Fähigkeit haben zu fühlen, was ich fühle. Aber so ist es nun mal.«

»Und was tun wir jetzt? Die Sprechstunde nutzen, um die gemeinsame Abartigkeit zu genießen? Das halte ich nicht für sonderlich konstruktiv.«

Ich lege den Kopf schief. »Ich hatte eher an Abendessen gedacht.«

Er reißt die Augen ein wenig auf. »Wenn wir auch nur daran denken, in der Öffentlichkeit gemeinsam essen zu gehen …«

»Das wäre ein gefundenes Fressen für die Paparazzi. Dein Gesicht wäre auf der Titelseite von jedem Schmierblatt. Ich weiß. Für mich ist das Normalität, falls du dich erinnerst. Ich weiß, wie man so etwas umgeht.«

Er sieht mich misstrauisch an.

Ich beuge mich vor, nehme mir einen Kugelschreiber und schreibe eine Adresse auf die oberste Seite meiner unbenoteten Hausarbeit.

»Sei um sechs Uhr dort. Ich kümmere mich um das Essen.«

Seine Augen fangen an zu strahlen, was mich gleich noch mehr begeistert. »Hm. Eine Frau mit einem Plan.«

»Vielleicht.« Ich grinse leicht. »Okay, vermutlich. Zieh einfach etwas Bequemes an.«

Ich bin bereit zu gehen, aber er greift nach meiner Hand und hindert mich daran, mich weiter von ihm wegzubewegen. Wir sehen uns in die Augen.

»Bist du dir sicher, dass du das willst?«

Ich sehe ihn fragend an. »Was, Abendessen?«

»Nein.«

Er fährt mit dem Daumen über mein Handgelenk. Es ist eine sanfte und liebevolle Geste, und ich muss mich zurückhalten, dass ich mich nicht auf seinen Schoß schwinge und die nächste Stunde lang seinen Mund weiter erforsche, seine Berührung, alles …

»Du bist entschlossen, mich verstehen zu wollen. Ist dir je in den Sinn gekommen, dass du das, was du findest, vielleicht nicht magst?«

»Nein.« *Nicht ein einziges Mal.*

»Sollte dich das nicht beunruhigen?«

Ich schüttele den Kopf. »Wenn mich nur das Beste an dir interessieren würde, wäre ich nicht hier.«

»Aber was ist, wenn …«

»Ich komme damit klar, Maximus.« Auch das ist keine Lüge. Das zeige ich ihm, indem ich ihm ohne zu blinzeln lange Zeit in die Augen sehe. »Ich komme mit *dir* klar.«

Mit allem an dir.

Ich kann mich nicht erinnern, dass mich je eine Herausforderung mehr gereizt hat. Ich hoffe, mein Blick überzeugt ihn, aber ich bin mir nicht sicher. Denn diesmal, als ich mich von ihm löse, gibt er mich frei.

12

Maximus

»Das ist … *wow*.«

Ich schaue Kara nicht an, als ich das sage, aber ihr leises Summen zeigt mir, dass sie mich gehört hat. »Nun, von hier oben sieht es nicht ganz so bombastisch aus, das steht mal fest.«

Die düsteren Anklänge in ihrer Antwort entgehen mir nicht, während wir auf das zersiedelte Land von Los Feliz und Hollywood schauen. Die mehrere Meilen entfernte Skyline der Innenstadt ist in die Farben eines kitschigen Septembersonnenuntergangs getaucht. Von hier oben sehen die Gebäude wie Miniaturen aus, die man für Spezialeffekte eines Filmsets gebaut hat.

Nach einem Moment des Schweigens stellt sie sich auf dem harten Boden des Firebreak Trail im Griffith Park ein wenig näher neben mich. Sie steht nahe genug, dass ich sie berühren kann, und ich habe es aufgegeben, diese Versuchung ignorieren zu wollen. Ausnahmsweise fühlt es sich einmal richtig an, nachzugeben. Ich ziehe sie an meine Seite, und als sie sich an mich anschmiegt und mir liebevoll über den Bauch streicht, fühlt es sich gleich noch richtiger an. Ich lege die Hand an ihre Schulter und spiele zärtlich mit den Haarsträhnen herum, die sich aus ihrem niedlichen Pferdeschwanz gelöst haben.

Alles an diesem Moment ist eher verbindend als verführerisch, wenn auch ein bisschen von der Erwartung überlagert, die mich den ganzen Tag bei dem Gedanken an unser Treffen begleitet hat. Aber jetzt sind wir einfach ... zusammen. Als wären wir das schon sehr viel länger als nur die acht Tage, die wir uns jetzt kennen.

Sie legt die Wange an meine Schulter. »Ich hatte so eine Ahnung, dass es dir gefallen würde.«

»So ist das, eine Ahnung also?«

Ich spreche jede Silbe ganz bewusst aus. Vielleicht sind ihre Fähigkeiten eher intuitiv als übernatürlich, aber ich habe nicht vergessen, was sie mir heute Morgen im Büro gestanden hat. Die Vibrationen, die sie spürt. Wie sie sie von *mir* empfängt. Wie ich sie überwältige. Ich kann noch immer nicht alles enthüllen, was ich meinerseits empfinde.

»Auf diesem Weg ist meistens nicht so viel los«, fährt sie fort, ohne auf meinen Kommentar zu reagieren. »Die Leute nehmen lieber die einfachere Strecke, als auf dieser direkt zum Gipfel aufzusteigen.«

»Mir macht der anstrengendere Weg nichts aus«, versichere ich ihr grinsend. Ihr Lachen verbreitet eine Wärme, die sich mit der des Sonnenuntergangs messen kann. »Aber da hattest du auch so eine Ahnung, nicht wahr?«, füge ich hinzu.

Kara hebt den Kopf und lächelt mich freundlich an. »Manches an dir ist leichter zu verstehen als anderes.«

»Und das heißt?« Ich meine die Frage nur halb scherzhaft. Es gelingt mir, sie beiläufig klingen zu lassen, doch dann merke ich, dass es nichts bringt. Die Gefühle, die unter der Oberfläche durchsickern, haben mich vermutlich längst verraten. Meine Energie. Meine Faszination von ihr. Meine Überraschung und Freude, dass sie Erde und Bäume irgendeinem edlen, überfüllten Restaurant vorgezogen hat.

Natürlich formuliert Kara ihre Antwort sehr sorgfältig. »Dein Hang zur Körperlichkeit ist nicht unbedingt ein wohlgehütetes Geheimnis.« Sie schluckt, dann lässt sie die Hand zu meiner Brust hoch gleiten. »Nicht dass ich mich beschweren würde.«

Sofort ist mein Blut wieder in Wallung. »Kara Valari«, ziehe ich sie mit tiefer Stimme auf. »Flirtest du etwa mit mir?«

Sie hebt den Kopf und lacht. In dem samtigen Braun ihrer Augen spiegeln sich goldene Flecken. Ihre Unterlippe verschwindet zwischen ihren Zähnen. Viel zu schnell lenkt sie mich von meinem faszinierten Blick auf diese Bewegung ab, indem sie antwortet: »Möchtest du, dass ich das tue?«

Mit den Schuhen die Erde aufscharrend, drehe ich mich ganz zu ihr. »Spürst du das nicht?«

Wieder, mit einer Intimität, die sich ganz natürlich anfühlt, lege ich die Hand an ihre Hüften. Ich bin stark in Versuchung, sie tiefer gleiten zu lassen, was dadurch auch nicht gerade besser wird, dass sie Jeansshorts trägt, die Daisy Duke erröten lassen würden.

Ich bin froh, dass Kara ihre Hand weiterhin an meiner Brust liegen lässt, ein kleiner Anker, der mir hilft, meine körperliche Lust im Zaum zu halten.

Aber keine Kraft dieser Welt kann aufhalten, was ansonsten in mir vorgeht.

Es passiert alles wieder genau gleich. Das Erwachen, wenn sie da ist. Wie sehr ich mir ihrer bewusst bin. Die Explosion aus Feuer, Licht und Farbe, die zwischen ihrem Blut und meinem hin- und herrast, so funkelnd wie das vergoldete Sonnenlicht um uns herum …

Sonnenlicht, das auf einmal voller herumwirbelnder Sterne ist.

Ich behalte die schwärmerischen Eindrücke für mich. Es ist ein Gedanke, kein Gefühl, also sollte er vor ihr sicher sein. Die leichte Brise der beginnenden Dämmerung frischt zu einer heftigen Bö auf und reißt Federbüschel von den nahen Blauschwingeln. Kara kichert, als die kleinen Nervensägen an uns festkleben.

»Sie haben Sterne in Ihren Haaren, Professor.«

»Sie auch, Miss Valari.« Ich kann mir das Lächeln nicht verkneifen, als ich eins von einer ihrer Augenbrauen zupfe. »Und hier. Und … hier.«

Aber nachdem ich mit dem Daumen einen von ihrer Unterlippe entfernt habe, nehme ich die Hand nicht weg.

Ich genieße das Stocken ihres Atems. Dann das Flimmern des Sonnenlichts und die Lust in ihren Augen. Während ich den Daumen gegen ihren Mundwinkel presse, streiche ich mit den Fingern über ihre Wange.

»Sterne«, wiederhole ich und lasse zu, dass meine Gefühle zu meinen Worten passen. Ich weiß, sie versteht es. Ich weiß, sie spürt es. Mein Adrenalin und mein Staunen lassen sie geradezu aufblühen, und ich akzeptiere im Gegenzug ihres. Es ist, als würden wir nacheinander süchtig werden – und zum ersten Mal weigere ich mich nicht, mich in diesen Rausch fallen zu lassen.

»Glaubst du, sie führen uns irgendwohin?«

Ihr Flüstern ist so warm wie der Wind. Ich schmiege mich noch enger an sie an. »Wenn das Ziel der Himmel ist, bin ich bereits halb dort.«

Die Worte, die mir warm und rau über die Lippen kommen, scheinen perfekt zu diesem Moment zu passen – bis Kara von mir wegtritt und beinahe über ihre Füße stolpert.

Was zum Teufel …

»Die Sonne geht in ein paar Minuten unter«, beeilt sie sich zu sagen. »Machen wir ein Wettrennen rauf zum Observatorium? Wir können beim Essen weiterreden.« Sie legt den Kopf schief und blinzelt mir zu, offenbar um die plötzlich seltsame Stimmung aufzuheitern, die sich wie ein Bleigewicht auf uns gesenkt hat.

Ich hätte am liebsten sofort eine Antwort von ihr, aber meine Intuition lässt mich zögern. Ihr Druck zu machen, dass sie mehr enthüllt, als sie möchte, noch dazu mitten auf diesem Pfad, war vergebliche Liebesmüh.

Ich muss die ganze Sache etwas subtiler angehen. Lässiger. Was nicht gerade zu meinen Stärken gehört.

Also muss ich mir die Frage stellen, die ich mir nie stellen wollte.

Was würde Jesse tun?

Unglaublicherweise wird diese Frage mein Rettungsring, als ich ihr den Rest des Hügels hinauf folge. Der letzte Teil des Pfads erweist sich als der steilste, was bedeutet, dass Kara mit den Bewegungen ihrer Gesäßmuskeln in all ihrer fein modulierten Pracht und Herrlichkeit angeben kann – und mit diesen erbarmungslos geilen Shorts.

Das Einzige, was mich, sobald wir oben sind, vor einem ausgewachsenen Ständer bewahrt, ist meine Konzentration auf die Frage, wie Jesse vermutlich mit dieser Situation umgehen würde. Es ist des Schicksals gemeiner Witz über uns beide. Ich habe Beine, die funktionieren, versage aber im Small Talk. Jesse sitzt für den Rest seines Lebens in einem Rollstuhl, kann mit seinem Charme aber eine Nonne dazu bringen, ihr Höschen auszuziehen.

Ich bin mir ziemlich sicher, dass Kara Valari kein Höschen anhat.

Nicht dass ich vorhätte, meinen Charme spielen zu lassen, damit sie es auszieht.

Ich muss nur herausfinden, wie ich sie dazu bringen kann, sich mir zu öffnen. Denn zum ersten Mal, jetzt, wo meine Angst verschwunden ist, fange ich an zu glauben, dass sie womöglich auch einige Geheimnisse hat.

Ich lehne mich zurück und betrachte die Reste des dekadenten Essens, das wir gerade verdrückt haben.

»Ich kann kaum glauben, dass du das alles in ein paar Stunden organisiert hast. Okay, noch mal von vorn. Ich kann kaum glauben, dass du das alles organisiert hast. Punkt.«

Während mir ihr niedlicher Pferdeschwanz erlaubt, jeden Zentimeter ihrer errötenden Wangen zu sehen, muss ich mich wohl zum fünfzigsten Mal davon abhalten, an dem eng sitzenden Gummiband zu ziehen und ihre dichten Locken zu befreien. Es ist nicht die einzige Versuchung, gegen die ich in der letzten Stunde ankämpfen musste.

»Freut mich echt, dass du Spaß hast«, erwidert sie mit einem lieblichen Lächeln, das meine Kehle in Schmirgelpapier verwandelt und meine Sinne zu Brei zerfließen lässt. Aber auf eine gute Art. Eine sehr gute Art. Obwohl die Aussicht von der Terrasse aus, auf die sie irgendwie diesen kleinen Tisch gezaubert hat, noch besser ist als die vom Pfad aus, kann ich den Blick nicht von der Schönheit vor mir abwenden.

»Spaß?«, erwidere ich spöttisch. »Spaß ist ein Strandlauf am Sonntagmorgen. Aber das ist …«

Romantisch. Bedeutungsvoll. Der beste Abend, den ich seit Langem hatte.

Aber ich sage das alles nicht.

Kara lächelt mich neugierig an. »Das ist … was?«

Wieder überlege ich, ob ich sagen soll, was ich denke – aber ihre Reaktion, als ich das vorhin auf dem Pfad getan habe, sitzt mir noch in den Knochen. Stattdessen stecke ich mir eine Olive in den Mund und starre erneut auf die Skyline.

»Das ist Spaß hoch zehn.«

Ihr melodisches Lachen lässt mich den Blick wieder auf sie richten.

»Wie hast du das denn nun hinbekommen?«

Sie lächelt ein wenig kokett und sehr bezaubernd. »Was hinbekommen?«

»Du weißt, was«, erwidere ich. »Das Observatorium ist montags geschlossen. Jesse und ich waren immer richtig wütend, wenn wir montags mal keine Schule hatten, weil wir uns dann was anderes suchen mussten, was uns Spaß machte. Die Alternativen konnten nur selten mit dem Observatorium mithalten.«

»Sagen wir einfach, ich kenne jemanden, der jemanden kennt«, antwortet sie und lächelt verhalten. Sie greift quer über den Tisch nach meiner Hand und verschränkt unsere Finger miteinander. »Dann seid ihr also oft hier raufgekommen, Jesse und du?«

»Das könnte man so sagen. Freier Eintritt, Klimaanlage und erstklassige Ausstellungen zum Thema Weltraum. Für zwei Kinder aus der Innenstadt, die bereits mehr über das Thema wussten als ihre Lehrer, und mit Moms, die es sich nicht leisten konnten freizunehmen, gab es kaum was Besseres.«

»Das klingt tatsächlich nach Spaß hoch zehn.«

Ihr fröhlicher Scherz verleitet mich dazu, ihre Hand zu drücken.

»Allein hierher zu kommen, war total aufregend. Ich habe Jesse samt Rollstuhl in den Bus Nummer zwei gehievt, und dann sind wir in den Shuttlebus zum Observatorium umgestiegen.« Bei der Erinnerung daran muss ich lächeln und den Kopf schütteln. »Einige der Typen in diesem Bus … ich meine, verdammt … das würdest du mir nicht glauben, wenn ich es dir erzählen würde.«

»Ich wette, das würdest du auch nach einer Stunde auf einer der Partys meiner Mutter sagen.«

»Ist es so schlimm?« Mein zärtlicher Ton ist das Gegenstück zu der dunklen Verzweiflung in ihrem. »Das Leben als Teil der Familie Valari?«, verdeutliche ich. »Ich meine, all der Glamour muss doch ein bisschen übertrieben sein, weshalb sich auch so viel Hass auf euch richtet. Aber hinter diesem glamourösen Äußeren muss doch irgendwo die Wahrheit liegen, oder? Die Realität?«

Kara löst ihre Hand aus meiner und lehnt sich auf ihrem Stuhl zurück. Ihre Augen glänzen mit dem Mond um die Wette, der genau über der Kuppel des Observatoriums am sich verdunkelnden Himmel aufgeht.

»Tut mir leid. Ich bin zu neugierig.« Frustriert fahre ich mir mit der Hand durch das Haar. Ich fürchte, ich bin gerade dabei, einen ansonsten perfekten Abend zu ruinieren. »Das passiert dir vermutlich dauernd. Dass dich die Leute auszuquetschen versuchen. Mist …«

»Das ist nicht das Problem«, erwidert sie. Ihr Gesichtsausdruck verrät ihre Anspannung, aber auch ihre Ehrlichkeit. »Es ist einfach nur so, dass ich vermutlich noch nie von jemandem nach meinem Leben gefragt worden bin, den es vielleicht tatsächlich … *interessiert*.«

Ich beuge mich vor und stütze die Ellbogen auf dem Tisch ab. »Mich interessiert es wirklich.« *Vermutlich eher zu sehr.* »Wenn du über irgendetwas reden möchtest – hier bin ich. Egal was es ist …«

Sie lacht müde. »All das Spektakel und der Ruhm meines glamourösen Lebens?«

»Ich habe gesagt, egal was.« Ich unterstreiche meine Ernsthaftigkeit, indem ich mit den Fingerspitzen leicht über ihre Knöchel streiche. Dann lasse ich die Hand über ihr Handgelenk wandern und umgreife es schließlich.

Sie seufzt tief. »Meine Familie ist … kompliziert.«

»Das sind die meisten.«

»Vermutlich wirkt es so, als würde jedes Detail unseres Lebens in den Medien ausgebreitet. Das meiste hat mit der Wirklichkeit nichts zu tun. Nur wenig ist, wie es scheint. Jenseits von all dem sind wir ein Musterbeispiel an Widersprüchen. Wir sind sehr verschlossen, aber wir sind es nicht. Wir stehen uns nahe … und doch nicht.«

Ich runzle die Stirn. »Was ist mit Kell? Ihr scheint euch nahe zu stehen.«

Sie nickt. »Tun wir auch. Ich meine, sie ist mir eindeutig näher als alle anderen.«

»Jesse hat sie in einem seiner Seminare.« Ich grinse, als mir wieder einfällt, wie er über sie gesprochen hat. »Er war überrascht, dass in ihr einiges mehr steckt, als man anhand ihrer Präsenz auf Social Media annehmen sollte.«

Sie kichert. »Das stimmt. Es ist …« Sie malt mit der Hand Kreise in die Luft, als könnte sie so die Wahrheit des Ganzen bestätigen. »Bei den Valaris dreht sich alles nur ums Image. Jedenfalls das meiste.«

»Ich kann mir so ein Leben in der Öffentlichkeit gar nicht richtig vorstellen.« Als sie nicht antwortet, rede ich weiter, weil ich spüre, dass sie gern mehr sagen würde, auch wenn ihr das Thema Stress bereitet. »Du scheinst die einzige Valari zu sein, die nicht die ganze Welt an ihrem Privatleben teilhaben lassen will.«

»Da hast du keineswegs unrecht.« Sie wendet den Blick ab und zwingt sich zu lächeln. »Und was hat dich dazu gebracht, Literaturprofessor zu werden?«

Da ich sie die ganze Zeit angeschaut habe, ist mir durchaus klar, dass sie mich bewusst abzulenken versucht. Aber sie glaubt vermutlich auch, dass sie mir schon mehr erzählt hat, als sie sollte. Sie verbirgt noch vieles vor mir, und daran, wie sie sich auf die Lippe beißt, merke ich, wie nervös sie ist. Ich bin kaum mehr als ein Fremder – ein Fremder, der ihre Geständnisse verkaufen könnte, wenn der Preis stimmt.

Ich bin entschlossen, ihr das Gegenteil zu beweisen. Wenn ich dazu mehr von mir erzählen muss, kann ich damit leben.

»Professor Maximus zu werden war nicht unbedingt ein Kindheitstraum von mir«, erwidere ich. »Aber ich beschwere mich nicht. Ich mag die Arbeit.«

»Dann bist du da also irgendwie reingestolpert? Etwas in der Art?« Sie blinzelt und betrachtet mich genauer, als hätte sie fest vor, mir eine bessere Antwort zu entlocken.

»Soweit man in ein akademisches Leben hineinstolpern kann. Ich glaube, das passiert automatisch, wenn man feststellt, dass Lesen das Einzige ist, was einen wirklich interessiert.«

Ihr Blick bekommt etwas Abweisendes, aber ich kann ihn nicht wirklich deuten. Sie spielt mit ihrer Serviette herum. Mit dieser Eröffnung hatte ich ihr den Ball zurückspielen wollen, aber irgendetwas sagt mir, dass das nicht der richtige Weg ist. Das merke ich eindeutig.

Ich stoße einen tiefen Seufzer aus. »Als ich jünger war … nach Jesses Unfall … habe ich mich in Büchern vergraben. Sie waren sicher.« Ich schweige einen Moment lang. »Beim Seitenumblättern konnte ich niemandem wehtun, verstehst du?«

Sie nickt. Nicht voller Mitleid, sondern in schweigendem Verständnis.

»Ich hatte mit Sport aufgehört und brauchte etwas, um die Zeit totzuschlagen. Zumindest etwas, um dem Mist in meinem Kopf etwas entgegensetzen zu können. Deshalb habe ich viel Zeit in der Buchhandlung verbracht.«

»Im *Recto Verso*?«

»Ja. Reg und Sarah haben sich um mich gekümmert, wenn Mom keine Zeit hatte. Sie haben mich den Laden quasi in meine persönliche Bibliothek umwandeln lassen. Was gut war, ich habe Bücher nämlich verschlungen wie andere Kinder Videospiele.«

»Und?« In ihren Augen blitzt etwas auf, als wüsste sie, dass noch mehr dahintersteckt.

»Und … vermutlich war da irgendetwas an diesen alten klassischen Geschichten, was mich fasziniert hat. Die ganzen Bedeutungen zu entschlüsseln. Die ganzen kleinen verborgenen Juwelen herauszuarbeiten, mit denen ich euch im Seminar zu verblüffen versuche.«

»Es gibt immer eine Geschichte hinter der Geschichte«, fügt sie hinzu.

»Genau!« Es fühlt sich so verdammt gut an, das voller Inbrunst sagen zu können. »Und außerdem kommt der Held, egal wie schief alles läuft, immer durch. Jedes Mal.« Ich bremse mich, indem ich den Blick zum Horizont schweifen lasse und die schwindenden Farben betrachte, bevor sie völlig verblassen. Als ich Kara schließlich wieder anschaue, beobachtet sie mich noch immer aufmerksam. »Nach allem, was passiert war, brauchte ich das. Ich musste glauben, dass ich durchkomme. Und dass ...«

»Was?«, hakt sie nach, während ich zögerlich auf dem Tisch herumklopfe.

»Dass ... Jesse das auch tun würde.«

Sie trinkt einen großen Schluck von ihrem Wein. »Dann stehst du offenbar auf Happy Ends?«

Ich grinse. »Wer nicht?«

»Na ja. Vielleicht ein paar sehr ernsthafte akademische Typen.«

»Ich nehme die Texte ernst. Aber ich war nie ein Literatursnob.«

»Die Blazer mit den Ellbogenflicken, die du immer trägst, sprechen aber eine andere Sprache.«

Wieder lache ich, diesmal mit in den Nacken zurückgeworfenem Kopf, und das Lächeln, das sie mir als Antwort schenkt, ist das Beste bisher an diesem Abend. Auf einmal wünsche ich mir, ich könnte die Zeit anhalten und diesen Moment ein bisschen länger währen lassen. Das leichte Erröten ihrer Wangen. Die Haarsträhnen, die ihr der Wind ins Gesicht bläst.

Diese unauffällige Flucht – nur wir beide –, weit weg von allen neugierigen Gaffern.

Als könnte sie meine Gedanken lesen, errötet sie noch mehr und senkt den Blick. »Möchtest du nach drinnen gehen?«

»Gern.«

Wir erheben uns und lassen das Essen stehen. Ich bin vor ihr an der Tür zur Himmelshalle und halte sie ihr auf. Gemeinsam treten wir ein und gehen durch zur Rotunde und zu den farbigen Exponaten dahinter.

»Kann ich dir ein Geheimnis anvertrauen?« Ihre Stimme hallt von den glatten Wänden und dem Fliesenboden wider.

Ihre Frage, verführerisch und spöttisch zugleich, lässt mich so abrupt stehen bleiben, dass meine Sohlen auf dem Marmor ein quietschendes Geräusch machen. Ich nehme ihre Hand und ziehe sie wieder an mich. Als wir Brust an Brust stehen, habe ich ihre Frage fast schon vergessen. Ich bin zu betäubt von ihrem Äußeren. Ihrer stolzen Haltung. Ihren zarten Schultern. Ihrem üppigen Busen. Ihrer schlanken Taille. Und dann – Gott steh mir bei – das Leuchten, das alles weiter unten umfasst. Die Teile, an die zu denken ich mich weigere. Die zarte Haut, an die ich pausenlos denken muss …

Ihr Gesichtsausdruck scheint meinen widerzuspiegeln. Ein bisschen verloren. Düster vor Begierde.

»Was?«, murmele ich. »Alle deine Geheimnisse sind bei mir sicher aufgehoben.«

Sie schweigt einen Moment, als müsse sie sich mein

Versprechen durch den Kopf gehen lassen – eins, das ich vollkommen ernst meine.

»Ich war noch nie hier. Im Inneren des Observatoriums.«

Ich schaue sie verblüfft an. »Willst du mich verar… ich meine, machst du Witze?«

Sie sieht mich warnend an. »Sicherheitsbereich für alle Geheimnisse, Mr Kane. Du hast es versprochen.«

»Und ich bin weiterhin dein Schließfach«, erwidere ich. »Aber wie konntest du hier aufwachsen und das alles nicht erleben?«

Allein das scheint ihre nächste Bewegung auszulösen. Sie legt den Kopf in den Nacken und richtet den Blick gen Himmel. »Oh, wow.«

Ich weiß auch ohne hinaufzuschauen, was der Grund für ihren Ausruf ist. »Die Decke hier löst das bei vielen Leuten aus«, versichere ich ihr. »Und da wir diesen Ort gerade für uns allein haben …«

Ich lasse mich zu Boden sinken und ziehe sie mit mir hinunter, bis wir beide auf dem Rücken liegen und einen perfekten Blick auf das Wandgemälde der Rotunde haben.

»So viel zu Spektakel und Ruhm«, murmelt sie beeindruckt.

»Die ganzen Paneele wurden in den Dreißigern von einem Mann namens Hugo Ballin gemalt. Der große Kreis in der Mitte stellt die Götter und Göttinnen der Sternzeichen dar, die von Atlas in den Himmel geschwungen wurden.« Während ich rede, deute ich auf die jeweiligen Stellen des Wandgemäldes. »Die Plejaden sind ebenfalls dort, und dann ist da noch

Jupiter – oder Zeus, je nachdem ob man sich römisch oder griechisch fühlt.«

»Zeus. Aha.« In ihrem nachdenklichen Murmeln scheint eine neue Bedeutung mitzuschwingen. Oder sind das nur meine unter Hochspannung stehenden Nerven, die gerade Überstunden machen? Eine falsche Interpretation ihres rauen Atems in der Stille des Raums? Der Kampf, den ich noch immer mit mir führe, mehr jetzt denn je, sie nicht an mich zu ziehen, zu küssen, bis ihr die Sinne schwinden und Versprechen auf mehr ins Ohr zu flüstern?

Schließlich rette ich mich in meine Rolle als Professor Maximus. Wenn es gerade so gut passt …

»Hugo Ballin hat mit dem Konzept nicht gerade das Rad neu erfunden«, erkläre ich. »Viele der Konstellationen wurden nach den Göttern benannt, weil die Menschen im Altertum glaubten, die Götter würden sich unter sie mischen. Jeder Gott und jede Göttin bekam einen Platz am Himmel, um sie zu ehren und so zu beschwichtigen. Je größer die Gottheit, desto umfangreicher die Konstellation.« Ich schaue in die riesige Kuppel hinauf, die von der kathedralenartigen Kunst beherrscht wird. »Es gibt wohl kaum eine verrücktere Idee als die, dass Götter über die Erde wandern und sich mit Menschen verschwören.«

Kara richtet den Oberkörper auf und schaut auf mich hinunter. »Verrückt? Wieso? Nur weil die Theorie von einer antiken Zivilisation aufgestellt wurde? Weil man es Mythologie und nicht Literatur nennt? Weil Wissenschaft und Fakten es nicht direkt als bewiesene Geschichte stützen?«

Ich antworte ihr nicht gleich. Ich glaube, ich warte darauf, dass sie zu grinsen anfängt und mir zeigt, dass sie nur Spaß macht. Als nichts dergleichen passiert, frage ich: »Was willst du damit sagen? Dass du glaubst, es gibt einen Haufen Superwesen, die am Himmel herumtollen, wenn sie nicht gerade auf dem Olymp Nektar schlürfen?«

»Ich will damit sagen, dass es viele Dinge auf der Welt gibt – im Universum –, die man nicht mal ansatzweise verstehen oder erklären kann.«

»Okay.« Ich ziehe das Wort in die Länge. »Jetzt bin ich neugierig. Was zum Beispiel?«

»Zum Beispiel das Bermudadreieck«, erwidert sie wie aus der Pistole geschossen. »Oder die Nazca-Linien und Bigfoot und Déjà-vu.« Und dann beugt sie sich herüber und verschränkt unsere Finger wieder miteinander, damit die Energie, die so abartig verrückt und gleichzeitig so hell und schön ist, wieder zwischen uns fließt. »Wie wir, Maximus«, flüstert sie. »Wie … das.«

Zu spät merke ich, dass ich nicht atme. An Kara Valari ist irgendetwas bizarr und verboten und anders. Aber auch warm und vertraut und richtig.

So verdammt richtig.

Wer auch immer sie wirklich ist, unsere Zeit hier zusammen hat mein Bedürfnis nur noch verstärkt, sie verstehen zu wollen, all ihre Geheimnisse zu kennen, während sie mir hilft, meine zu entdecken. Aber davor gibt es noch etwas sehr viel Dringlicheres. Ich muss sie unbedingt küssen. Egal wie viel Angst ich davor habe.

Ich löse das Band ihres Pferdeschwanzes und lasse die Finger durch ihr seidiges Haar gleiten, bis meine Hände an ihrem Hinterkopf liegen. Langsam ziehe ich sie zu mir herunter. Ich giere zu sehr nach dem Mund, aus dem gerade diese Worte kamen. In diesem Moment klingen sie in meinem Kopf wie eine Freiheitserklärung und in meinem Herzen wie ein Manifest der Wahrheit. Denn als sie die Lippen auf meine legt, bekomme ich eine Ahnung, dass wir beide gerade mal an der Oberfläche einer tieferen Wahrheit kratzen. Voller Angst davor, tiefer zu dringen – aber mit noch mehr Angst vor dem, was geschehen wird, wenn wir es nicht tun.

13

Kara

Maximus zu küssen, löscht jegliches Denken aus. Denn so sehr er auch meine Gedanken stimuliert, vergesse ich, wenn ich ihm so nahe bin, doch sehr rasch die anderen Ebenen, auf denen wir zusammenpassen. Eben noch habe ich über die Konstellationen in Mythen und Rätseln nachgegrübelt – alles Dinge, die ich mein ganzes akademisches Leben lang mit den Wahrheiten verglichen habe, die mir bereits bekannt sind.

Jetzt bin ich nur noch Blut und heiße Haut und unbändige Lust. Mensch. Dämon. Vermutlich eine gefährliche Mischung aus beidem. Mutig geworden lasse ich die Hand vorne an seinem Hemd hinabgleiten und schiebe die Fingerspitzen unter den Saum. Seine Muskeln bewegen und verkrampfen sich, je höher ich mich vortaste. Wir lösen die Lippen gerade lange genug voneinander, dass sein Stöhnen meine Lippen erwärmt. Ich frage mich, ob es der Kuss oder die sachte Berührung ist, die ihn überwältigt. Dann zieht er mich mit der freien Hand über sich, und mein Schenkel rutscht zwischen seine.

Was da gegen meine Hüfte presst, ist eindeutig ein Ständer. Es wäre vielleicht etwas seltsam, wenn es nicht so verdammt berauschend wäre zu wissen, was ich in ihm auslöse. Ich sollte mich wegdrehen. Den Druck verringern. Aber ich kann es nicht lassen, seine Selbstbeherrschung genauso zu testen, wie er meine testet, also küsse ich ihn noch leidenschaftlicher und rutsche mit dem Oberkörper ein bisschen nach oben, um die Reibung zu intensivieren.

Maximus greift sich an dem hochgerutschten Saum meiner Shorts vorbei zwei Handvoll meines Körpers. Die besitzergreifende Bewegung erhöht den Druck zwischen unseren Körpern. Ein blendender Blitz rast durch mich hindurch. Zu viel zu schnell.

Oh, aber ich liebe es. Ich stöhne und vergrabe die Fingernägel an seiner Brust.

»Verdammt, du bringst mich um mit deinen Shorts.« Sein Atem geht stoßweise. »Wir sollten aufhören. Kara, sag mir, dass ich aufhören soll.«

»Aufhören« klingt wie das schlimmste Wort, das ich je gehört habe, deshalb küsse ich ihn noch intensiver und mache ihm klar, dass er bei dem Plan nicht auf meine Mitwirkung zählen kann. Ganz und gar nicht.

»Kara«, flüstert er mit rauer Stimme voller Sorge und Sehnsucht.

»Ich will nicht aufhören. Ich will, dass du mich weiter berührst. Mich küsst.« Der Rest meiner Bitten verhallt in meinem Kopf. Die, in denen es darum geht, dass er mehr tut als mich zu küssen und zu berühren. Aber diese Erfahrung werde ich nie mit ihm teilen, egal wie sehr ich mir das vielleicht wünsche.

Ein ernüchternder Gedanke.

Ich sollte es beenden. Die Anziehungskraft ein bisschen anzuheizen ist das eine, aber das ist ein Höchstgeschwindigkeitsrennen auf einer Straße, auf der ich nichts zu suchen habe. Zumindest nicht mit Maximus.

Ich beende den Kuss, aber bevor ich mir eine gute Entschuldigung ausdenken kann, wieso wir aufhören sollten, dreht er mich auf den Rücken, sodass ich jetzt auf dem Boden liege. Er legt die Hand an meinen Hinterkopf, um ihn vor den harten Fliesen zu schützen, und schwingt sich über mich.

Zärtlich fährt er mit den Lippen über meine. Ich wölbe mein Becken nach oben, hungrig nach mehr Körperkontakt. Er nimmt die Einladung an und lässt sich niedersinken, wobei er darauf achtet, mich nicht zu zerquetschen. Nicht dass es mir etwas ausmachen würde. Ich bin bereits völlig besessen davon, ihn zu spüren. Sein Gewicht. Seine Hitze und seinen Geruch nach Regen, wenn wir uns so nah sind.

Er fährt mit dem Finger an meinem Kinn entlang und folgt ihm dann mit dem Mund, bis mich sein nächstes Ausatmen am Ohr kitzelt. »Ich will auch nicht aufhören. Ich glaube nicht, dass ich das jemals wollen werde. Nicht mit dir, Kara.«

Das Geständnis reicht, um alle Widerstände, die sich in meinem Kopf formieren, bröckeln zu lassen. Mehr noch, es geht über die körperliche Erregung hinaus, die meine Sinne erfasst hat. Hitze und Staunen spiegeln sich in seinen Augen, als sich unsere Blicke erneut treffen.

Als er mich küsst, denke ich irgendwo ganz hinten in meinem Kopf, dass ich mich auf diese Art verlieben könnte. Bei diesem gequälten Geflüster, dem heißen Blick und der Verehrung, mit der er die Lippen über all die Stellen gleiten lässt, die er erreichen kann.

Ich vergrabe die Finger in seinem Haar und blinzele zur Decke hinauf. Die einzigen Zeugen dieses intimen Moments sind die in den Himmel gemalten Figuren. Sie sind nicht meine Götter, aber dennoch spüre ich, dass sie uns beobachten. Mich verurteilen.

Maximus bewegt sich weiter meinen Körper hinab und knabbert durch mein kurzes Top hindurch an meinen Brüsten. Dann überzieht er meinen nackten Bauch mit heißen Küssen. Ich kann kaum noch atmen. Noch nie habe ich jemanden so gewollt. Vermutlich werde ich das auch nie wieder. Aber wir dürfen nicht. Ich darf nicht …

Dennoch hallen unsere Seufzer und unser Stöhnen weiter von den Wänden wider. Auf einmal ist der oberste Knopf meiner Shorts offen. Mein Name klingt aus seinem Mund wie ein Gebet.

Dann der Donner. Ein leises Grummeln, das sich leicht ignorieren lässt, bis die lauten Geräusche eines herannahenden Sturms uns beide innehalten und verstummen lassen. Als sich Maximus über mir bewegt, reiße ich die Augen auf.

Die Frage in seinen blauen Augen spiegelt wider, was mir durch den Kopf geht. Sollen wir von hier verschwinden, bevor der Himmel seine Schleusentore öffnet? *Oder weiter zum Klang des Regens exotische Dinge auf dem Boden des Observatoriums tun?*

Ein blassgrauer Zeus starrt mich über Maximus' Schulter hinweg an. Der Gott des Donners höchstpersönlich. Ich bin mir nicht sicher, ob ich dem Mann im Wandgemälde eher danken oder ihn hassen sollte.

»Sollen wir los?«

Ich lasse den Blick leicht nach links wandern, zu dem schönen Mann hin, der auf mich hinunterschaut und gut selbst ein Gott sein könnte. Bereits jetzt bedauere ich das Ende unseres Abends. Als ich die Fingerspitzen an seine Wangen lege, ertönt ein weiterer wütender Donnerschlag.

Er steht auf und zieht mich ebenfalls hoch. »Komm. Lass uns gehen, bevor es draußen richtig schlimm wird.« Er dreht sich zur Terrasse um. »Mist. Das Essen.«

»Mach dir darüber keine Gedanken.«

»Bist du dir da sicher?«

»Ich kenne jemanden, der jemanden kennt. Du erinnerst dich?«

Sein Lächeln erleichtert mich kolossal. Ich bin völlig durcheinander. Ich habe mich noch nicht von dem erholt, was die letzten Minuten passiert ist, und werde es vielleicht auch niemals tun. Noch erleichterter bin ich, als er meine Hand nimmt und mich aus dem Gebäude führt. Schweigend hasten wir auf den östlichen Pfad zu – über den wir hoffentlich nach unten kommen, bevor der Regen losbricht.

Wir schaffen den Abstieg in kurzer Zeit, aber nicht schnell genug, um vor dem Regen unten zu sein. Die ersten Tropfen fallen, kurz bevor wir am Ziel sind. Auf den letzten Metern zu seinem Pick-up trifft uns das Unwetter mit voller Wucht. Wir springen in den Wagen und schnappen nach Luft. Der Regen rauscht um uns herab und behindert den Blick durch die Windschutzscheibe.

Als ich anfange zu zittern, lässt Maximus den Motor an und dreht die Heizung auf. Mir entgeht nicht, wie er meine regennasse Kleidung anstarrt. Ich bin nicht weniger schuldig. Er sieht unglaublich umwerfend aus, jetzt wo sein T-Shirt an seinem gut gebauten Oberkörper klebt.

»Danke«, sage ich und reibe mir die Arme, um sie zu wärmen.

»Gern geschehen.« Er lehnt den Kopf an die Nackenstütze und stößt einen tiefen Seufzer aus. »Danke, Dad. Makelloses Timing.«

Ich sehe ihn fragend an. »Dad?«

Er grinst mich an. »Nur mein persönlicher Gag. So zu tun, als wäre der Gott des Donners mein Vater.« Er deutet mit dem Finger nach oben.

»Zeus?«

Er lacht leise. »Es ist bescheuert. Aber vermutlich besser, als darüber nachzugrübeln, was mit dem richtigen passiert ist.«

Rasch versuche ich nachzuvollziehen, was das bedeutet. »Was ist mit dem richtigen passiert?«

»Das ist eine sehr gute Frage. Ich habe keine Ahnung, und meine Mutter weigert sich, es mir zu erzählen. Nicht gerade ideal, wenn man versucht herauszufinden, wer man ist.«

Ich schweige lange, weil ich damit zu kämpfen habe, wie plötzlich und intensiv mein Herz mit ihm mitfühlt. Und ich versuche zu verstehen, wieso jemand seinem erwachsenen Kind diese Information vorenthalten würde. Mein Stammbaum ist eine hässliche Geschichte aus Betrug und Verrat, aber zumindest weiß ich, wie er aussieht. Im Dunklen zu tappen wäre sehr viel schlimmer. Jedenfalls glaube ich das.

»Das erscheint mir unfair.«

Er blickt starr geradeaus, als könnte er durch die regenüberströmte Scheibe irgendetwas erkennen. »Mit ›unfair‹ musste ich mich schon vor langer Zeit arrangieren.« Er schaltet den Scheibenwischer ein. »Apropos unfair, fahren wir zurück, damit du dir bei dir zu Hause trockene Sachen anziehen kannst.«

Als er den Schalthebel in Fahrtposition bringt, lege ich die Hand auf seine. Er sieht mich an.

»Es war wirklich nett mit dir. Ich bin sehr froh, dass du ja gesagt hast.«

»Ich auch.« Sein Blick ist nicht zu deuten. Zu viel spiegelt sich in seinen Augen wider. Oder vielleicht spüren wir auch beide im Moment zu viel von allem Möglichen. Ich kann ihn mir nicht erklären.

Meine Sorge, dass er den ganzen Abend vielleicht längst bereut, löst sich auf, als er meine Hand in seine nimmt. Während der Fahrt zurück hält er sie die ganze Zeit fest.

Etwa eine Stunde später fährt er vor meinem Haus vor und bleibt im Leerlauf hinter Kells Bentley stehen.

»Dann sehen wir uns wohl am Mittwoch«, sage ich, obwohl ich mir wünsche, ich würde ihn schon früher wieder sehen.

Vielleicht will er das auch. Aber er sieht mich nicht an, und das ist unerträglich.

»Bis Mittwoch«, murmelt er leise.

Trotz seiner plötzlichen Kühle beuge ich mich zu ihm hinüber und küsse ihn auf die Wange. Ich ziehe mich zurück, bevor mehr daraus werden kann und renne durch den Regen zum Eingangstor.

Drinnen stürze ich sofort ins Bad und dusche. Die Kälte aus meinen Knochen zu vertreiben ist eine Erleichterung. Aber vor meinem geistigen Auge sehe ich nur Maximus. Unser perfektes Abendessen. Seine zärtlichen Berührungen. Seine eindeutigen. Frustriert stöhne ich auf, trockne mich ab und ziehe mir ein T-Shirt und eine bequeme Trainingshose an.

Kell steht mit einem Glas Wein auf der Terrasse. Ich schenke mir ebenfalls eins ein und gehe zu ihr hinaus. Inzwischen ist es dunkel, aber der Regen hat aufgehört. Am Himmel ist tatsächlich nicht eine Wolke.

»Was tust du hier draußen?«, frage ich. »Alles ist nass.« Ich schließe die Schiebetür hinter mir.

»Der Sturm hat das Internet lahmgelegt. Mir ist total langweilig. Und du? Wo warst du?«

»Ich war noch länger in der Bibliothek«, lüge ich.

Sie sieht mich unbeeindruckt an. »Stand dein Wagen deshalb den ganzen Abend in der Garage?«

»Ich konnte bei jemandem mitfahren.«

Sie sieht mich mit gerunzelter Stirn an und führt das Glas an die Lippen. »Du bist eine schlechte Lügnerin, Kara. Wenn du dich weiter heimlich mit deinem Professor treffen willst, solltest du dir ein paar bessere Ausreden zurechtlegen. Oder mir einfach die Wahrheit sagen.«

Anstatt ihr zu antworten, trinke ich einen großen Schluck von meinem Wein.

»Nun?«, hakt sie nach, als ich stumm bleibe.

»Wenn es recht ist, würde ich lieber nicht darüber reden.«

Sie dreht sich zu mir um und lehnt sich an das Geländer. »Das wäre es vermutlich, wenn ich nicht das Gefühl hätte, ich müsste dich dazu bringen, es dir anders zu überlegen. Ich versuche nur, dir einen schwesterlichen Rat zu erteilen. Wir wissen beide, dass es nur eine Frage der Zeit ist.«

»Bis was passiert?«

Sie legt den Kopf schief. »Bis sie dir jemanden schicken werden. Dann ist es vorbei mit den Spielchen. Diese schwarze Wolke schwebt genauso über mir. Glaub mir, ich verstehe es.«

»Wieso machst du mir dann deswegen Stress?«

»Weil ich dich mag. Ich weiß nicht genau, wohin sie widerspenstige Dämonenmädchen schicken, die sich nicht für den Richtigen aufbewahren, aber ich will auf keinen Fall, dass du dorthin kommst.«

»Das ist mit ziemlicher Sicherheit die Hölle. Da landen wir am Ende sowieso alle.«

Sie kaut auf ihrer Lippe herum und schaut auf die glitzernden Lichter der Stadt. »Ja, aber so weit sind wir noch nicht. Ich weiß, du hasst dieses Leben und alles, was Mom versucht, aber es könnte sehr viel schlimmer sein. Es könnte, du weißt schon, tatsächlich die Hölle sein.«

»Unser Leben ist bloß Täuschung. Nichts davon ist wirklich.«

Sie richtet sich auf und breitet die Arme aus, wobei ein wenig Wein auf den Boden spritzt. »*Ich* bin wirklich. *Du* bist wirklich. Ist es das nicht wert, beschützt zu werden?«

Ich bin in Versuchung, weiter mit ihr zu diskutieren, aber ich spüre ihre wachsende Frustration. Mehr noch, ich spüre, dass diese aus besseren Motiven geboren ist, als irgendjemand sonst in meiner Familie sie hat. Das Band zwischen uns, so dünn es auch manchmal zu sein scheint, bleibt trotzdem ein Band.

»Wir tun nichts weiter, als die Leute dazu zu animieren, genauso banal zu sein und sich nur um sich selbst zu drehen, wie es bei uns der Fall zu sein scheint. Das bedeutet es, eine Valari zu sein. Tut mir leid, wenn ich nur mit angezogener Handbremse dabei bin.«

»Du willst überhaupt nicht dabei sein, das ist das Problem. Und …« Sie schließt die Augen und seufzt. »Kara, ich will dich einfach nicht verlieren.«

Ich gieße ein wenig von meinem Wein in ihr fast leeres Glas. »Du wirst mich nicht verlieren«, sage ich leichthin, obwohl sich mir die Kehle vor Angst noch mehr zusammenschnürt als zuvor.

Sie seufzt dramatisch. »Bist du dabei, dich in diesen Typen zu verlieben, oder was ist da los?«

»Was soll ich dir darauf jetzt antworten?«

»Sag mir einfach die Wahrheit.«

Ich schiebe das Kinn vor und suche in meiner Seele nach der Antwort. Vor dem heutigen Abend hätte ich es vielleicht nicht eindeutig sagen können. Jetzt habe ich Maximus in meinem Blut. Eine ausgewachsene Sucht. Bücher waren immer meine einzige Sucht, aber Maximus ist eine Geschichte für sich. Ein lebendiges, atmendes Rätsel. Der faszinierendste Held, der mir je begegnet ist. Und ich will nicht, dass die Geschichte jemals endet.

Kell legt den Kopf schief und presst die vom Wein gefleckten Lippen zusammen. Sie wartet auf meine ehrliche Antwort, auch wenn sie nicht so ausfällt, wie sie das gern hätte.

»Ja«, sage ich schließlich. »Ich verliebe mich gerade in ihn.«

14

Maximus

»Du meine Güte. Wirklich ein schöner Tag im Viertel.«

Jesses Kommentar – wie so viele, die er loslässt – löst in mir die Frage aus, ob ich stöhnen oder kichern soll. Ich folge seinem Blick aus dem Fenster seines Büros auf den Rasen, wo ein Frauentrio in der Nachmittagssonne faulenzt.

»Sie sind ein hoffnungsloser Fall, Professor North.«

Aber die Heiterkeit in meinem Ton ist nur schwer beizubehalten, sobald ich mein Handy geöffnet habe. Heute bestehen die Eingänge unter meiner Adresse auf Social Media ausschließlich aus Fotos von Kara Valari. Sie trägt eine modische Bluse und strahlt sich durch ein Benefiz-Mittagessen zugunsten eines örtlichen Tierheims.

Wirklich klasse.

Denn all die Anstrengungen, die ich seit gestern Abend unternommen habe, um mir Kara aus dem Kopf zu schlagen, darunter zwei kalte Duschen, ein Lauf auf dem Santa-Monica-Pier und ein zweistündiges Mittagessen mit meinem besten Freund, sind von zwanzig Sekunden Welpen, Kätzchen und der Rückseite dieser Frau in hautengen roten Jeans zunichte gemacht worden.

Und ich hatte gedacht, die Daisy Dukes vom gestrigen Abend seien kaum zu übertreffen.

Himmel.

Gestern Abend.

»Huhu? Erde an Maximus Kane!«

Ich bin dankbar für die Gelegenheit hochzuschauen. »Ja? Was?«

»Wer ist jetzt hier der hoffnungslose Fall?«

Während ich noch seinen Worten nachlausche, wirft er ein superelastisches Gummi aus, das sich mit einem schmatzenden Laut um mein Handy legt. Bevor ich auch nur blinzeln kann, wird es mir aus den Händen gerissen und landet dank seinem kleinen Spielzeug in seinen. »Ja schau sich *das* einer an.«

»Verdammt, Jesse.«

»Und das … und das … Also echt, Maximus. Sabberst du im Internet Kara Valari hinterher?«

»Gib mein Handy wieder her.«

Er hält es hoch und weg von mir, als wären wir Kinder, die sich streiten, wer beim Spiel als Erster loslegen darf. »Erst wenn du mir erzählst, was sich mit diesem flotten Käfer abgespielt hat.«

»Nenn sie nicht so.« Diese Mischung aus Wut und Besitzerinstinkt ist mir neu.

»Ich mache dir einen Vorschlag.« Er zieht eine Augenbraue hoch. »Ich höre auf zu reden, wenn du damit anfängst. Beginnen wir mit vorgestern Abend … in deiner Wohnung.«

Ich fahre mir mit der Hand durch die Haare. »Was ist hier los? So hast du dich noch nie bei einer Frau aufgeführt, mit der ich mich getroffen habe.«

»Bisher ist auch noch keine am Sonntagabend vor deiner Tür gestanden.«

»Und was genau ändert sich dadurch?«

Seine entnervende Antwort besteht darin, mit dem Handy über seinem Kopf herumzuwedeln. »Keine Einzelheiten für Jesse, kein Handy für Max.« Er hält es weiter hoch, denn er weiß genau, dass ich ihm nur nahe komme, wenn ich ihn aus praktischen Gründen hochhebe. »Komm schon, Mann. Erfreu mich mit ein paar saftigen Einzelheiten. Lass mich hier nicht mit deinem Handy und meinem Schwanz in der Hand sitzen.«

»Danke für das furchterregende Bild.«

»Weißt du, was deutlich furchterregender ist? Die Tatsache, dass in den drei Jahren, die wir in diesem Gebäude leben, soweit ich mich erinnere keine Frau außer deiner Putzfrau und der alten Mrs Worthington mit ihren Brownies vor deiner Tür gestanden hat.«

Jetzt ist es an mir, eine Augenbraue hochzuziehen. »Bist du neidisch auf die Brownies? Ist es das, worum es hier geht?«

Jesse kneift die Augen zusammen. »Hier geht es um dich und um gesunde menschliche Gesellschaft. Abgesehen von mir, versteht sich. Die Art von Gesellschaft, der *vielleicht* die Vorstellung gefällt, deinen männlichen Dreitagebart zwischen ihren seidigen ...«

»Okay, Stopp.« Ich springe aus meinem Lieblingsohrensessel hoch und gehe um den Schreibtisch herum. »Verdammt. Jesse. Wieso machst du mir so einen Druck?«

Er legt den Kopf schief und sieht mich ernüchtert an. »Weil sich ein Teil von mir Sorgen um dich macht, Mann.«

»Ich habe mich mit Frauen getroffen, okay?« Ich drehe mich um und platziere meinen Hintern auf der Kante seines Schreibtisches. »Du weißt, dass es da ein paar … besondere Damen … in meiner Vergangenheit gab.«

»Klar«, erwidert Jesse. »Nur dass Wendy aus Collegezeiten, Therese von der Klausurtagung und Renee vom *Recto Verso* nicht zählen.«

»Wieso nicht?«

»Weil sie alle lang zurückliegende Geschichte sind.« Er schnauft. »Dude, Wendy ist verheiratet, Therese hat *Kinder*, und Renee ist längst wieder in Großbritannien.«

»Okay, gut.« Ich reibe mit den Fingerknöcheln meinen Bart. »Ich war eben beschäftigt.«

»Nein«, widerspricht Jesse. »Du warst verdammt wählerisch.«

»Wissen Sie, Mr North, es gibt da diesen Begriff, der für ein paar Männer auf dieser Welt noch eine Bedeutung hat. Der Begriff heißt *Gentleman*.«

Zur Spaßverstärkung betone ich jede Silbe einzeln. Aus Rache übertreibt Jesse sein nächstes Lächeln. Er ist sich seiner Sache vollkommen sicher und durchschaut meine Ausflüchte bis auf den Grund der Wahrheit. Dass ich so lange keiner Frau mehr den Hof gemacht habe, liegt daran, dass es nichts in mir gab, womit ich ihr hätte den Hof machen können. Nur eine Leere, die ich mit tausend Dingen gefüllt habe, die alle nicht ich sind. Ein Ich, über das ich nichts weiß. Denn ihm hinterherzujagen, führt nur zu genau dem, was im Laden mit Mom passiert ist.

Wut. Verwirrung. Frustration. Enttäuschung. Tiefes Eintauchen in noch dunklere Leere.

»Okay, lass uns das klären, damit ich was zu lachen habe«, holt mich Jesse aus meiner Griesgrämigkeit. »Willst du mir erzählen, dass Kara Valari vor deiner Wohnungstür stand wie die Sünde in Person und mit dem Geruch nach Ozean, und du hast dich wie ein *Gentleman* benommen?«

Ich senke den Blick und gebe es auf, mein Handy zurückverlangen zu wollen. Ich habe gerade ein größeres Problem – wie viel darf ich von ihr erzählen? Ich will ihn auf keinen Fall anlügen, aber was Kara und mich verbindet, ist noch zu neu und zu speziell in meinem Kopf – und in anderen Teilen von mir. Es fühlt sich zu … verletzlich an.

»Das habe ich nicht gesagt.«

»Ah! Jawohl!« Jesse stößt die Faust in die Luft. »Und ich dachte schon, sein beschwingter Schritt kommt vielleicht nur vom Koffein.«

»So ist es auch.«

»Und was bedeutet das?«

»Genau was ich gesagt habe.« Ich gehe wieder zum Sessel und lasse mich hineinsinken. »Ich bin ein Gentleman, kein geiler Höllenhund.«

»Hast du dich mal gefragt, ob sie nicht vielleicht *gerade* einen Höllenhund will?«

»Sie war nicht enttäuscht, als sie gegangen ist.« *Na ja, ein bisschen vielleicht schon.* »Aber es war nur ein Kuss.« *Und Berührungen und Streicheln und Zärtlichkeiten. Und der lange Blick in ihre großen dunklen Augen, bis meine Seele stundenlang in ihrer schwimmen wollte.* »Mehr war bisher nicht.«

»Bisher?« Offenbar hält Jesse meine Enthüllung für wert, mir das Handy zurückzugeben. Er schiebt es über den Tisch hinweg in meine Richtung. »Das ist ein bedeutungsschweres Wort, mein Freund.«

Es dauert nicht lange, bis ich den Kopf hebe. »Ja. Da magst du recht haben.«

Ich sehe seinem Gesichtsausdruck und dann auch seiner ganzen Haltung an, dass er mich weiter ausfragen will – doch bevor es so weit kommt, nehme ich eine Bewegung bei seiner Bürotür wahr. Ich richte den Blick auf die Tür, in der eine dunkelhaarige, kajaläugige Schönheit mit entnervender Reglosigkeit darauf wartet, bemerkt zu werden.

Offiziell ist Kell Valari ein Jahr jünger als Kara – aber wenn ich sie mir so anschaue, würde ich eher glauben, dass es genau umgekehrt und der Altersunterschied eher noch größer ist. Es ist nicht nur ihre auffällige äußere Erscheinung, herausgeputzt und gestylt wie der Rest des Valari-Adels. Auch alles andere tut ihre Ankunft kund. Die Autorität ihres Auftretens. Das Königliche in ihrer Haltung. Das Selbstbewusstsein, mit dem sie einen Schritt auf Jesse zumacht.

»Komme ich ungelegen, Professor North?«

Ihre Stimme ähnelt Karas und ist doch ganz anders. Wo Karas Stimme manchmal noch schwankt, unsicher klingt – vielleicht hoffnungsvoll –, hört sich Kells selbstsicherer an, als würde sie die Antwort auf ihre Frage bereits kennen. Und auch auf jede andere Frage in dieser Welt.

Kurz gesagt, sie bringt alles mit, was mein bester Freund an Frauen liebt. Eine Wahrheit, die sich jetzt an seinem Gesicht ablesen lässt, das für einen Mann viel zu schön ist.

Dennoch erwidert Jesse resolut: »Nein, kommen Sie rein, Miss Valari. Was kann ich für Sie tun?«

An dieser Stelle sollte ich eigentlich Interesse an meinem Handy heucheln, aber ich bin zu fasziniert von Karas Schwester. Der Blick ihrer rauchgrauen Augen ist jetzt auf meinen Freund gerichtet. Sie atmet durch ihre bebenden Nasenlöcher ein und zieht einen Mundwinkel nach oben. Aber nur minimal.

»Nun, ich bin nicht wegen dem Seminar hier«, gesteht sie. »Es gibt da etwas, das mich neugierig macht, und ich dachte mir, da frage ich am besten Sie.« Während sie redet, holt sie ihr Handy aus dem Seitenfach ihrer modischen Tasche.

»O … prima.« Jesse spreizt die Hände und wirkt wie ein komplett verwirrter Trottel. »Stets gern zu Ihren Diensten. Schießen Sie los.«

»Ich habe gestern mitten in diesem Wahnsinnssturm ein Foto gemacht«, sagt sie und stellt sich neben ihn. »Aus dem Himmel kamen Blitz, Donner und literweise Regen – und dann das.«

Zunächst scheint Jesse verwirrt, aber als er das Display genauer betrachtet, reißt er verblüfft die Augen auf. »Ist das eine …?«

»Eine komplette Konstellation, nicht wahr?«, erwidert Kell rasch. »Aber ich kann sie nicht identifizieren und dachte mir, Sie können das vielleicht.«

Jesse fährt mit den Fingern über das Display und vergrößert das Foto. »Ich glaube, so etwas habe ich noch nie gesehen.«

»Ich habe sie erst bemerkt, als ich mir heute Morgen meine Fotos noch mal angeschaut habe«, sagt sie. »Ich kann mich nicht erinnern, sie gestern Abend gesehen zu haben, als ich die Aufnahmen gemacht habe. Sie sieht aus, als stünde sie genau oben auf den Wolken. Oder vielleicht … *in* ihnen?«

»Vielleicht ist es nur eine Lichtspiegelung. Vielleicht spiegelt sich die Fensterscheibe in Ihrem Handy?«

»Ich war auf der Terrasse meines Schlafzimmers«, widerspricht sie. »Ich habe die Tür aufgeschoben, um die Fotos zu schießen.«

Während die beiden die Köpfe über dem Display zusammenstecken, werde ich immer kribbeliger. Das liegt nicht nur am Anblick meines besten Freunds im trauten Gespräch mit einer Frau, die der, von der ich völlig besessen bin, so ähnlich sieht. Es liegt auch an dem, worüber sie reden. Der Sturm gestern Abend. Was meine Gedanken auf all das lenkt, was ich währenddessen getan habe. Das Aufgewühltsein, das sich auch Stunden, nachdem ich Kara bei ihr zu Hause abgesetzt hatte, nicht legen wollte. Regungen, die heiß und neu und doch auf bizarre Art vertraut waren.

So wie jetzt.

»Ich überlasse euch eurer spektralen Detektivarbeit«, sage ich und stehe erneut auf. »Meine Sprechstunde fängt in fünfzehn Minuten an, deshalb …«

»Ja, ja. Wir sehen uns heute Abend, Mann.«

Jesses Antwort ist eher einfach dahingesagt als überlegt, und er schaut gar nicht erst von dem Display hoch, das sein vor Konzentration angespanntes Gesicht beleuchtet. Kell dagegen reagiert ganz anders. Kaum bin ich an der Türschwelle von Jesses Büro, ist sie schon drei Schritte hinter mir.

»Professor Maximus. Haben Sie einen Moment Zeit?«

Das Kribbeln in mir, das gerade immer schlimmer wird, ermutigt mich, mich taub zu stellen und einfach weiterzugehen. Aber aus Respekt vor Kara und der Liebe, die sie zweifellos für ihre Schwester empfindet, bleibe ich dann doch stehen.

»Miss Valari.« Ich drehe mich halb um. »Wie kann ich Ihnen helfen?«

Ihre eleganten hochhackigen Schuhe klacken über den Flur, als sie hinter mir herkommt. Der Rest ihres Outfits ist ausgesprochen lässig, auch wenn ihre italienische Jeans wie angegossen sitzt und um ihren Hals eine funkelnde Goldkette mit einem dreikarätigen Rubin hängt.

»Hören Sie.« Ihre Stimme klingt überraschend melodisch, fast schon liebevoll. »Meine Schwester bedeutet mir sehr viel, okay?«

Da sind wir schon zu zweit.

Ich räuspere mich. Genauso freundlich wie sie erwidere ich: »Danke, dass Sie mir das mitgeteilt haben.«

Sie verschränkt die Arme. »Nun, sie hat mir gestern Abend ebenfalls das ein oder andere mitgeteilt.«

»In Bezug auf was?«

»Sie.«

Glücklicherweise war ich auf diese Antwort gefasst und täusche Überraschung vor. »Mich? In welcher Hinsicht?«

Sie legt den Kopf schief und beugt sich vor, um mich gelassen zu mustern. »Ich glaube, das wissen Sie bereits.«

Ich straffe die Schultern. »Ich weiß, dass ich der Literaturprofessor Ihrer Schwester bin. Was immer Sie sonst andeuten …«

»Hören Sie auf.«

»Womit?«

»Hören Sie einfach auf.« Sie tritt einen Schritt zurück und holt tief Luft. »Und damit das klar ist: Ich bitte Sie nicht, mit dem Leugnen aufzuhören, das wirklich ziemlich witzig ist, jetzt, wo ich Lunte gerochen habe.« Sie wedelt mit der Hand vor mir auf und ab. »Wenn Sie das dem Rest der Welt weismachen, wird es Ihnen vielleicht leichter fallen, die Sache mit Kara auch im Privaten zu beenden.«

In meiner Kehle bildet sich ein Kloß aus Blei. »Rein theoretisch … wenn ich mich mit Kara treffen würde – außerhalb der Uni –, wieso sollte ich das dann beenden? Soweit ich weiß, ist Ihre Schwester eine erwachsene Frau mit eigenem Kopf.«

»Eigener Kopf? Ja, das schon.« Sie reagiert nicht heftig. Eher klingt etwas anderes in ihrer Stimme mit. Resignation? Trauer? »Es ist der Rest, um den sie sich Sorgen machen muss.«

Der Bleiklumpen liegt jetzt in meinem Magen. »Was zum Teufel soll das heißen?«

Kell schüttelt den Kopf, als hätte ich sie aus einer Trance gerissen. »Hören Sie. Ich flehe Sie an, okay? Lassen Sie sie einfach gehen und tun Sie es bald. Je länger Sie sie in dem Glauben lassen, sie hätte tatsächlich die Wahl, desto schlimmer – sehr viel schlimmer – wird es für sie auf lange Sicht werden.«

Gegen meinen Willen beiße ich die Zähne zusammen. Hinter meinen Augen flackern blendende Blitze auf. Ich habe seit den Anfangstagen in der Middle School keine Migräne mehr gehabt, aber verdammt, jetzt kündigt sich tatsächlich eine an.

»Wahl«, knurre ich, könnte aber schwören, dass es wie Donner klingt. Oder produziert der Himmel draußen diese Geräusche? »Sie ist eine kluge Frau. Was immer sie mit ihrem Leben anfangen möchte, sie hat die große Auswahl.«

»Und ob.« Kells bitteres Lachen klingt falsch. Sie wirft einen Blick in den sich verdunkelnden Himmel. »Reichliche Auswahl. Das ist das Leben einer Valari, genau.«

Ich blinzele und versuche, mich auf ihr Profil zu konzentrieren. Aus diesem Winkel und in dem schwindenden Licht erinnert sie mich sogar noch mehr an Kara. Das stolze Kinn. Die kleine dreieckige Nase. Die glatte hohe Stirn.

»Bittere Subtexte gehören zu meinen Lieblingsthemen«, erwidere ich. »Wovon reden Sie, um Himmels willen? Ich kann mir vorstellen, dass Ihre Leben häufig eine Last sind, um die Sie nicht gebeten haben, aber Sie sind Erwachsene. Kara und Sie können Ihr Schicksal selbst bestimmen.«

Zunächst besteht Kells Antwort nur darin, dass sie lange lacht. Aber diesmal schwingt nichts Bitteres mit. »Unser Schicksal? Klar doch. Das Schicksal ist eine prima Sache. Es wird mit uns allen seinen Spaß haben.« Mit jetzt noch düsterer Miene schaut sie zu mir hoch, ihre Augen funkeln. »Aber, Maximus Kane, Sie sind nicht Teil des Schicksals meiner Schwester. Das werden Sie niemals sein können. Und je früher das in Ihren Dickschädel geht, desto besser.«

Ihre leidenschaftliche Erklärung spiegelt sich auch in ihren Augen wider, deren Blick mich trifft wie ein Flammenwerfer. Aber ich schaue nicht weg. Ich kann nicht. Jede einzelne Zelle in mir, jedes Blutkörperchen befiehlt mir, nicht einzuknicken. Gegen alles, was sie gesagt hat, mit jeder Faser meines Seins anzukämpfen.

Der Donner dröhnt jetzt zu meiner Unterstützung … überall am Himmel außerhalb dieses Gebäudes.

15

Kara

Als ich die Auffahrt hinaufkomme, öffnet Dalton die Eingangstür. Er begrüßt mich mit einer galanten Geste. »Guten Abend, Miss Valari.«

»Hallo. Ist Mom zu Hause?«

»Leider nein. Sie isst im *Nobu* zu Abend.«

Ohne Kell, die meine Mutter ablenken könnte, bin ich erleichtert, Mom außer Haus zu wissen.

»Wem zwingt sie jetzt wieder ihren Willen auf?«, murmele ich möglichst leise, weil ich fast schon vermute, dass selbst die Palmen mit Abhöranlagen bestückt sind. »Lassen Sie mich raten. Jadens neuen Regisseur?«

»Mir war der Gentleman nicht bekannt«, erwidert Dalton kühl und folgt mir ins Foyer.

Ich wirbele herum und sehe ihn verblüfft an. »Sie haben ihn gesehen?«

»Sie waren kurz in ihrem Büro, bevor sie weggefahren sind.«

Ich bin in Versuchung, ihn weiter auszufragen, aber es ist sicherer, sich nicht in die Angelegenheiten meiner Mutter einzumischen. Sie hat bereits ein Gefolge, das mit all den sie betreffenden Einzelheiten beschäftigt ist – ein Gefolge, das heute Abend glücklicherweise ebenfalls durch Abwesenheit glänzt.

Dennoch würde mich interessieren, was für ein »Gentleman« sie von zu Hause abholen und zum Essen ausführen würde. Mein Vater – wenn man ihn so nennen kann – blieb jeweils nur lange genug in der Stadt, um uns drei zu zeugen. Ich habe nur wenige und auch nur undeutliche Erinnerungen an ihn. Er war ein Inkubus, der, nachdem er seine Pflicht erfüllt hatte, genauso abrupt verschwand, wie er gekommen war. Nicht mehr, nicht weniger. Genau der Tradition entsprechend.

Eine Tradition, an der ich mich jetzt festhalte und die mich immerhin ein kleines bisschen tröstet, wenn ich mein eigenes Schicksal betrachte. Eines Tages werde ich wieder so etwas Ähnliches wie Freiheit haben.

Eines Tages …

Das wird nicht so bald sein.

Ich stoße einen tiefen Seufzer aus, richte den Blick erst auf den hinteren Teil des Hauses und dann wieder auf Dalton.

»Ich schaue mal nach, ob Grandpa auf ist.«

Er nickt nur als Antwort. Ich lasse ihn in der Villa zurück, die in mehr als nur einer Hinsicht verwaist ist.

Durch den mit tropischen Pflanzen angelegten Garten gehe ich zu dem unauffälligen Gästehaus. In den Scheiben spiegelt sich das flackernde Licht des Fernsehers. Durch das Fenster sehe ich meinen Großvater in der Küche am Herd stehen. Als ich die Tür öffne, dreht er sich mit einem Holzlöffel in der Hand um. Er strahlt, als er mich sieht.

»Kara.«

Ich lächele und umarme ihn. »Hallo, Grandpa. Was gibt es zum Abendessen?«

Dann entdecke ich die leere Suppendose auf dem Küchentresen, und die Antwort ist klar. Es erschrickt mich. »Suppe aus der Dose? Ich denke, wir können uns bessere Fertiggerichte für dich leisten.«

»Ach was.« Er schnaubt. »Nudelsuppe ist meine Lieblingsspeise. Keine Beschwerden meinerseits.«

Wenig überzeugt nehme ich ihm den Löffel aus der Hand und rühre die Suppe in dem kleinen Topf um. »Zumindest riecht sie gut.«

»Sie ist köstlich.«

Ich lache. »Liegt vermutlich am vielen Glutamat.«

»Ach«, tut er meinen Einwand mit einer entsprechenden Geste ab. »Hier, sie reicht für zwei. Urteile selbst.«

Er schiebt mich zur Seite, damit er zwei Schüsseln füllen kann. Wir tragen sie zu dem kleinen Küchentisch ein paar Schritte entfernt.

»Was führt dich heute Abend zu mir, Kleines?«

Ich probiere vorsichtig einen Löffel der salzigen Suppe. Er hat nicht unrecht. Sie schmeckt gut. Ihre Wärme tröstet und beruhigt mich genauso wie sein liebevoller Blick. »Wollte nur mal nach dir schauen.«

Er gibt einen Ton von sich, der nicht unbedingt Zustimmung signalisiert. Als ich aufsehe, hat er eine seiner buschigen Augenbrauen hochgezogen.

»Was ist?«

Er isst einen weiteren Löffel Suppe. »Ich weiß es zu schätzen, dass du nach mir schaust, Liebes. Ich frage mich nur, ob du noch was anderes auf dem Herzen hast …?«

»Was zum Beispiel?«

»Vielleicht deinen mysteriösen Freund, falls wir ihn noch so nennen.«

Mein Löffel klackt leise gegen die Suppenschüssel, als ich ihn ablege.

»Hast du ihn noch mal getroffen?«, fragt er leichthin, aber der Ernst seiner Frage entgeht mir nicht.

»Ja, habe ich. Aber ich bin mir nicht sicher, ob ich ihn noch als Freund bezeichnen kann.« Sobald ich es ausgesprochen habe, wird mir klar, dass es stimmt. Es ist die unbestreitbare Wahrheit. Maximus ist rasch mehr für mich geworden. So viel mehr.

»Habt ihr euch gestritten?«

Ich seufze. »Wir streiten viel.« Zum Beispiel wenn er glaubt, er könnte mich aus seinem Seminar werfen.

»Und?«

»Und das scheint uns nicht voneinander fernhalten zu können.« Manchmal – oft – kommt sogar das Gegenteil dabei heraus. Elektrisierend, unauslöschlich …

Während vor meinem geistigen Auge eine Reihe heißer Maximus-Erinnerungen auftaucht, ist mein Großvater auffällig ruhig. Ich versuche nicht, die Stille zu deuten. Wenn es um Maximus geht, habe ich mehr Fragen als Antworten, vor allem jetzt. Aber mit jemandem darüber zu reden, wie verwirrt ich bin, kommt mir gefährlich vor. Selbst wenn es Grandpa ist. Noch mehr, wenn es Kell ist, die kaum noch ein Wort mit mir gewechselt hat, seit ich ihr gestanden habe, dass ich mich in meinen faszinierenden Professor verliebt habe.

»Hast du mehr über ihn herausfinden können?«, hakt Grandpa nach.

Sein Gesichtsausdruck ist angespannter als bei meiner Ankunft, genau wie die Stimmung, die jetzt herrscht. Seine Besorgnis hängt vermutlich mit meinem gefährlichen Tanz auf dem Vulkan zusammen – dem Kontakt mit einem Mann, der nicht der Dämon ist, für den ich mich aufgespart habe.

»Er weiß nicht, wer sein Vater ist.« Ich erinnere mich an den Schmerz, den ihm das zu bereiten scheint – eine Wunde, die für Maximus im Laufe der Zeit eher noch größer geworden ist. »Auch er hat Fragen. Er weiß, dass er nicht wie alle anderen ist.«

»Weiß er von *dir*?«

»Natürlich nicht«, rudere ich zurück. »Ich würde ihm niemals von der Familie erzählen.«

Maximus gegenüber zuzugeben, dass ich eine Dämonin bin – was er mir sowieso niemals glauben würde –, fühlt sich irgendwie deutlich schlimmer an, als mit ihm ins Bett zu gehen. Was völlig verkehrt wäre. Auf so vielen Ebenen.

Gefährlichen Ebenen.

Was bedeutet, dass ich mir die eine oder andere Fantasie durchaus vergeben kann. Maximus wird es schließlich niemals erfahren. Er wird nie genügend von mir wissen, um zu verstehen, was es wirklich heißt, eine Valari zu sein. Das wird nie jemand außerhalb unseres geschlossenen Kreises verstehen. Aber wenn ich nur in Andeutungen darüber rede, klinge ich immer wie das arme kleine reiche Mädchen, privilegiert und mürrisch. Anhand des Wenigen, was er von sich erzählt hat, kann ich mir vorstellen, dass seine Kindheit kein Zuckerschlecken war, finanziell und auch anderweitig. Dagegen war meine ein Spaziergang.

Dennoch wüsste ich gern mehr über ihn. *Alles* über ihn.

Jedes Mal, wenn er ein paar Bröckchen aus seinem Privatleben erzählt, packt mich der Wunsch, mehr zu erfahren. Vielleicht geht es ihm genauso. Vielleicht will er die Wahrheit über mich genauso unbedingt wissen, wie ich gern alles über ihn herausfinden würde.

»Was wirst du tun, Kara?«

Die Frage, die mir mein Großvater stellt, beschäftigt mich quasi seit dem Tag, als ich Maximus kennengelernt habe. Wie soll ich mit dieser unglaublichen Versuchung umgehen? Diesem Suchtpotenzial namens Maximus …

»Ich kann nicht aufhören, mich mit ihm zu treffen«, sage ich schließlich.

Grandpa wirft mit einen erstaunlich neutralen Blick zu. Schließlich murmelt er: »Du bist dir da ziemlich sicher.«

»Ja«, erwidere ich aus tiefster Überzeugung. »Selbst wenn ich wollte, ist meine Faszination inzwischen viel größer als mein Wille, mich fernzuhalten.«

Eine weitere bedeutungsschwere Pause. Er schiebt die leere Schüssel von sich und lehnt sich auf dem Holzstuhl zurück, der leise quietscht. »Du hast gespürt, dass er mehr ist, als er zu sein scheint. Was macht ihn so anders?«

»Einiges davon lässt sich kaum ignorieren«, erwidere ich. »Als Erstes ist er … riesig. Ein Gott unter Männern.«

»Das kann auch an außerordentlich guten Genen liegen.«

Diesmal bin ich diejenige, die eine Augenbraue hochzieht.

»Gilt das nicht für uns alle?«

Er grinst. »Das habe ich nicht gemeint.«

»Und nicht nur das. Ich habe gesehen, zu was er fähig ist. Noch nie habe ich solch eine Kraft erlebt. Und ich habe ihn heilen sehen. Er hat versucht, so zu tun, als wäre das nichts, aber daran war nichts Menschliches.«

Er summt wieder. Diesmal klingt er gedankenversunkener, als würde auch er vielleicht versuchen, das Geheimnis Maximus zu ergründen. »Seine Mutter sollte die Antworten kennen.«

»Maximus ist sich sicher, dass sie mehr weiß, als sie ihm erzählt.«

»Maximus?«

Verblüfft stelle ich fest, dass ich den Namen Grandpa gegenüber nie erwähnt habe.

»Maximus Kane.« Erneut entlädt sich meine Anspannung in einem Seufzer. »Du kannst es ruhig wissen. Er ist Literaturprofessor an der Alameda.«

Grandpa schaut mir lange in die Augen. »Du spielst mit dem Feuer.«

Ich rutsche auf meinem Stuhl hin und her. Plötzlich fühle ich mich unwohl ... fast schon entnervt. Die Intensität, mit der Grandpa mich anstarrt ... so etwas habe ich noch nie bei ihm erlebt. Und dann die Energie in diesem Blick, der mich trifft wie Feuerzungen in einer Schneewehe, bis mir abwechselnd heiß und kalt wird.

»Ich weiß.«

»Tust du das? Wirklich?«

»Was heißt das?«, fahre ich ihn an.

»Du riskierst alles, Kara.«

Ich lache spöttisch, aber es klingt nicht sehr überzeugend. Was immer sich da zwischen Maximus und mir entwickelt, ist so viel stärker als die Angst, die die Warnung meines Großvaters auslösen sollte. Wie soll ich ihm erklären, dass Maximus alles ist, von dem ich nie wusste, dass ich es wollte? Dass er mich anders ansieht als alle anderen? Wie ich mich jedes Mal fühle, wenn er das tut? Dass mir das vielleicht niemals langweilig werden wird?

»Vielleicht bin ich bereit, ein Leben voller Lügen für einen Moment der Wahrheit zu opfern.«

Ich weiß nicht, ob ich das kann oder will, aber es laut auszusprechen, verleiht mir fast genug Mut, um auch so zu handeln.

Er schließt die Augen und fährt sich mit der Hand über das Gesicht. »Kara ... du weißt nicht, wovon du redest.«

»Ich rede davon, dass ich nicht weiß, ob ich das

Leben, das man mir zugeteilt hat, akzeptieren kann. Es ist nicht fair.«

»Das stimmt. Aber in dieser Angelegenheit hast du keine Wahl, wenn ...«

»Wenn was? Du hast doch selbst gesagt, man hat immer die Wahl.«

»In diesem Fall nicht.«

»Wieso?« Ich höre die Wut in meiner Stimme, aber sie ist nur das, was ich an der Oberfläche spüre. »Wieso ist *das* die Ausnahme?«

»In unserer Welt haben Entscheidungen Konsequenzen«, erwidert Grandpa mit fester Stimme. »Konsequenzen, denen du nicht entgehst. Ich habe die Konsequenzen meiner Entscheidungen ein Leben lang auf mich nehmen müssen, Liebes. Ich will nicht, dass du denselben Fehler machst.«

Seine Entschiedenheit lässt mich innehalten. Er hat mich immer unterstützt, hat das Gute in mir bejubelt. Aber heute Abend ist es anders. Ich fürchte, da spricht seine eigene Angst aus ihm. Wir haben nie über die Umstände gesprochen, die eine derartige Dunkelheit in sein Leben gebracht haben. Wie bei vielen Familiengeschichten scheinen alle die Ereignisse im Groben zu kennen, aber zu viele Einzelheiten bleiben im Dunklen.

»Grandpa?«

»Was?«, fragt er mit rauer Stimme.

»Was ist wirklich mit dir passiert?«, flüstere ich. »Ich verstehe nicht, wie irgendjemand glauben könnte, du hättest all das verdient.«

»Du weißt genug, Kara. Die peinlichen Einzelheiten werde ich dir nicht erzählen.«

»Ich *will* sie aber wissen. Vielleicht muss ich das sogar.«

»Es ist eine lange Geschichte.«

Einen Teil davon kennt der Rest der Welt bereits. Dass Giovani Valari vor vierzig Jahren hätte sterben sollen, als Malcolm Caulfield, Ehemann eines der erfolgreichsten Starlets jener Zeit, auf ihn schoss und anschließend die Waffe auf seine Frau und auf sich selbst richtete. Gio klammerte sich ans Leben, fiel kurz ins Koma, sein Herz blieb stehen. Doch dann überlebte er wie durch ein Wunder. Malcolm und Penelope Caulfield war so viel Glück nicht beschert.

In den Wochen danach gab es Gerüchte, dass Caulfields Gewalttat ihren Ursprung in einer Affäre zwischen Gio und Penelope hatte, aber da niemand außer ihm die Wahrheit kannte, blieb es bei Gerüchten. Nichts davon erklärt, wie es meinem Großvater gelingen konnte, dem Tod von der Schippe zu springen *und* einer Ewigkeit in der Hölle zu entgehen oder wie es überhaupt dazu kam, dass er in der Unterwelt landete.

»Grandpa?«, hake ich nach. »Bitte. Du sagst immer wieder, dass ich es nicht weiß und nicht verstehe. Also hilf mir dabei.« Ich greife nach seiner Hand. »Hilf mir, es zu verstehen.«

Meine Finger haben seine kaum berührt, da steht er auch schon abrupt auf und beginnt hastig, die Küche sauber zu machen. »Ist dir niemals in den Sinn gekommen, dass ich vielleicht nicht stolz bin auf all die Gründe, weshalb ich in diesen ganzen Schlamassel hineingeraten bin?«

Ich lasse mir das einen Moment lang durch den Kopf gehen. »In Anbetracht der Tatsache, dass ich in einer Familie von Dämonen aufgewachsen bin, kann ich mir kaum vorstellen, dass irgendein Geständnis meine Meinung über dich ändern könnte.«

Energisch fährt er mit dem Lappen über den bereits sauberen Küchentresen. »Ich war kein Heiliger. Stolz. Neid. Gier. Was immer du willst. Man sollte meinen, einen Blick in die Hölle zu werfen und eine zweite Chance zu bekommen, müsste einen Menschen dazu bringen, sich zu ändern. Offenbar war deine Großmutter die Einzige, die das konnte. Wer immer dort unten den Ton angibt, muss wissen, was er tut.«

»Okay, sie wollten an dir unbedingt ein Exempel statuieren. Den Teil verstehe ich. Aber ich möchte wissen, wieso.«

Er dreht sich zu mir um, sein Mund ist eine dünne Linie. »Weil ich mein Ticket dorthin verdient hatte und es trotzdem geschafft habe, mich davonzustehlen. Nichts hassen sie mehr als eine gestohlene Seele.« Der Schmerz ist ihm anzusehen. »Manchmal frage ich mich, was schlimmer ist – eine Ewigkeit dort unten oder jeden Tag mit dem Wissen zu leben, dass das alles meine Schuld ist. Dass meine Freiheit, wenn man sie denn so nennen kann, euch eurer beraubt.«

Die ungeschminkte Wahrheit trifft mich wie ein Schlag. Er ist mein Großvater. Ohne ihn würde ich nicht existieren. Aber wurde ich wirklich nur zu dem Zweck in diese Welt gebracht, als Pfand für seine Bestrafung zu dienen? So sehr ich ihn liebe, seine

Missetaten haben mein eigenes Schicksal besiegelt. Das weiß ich jetzt mit hundertprozentiger Sicherheit.

Er stößt einen zittrigen Seufzer aus. »Es tut mir leid, Kara. Es ist gerade keine gute Zeit für einen Besuch. Magst du nicht in einer Woche oder zwei wieder vorbeikommen, Schätzchen? Ich fühle mich in letzter Zeit nicht mehr wie ich selbst.« Er tritt auf mich zu und drückt liebevoll meine Schulter. »Gute Nacht.«

Bevor ich auf ihn einreden kann, er solle bleiben, ist er bereits die Treppe zu seinem Schlafzimmer hochgestiegen. Ich will nicht gehen, aber es fühlt sich seltsam an zu bleiben. Zumindest kann ich auf dem Weg nach Hause versuchen, meine Gedanken zu ordnen, obwohl ich wenig Hoffnung habe, dass mir das gelingen wird.

Im Stillen schimpfe ich mit mir, dass ich Grandpa in eine so schwierige Situation gebracht habe. Er liebt mich, da bin ich mir sicher. Umso mehr Grund hat er, mich vor einem Schicksal bewahren zu wollen, das er nur zu gut kennt. Eine Strafe, mit der er bereits geschlagen ist.

Ich gehe durch das Haupthaus, aber bevor ich an der Eingangstür bin, ist Dalton bereits dort und öffnet sie für meine Mutter.

Als sie mich sieht, lächelt sie mich strahlend an. »Kara! Du bist hier! Perfekt!«

Sie schlendert auf mich zu, und wir umarmen uns kurz. Über ihre Schulter hinweg sehe ich, dass ihr jemand folgt. Sie lässt mich los und deutet auf den Mann, mit dem sie heute Abend aus gewesen sein muss.

»Arden, kommen Sie und lernen Sie Kara kennen. Kara, das ist Arden Prieto.«

Arden ist groß genug, dass er in zwei geschmeidigen Schritten bei mir ist. Er streckt mir die Hand hin. Ich greife danach, erwarte, dass er meine schüttelt, doch er hebt meine Finger an die Lippen und zwingt mich auf diese Weise, zu ihm hoch und in die Augen zu schauen.

Sofort schnappe ich nach Luft – aber nicht aus Vergnügen. Seine Augen sind eisig-grau, soweit sich ihnen überhaupt eine Farbe zuordnen lässt. Die Augäpfel sind dunkel und von einer Tiefe, als bestünden sie vielleicht nicht aus Iriden, Leder- und Hornhaut, sondern wären zwei mysteriöse Tunnel, die an einen Ort viel weiter unten führen. Sie passen zu seinem glatten schwarzen Haar und den modischen Stoppeln an seinem Kinn. Es ist der typische gewollte Drei-Tage-Bart, nicht das Ergebnis von Überarbeitung und Zeitmangel.

»Ich bin entzückt«, murmelt er, nachdem er die Lippen von meiner Haut gelöst hat.

Seine Hitze und jedes Molekül der Energie, die zwischen uns fließt, verraten mir, dass er einer von uns ist.

Kaum hat er seinen Griff gelockert, ziehe ich die Hand weg. »Nett, Sie kennenzulernen«, sage ich eher abweisend. Ich bin froh, seiner besitzergreifenden Berührung und seinem gnadenlosen Starren entkommen zu sein.

Meine Mutter steht mit weit aufgerissenen Augen da. Ihr Mund scheint zu einem Dauerlächeln eingefroren zu sein, wie bei kleinen Kindern beim Besuch im Freizeitpark.

»Ich bin ja ganz begeistert, dass du hier bist, Kara. Ich wollte dich für später in der Woche zum Abendessen einladen, um über Ardens Arbeit zu sprechen.«

»Seine Arbeit?«

Sie lacht und berührt seine Schulter, als wären sie alte Freunde. »Ja, er handelt mit Antiquitäten. Ich habe mir vorgenommen, dass wir uns dieses Jahr ernsthaft mit unserer Sammlung beschäftigen.«

»Sammlung?«

Wieder lacht sie, diesmal klingt es allerdings angespannter. »Unsere Sammlung, Schatz. Erbstücke und …« Mit ein paar abgehackten Handbewegungen sucht sie nach den richtigen Wörtern.

»Kunst und Artefakte von besonderer Bedeutung«, springt Arden ihr bei. »Antiquitäten sind begehrter denn je, und es herrscht große Konkurrenz. Ich kann Ihnen mit Rat und Tat zur Seite stehen und dafür sorgen, dass Sie qualitativ hochwertige Objekte erstehen.«

»Oh, klasse.« Ich antworte, als hätte ich keinen Puls mehr, was vielleicht tatsächlich der Fall ist. Ernsthaft, ich gebe mir die Kugel. Wenn die Valaris eins nicht brauchen, dann ist das ein weiteres Zimmer mit überteuerten Dingen, die meiner Mutter das Gefühl geben, allen in ihrer Umgebung überlegen zu sein.

»Und du *musst* dabei helfen, Kara«, sagt sie. »Ich kenne mich damit überhaupt nicht aus, und mir bleibt kaum Zeit, mich ausführlich damit zu beschäftigen.«

Ich runzele die Stirn. »Aber ich habe sie?«

Sie sieht mich genauso verärgert an wie ich sie.

»Bei all den Stunden, die du die Nase in verstaubte alte Bücher gesteckt hast, ist es jetzt an der Zeit, praktischen Nutzen daraus zu ziehen.«

Selbst wenn Arden nicht dabei stünde, würde ich vermutlich nicht mit ihr streiten. Ich weiß genau, dass meine Mutter bereits beschlossen hat, mich in ihr neues Projekt mit einzubeziehen, ob mir das gefällt oder nicht.

Ich gebe mir die Kugel.

Wenige meiner dunklen Gedanken haben mehr Wiederholungspotenzial.

»Komm, wir trinken ein Glas Wein, dann kann Arden dir Genaueres erzählen.«

Ardens Blick sagt mir, dass er nichts gegen Veronicas Plan einzuwenden hat, das abendliche Vergnügen zu verlängern. Leider habe ich nicht die geringste Lust, dabei zu sein.

»Ich würde gern, aber ich habe morgen gleich in der Früh ein Seminar«, erwidere ich rasch. »Es war nett, Sie kennenzulernen, aber ich muss wirklich nach Hause.«

Meine Mutter schmollt ein wenig, und ihre Verärgerung ist nicht zu übersehen. »Na gut. Dann treffen wir uns diese Woche zum Abendessen. Ja?« Sie lächelt Arden hoffnungsvoll an.

»Abendessen klingt perfekt«, erwidert er und reißt den Blick von mir los, um meine Mutter beschwichtigend anzuschauen.

»Großartig. Ich schicke Ihnen Karas Kontaktdaten. Ich kann kaum erwarten, dass es losgeht.«

16

Maximus

Aus einer spontanen Laune heraus beschloss ich vor ein paar Jahren, beim L.A.-Marathon mitzulaufen. Es endete damit, dass ich die letzten fünf Meilen einen Mann trug, der seiner Freundin versprochen hatte, sie an der Ziellinie zu treffen, obwohl ihm seine Lungenkrankheit schwer zu schaffen machte. Sein Name war Montague. Er bestand darauf, dass ich ihn Monty nannte. Und er hörte nie auf zu grinsen, obwohl er kaum Luft bekam.

Im Moment habe ich das Gefühl, ich sollte meinen Namen in Monty umändern, denn irgendwie habe ich es die letzte Stunde geschafft, über die Fußangeln von Primitivität, Lust und ungezügeltem Appetit zu reden, ohne einem einzigen meiner eigenen Bedürfnisse nachzugeben. Und ohne der Frau, die mich durch ihre bloße Anwesenheit in Flammen aufgehen lässt, auch nur einen Blick zuzuwerfen.

Ich kann das schaffen. Habe es schon geschafft. Na ja, fast.

Nur noch drei Minuten.

Scheiß drauf.

»Mehr sag ich nicht, noch geb ich sonst dir Kunde.«

Kaum habe ich die Zeile aus Canto VI zu Ende rezitiert, klappe ich mein ledergebundenes Buch mit einer Hand laut zu. »Das scheint mir die richtige Stelle, um für heute aufzuhören, einverstanden?«

Als Antwort ertönt ein kollektives Stöhnen der Erleichterung. Ich spreche lauter, damit meine folgende Ankündigung das Getöse aus raschelnden Rucksäcken und wieder aktivierten Handys übertönt.

»Damit das klar ist, meine Damen und Herren. Meine Nachsicht reicht nicht weiter als bis zu dieser frühzeitigen Entlassung. Ihre Vorschläge für Ihre Semesterarbeiten müssen trotzdem bis 17 Uhr vorliegen, und zwar in ausgedruckter Version, im richtigen Format gebunden, auf meinem Schreibtisch im Archer Gebäude. Dieses Projekt macht fünfzig Prozent Ihrer Gesamtnote aus.«

Als ich mit meiner Ansprache zum Ende komme, wird klar, dass man mich ausgeblendet hat, um sich über den kommenden Abend zu unterhalten. Der Conquistador Crush ist einer der Höhepunkte des Jahres an der Alameda, ein zehntägiger Trubel, der mit einem offiziellen Wohltätigkeitsball beginnt, gefolgt von einem Rockkonzert auf dem Rasen des Campus und schließlich zum Wochenende hin von einem viertägigen Jahrmarkt.

Heute Abend muss ich einen Smoking anziehen und mich bei der offiziellen Party sehen lassen. Dass das Ereignis dieses Jahr im Hof vor der Bibliothek stattfindet, nur ein paar Schritte von meiner Bürotür entfernt, ist nicht gerade tröstlich. Zumindest habe ich eine gute Entschuldigung, um der Menschenmenge zu entfliehen. Vor Ende des Nachmittags müsste sich auf meinem Schreibtisch ein recht großer Stapel Arbeiten auftürmen.

Der leere Hörsaal sollte mich erleichtern. Aber solange Kara noch da ist, bin ich mir ihrer Anwesenheit intensiv bewusst. Dass ich eine Stunde lang so getan habe, als würde ich sie ignorieren, hat nichts daran geändert, dass ich sie mit jedem Tropfen meines Bluts gespürt habe – vor allem jetzt, wo mich ihr trotziges Schweigen zwingt, sie anzuschauen.

»*Verdammt* noch mal.«

Das rutscht mir heraus, als ich sie mir näher anschaue. Ihr dunkel glänzendes, zu lockeren Zöpfen geflochtenes Haar. Die verführerischen Perlenknöpfe ihrer weißen Seidenbluse und die dazu passenden Reißverschlussanhänger ihrer makellosen Stiefeletten.

Aber vor allem eine weitere enge Jeans – schwarz diesmal –, die die reinste Sünde ist. Sie betont jede Kurve ihres Körpers unterhalb der Taille, als Kara jetzt aufsteht und mit wenigen Schritten bei mir ist.

»Kara.«

»Maximus«, erwidert sie in genauso eisigem Ton.

Ich presse die Lippen aufeinander. Ihr Tadel ist pures Eis, allerdings sollte ich für jede eisige Silbe dankbar sein. Es hilft meiner Selbstbeherrschung. »Was kann ich heute für Sie tun?«

»Hm. Wie wäre es für den Anfang damit, dass du wahrnimmst, dass ich existiere?«, fährt sie mich an.

Sie baut sich entschlossen vor mir auf und erstickt

alle Gedanken an eisbedeckte Landschaften. Ich schwöre bei Gott, in ihren Augen wirbeln richtige Flammen. Meine Einbildung muss mir einen Streich spielen, aber ich schwöre bei allem, was mir heilig ist, dass es das Faszinierendste ist, was ich je gesehen habe.

Nur dass ich jetzt noch mehr in Konflikt gerate.

»Kara. *Verdammt.*«

»Ist das wirklich dein Ernst? Willst du wirklich so tun, als hätte ich dich beleidigt?«

»Du hast mich nicht beleidigt, okay? Es ist nur ...« Ich verstumme und fahre mir mit der Hand durch das Haar. »Du lenkst mich hier mehr ab, als dir bewusst ist. Ergibt das Sinn?«

Sie verlagert das Gewicht auf die Fersen und holte tief Luft. »Heißt das, deine Nichtbeachtung wird nicht mehr so offensichtlich ausfallen, wenn ich mich wieder ganz nach hinten setze?«

Ich antworte nicht, weil ich mich nach ihrer Nähe gleichermaßen sehne, wie mir deren Gefährlichkeit bewusst ist.

»Was hat sich in zwei Tagen verändert, dass du mich nicht mal mehr anschauen kannst?« Ihre Stimme klingt jetzt sanfter, aber verletzlicher, und auch das Glühen in ihren Augen hat sich in Verletztheit verwandelt, die mir schier das Herz bricht.

Mehr als das. Ich bin von dem, was dahinter aufscheint, bis in die Grundfesten erschüttert.

Es fällt mir nicht leicht, es zu benennen, weil ich mein ganzes Leben lang so getan habe, als würde nichts davon existieren. Als würden bestimmte Seiten besser unerforscht bleiben. Eine weite Tundra meines Geists, die von selbstauferlegtem Frost bedeckt ist, der unter Karas einzigartigem, faszinierenden Feuer zu schmelzen beginnt. Selbst wenn sich diese Hitze als Wut manifestiert. Vielleicht genau deswegen. *In den Wahnsinn treibende Verführerin.* Sie lässt nicht zu, dass ich abtauche und mich davonstehle – weshalb eigentlich ich sie anfauchen müsste wie ein in die Enge getriebener Drache. Stattdessen lasse ich die Tundra brennen. Schlimmer noch, im Geheimen sehne ich mich danach, dass noch mehr Kerosin diese Flammen anheizt.

Ein Kerosin namens Kara. Ein Großflächenbrand, den ich unmöglich bekämpfen kann. Nicht einmal mit all den geistigen Ressourcen, die ich im Laufe der Jahre angehäuft habe. Nichts davon – die Selbstbeherrschung, die Disziplin, die Angst, die inneren Vorwarnungen – scheint zu reichen. Wieso also versuche ich es überhaupt erst?

Die Antwort dröhnt gegen meine Schädelwände. Trommelt lautstark gegen meinen Brustkorb.

»Verdammt«, murmele ich und flüchte mich hinter das Holzpult. Ich tue so, als wäre ich damit beschäftigt, das Präsentationsprogramm auf meinem Laptop zu schließen. Die Finger über das Touchpad gleiten zu lassen, verschafft mir eine willkommene Dosis kühler Selbstbeherrschung. Mein anhaltendes Schweigen entlockt ihr ein wütendes Schnauben.

»Pass auf. Ich versuche hier nicht zu klammern. Ich brauche deine Zunge nicht in meinem Hals, um mich bestätigt zu fühlen. Aber wenn du weiterhin an der Ausrede festhalten willst, du müsstest professionellen Abstand halten, dann bin ich nicht die Einzige, die dir das nicht abnimmt. Ich bin die Studentin, die dieses Material am besten kennt – aber in der letzten Stunde hast du kaum wahrgenommen, dass ich atme, geschweige denn, dass ich denke. Du weißt, wie das auf jeden, der auch nur über ein paar Gehirnzellen verfügt, wirken muss, oder?«

Statt ihr zu antworten, lasse ich meine Frustration an meinem Computer aus, indem ich ihn laut zuknalle. Die daraus resultierenden Funken und der Geruch nach verschmorten Sicherungen bedeuten, dass ich auf dem Weg nach Hause noch einen Abstecher zum Elektronikgeschäft werde machen müssen.

»Erstaunlicherweise sind sich auch einige von uns einfachen Sterblichen außerhalb des Valari-Universums der Bedeutung des äußeren Scheins bewusst.« Kaum habe ich das gesagt, würde ich es am liebsten zurücknehmen. Das Bedürfnis wächst, als Kara einen Schritt zurückweicht, als hätte ich ihr einen Dolchstoß versetzt.

Sie kehrt zu ihrem Platz zurück und stopft ihre Sachen hastig in ihren roten Lederrucksack. Meine Beschämung lässt sich inzwischen vermutlich auch an der Farbe meines Gesichts ablesen.

»Ich werde dich nicht mehr belästigen.« Sie stottert im selben Tempo wie mein Herz. Ich verliere sie. Im Eiltempo.

»Kara.«

Als sie die Stufen hinaufgeht, wird mir bewusst, dass mir nur eine Option bleibt. Die Wahrheit.

»Kell hat mit mir geredet«, rufe ich ihr hinterher.

Als sie stehen bleibt und sich umdreht, fühlt es sich an, als würde aus meinen Lungen die Luft von drei Tagen entweichen. Nur sieht sie mich an, als wäre mein Geständnis das Äquivalent zu einem weiteren tödlichen Messerstich.

»Sie … hat *was*?«

»Wir sind uns vor Jesses Büro über den Weg gelaufen. Offenbar gab es da ein paar Dinge, die sie loswerden wollte.« Wieder fahre ich mir mit der Hand durch die Haare. Die seltsame Stimmung wird davon nicht besser. Auch wenn es nicht sehr trostreich ist, befriedigt ihre Reaktion zumindest meine Neugier, ob Kell ihr irgendetwas von unserem Gespräch erzählt hat.

»Wieso schockiert mich das überhaupt noch?« Trotz ihres Kommentars ist zu spüren, wie hart sie das trifft. Sie lässt sich auf eine der Stufen sinken und streckt die Beine auf die Stufe darunter aus.

»Aber du bist nicht wirklich schockiert«, erwidere ich. »Stimmt's?«

»Vermutlich nicht.«

Ihre Niedergeschlagenheit ist wie ein Angelhaken für mich. Sofort lege ich meinen zerstörten Laptop hin und eile die paar Stufen zu ihr hinauf. Ich setze mich neben sie und lege ihr den Arm um die Schultern.

Sie schmiegt sich an mich, legt den Kopf an meine Schulter und presst die Hand gegen meine Brust. Und einfach so fühle ich mich wieder ganz. So eins mit mir, wie das zurzeit möglich ist. So vieles in mir ist in so viele Teile zerbrochen. Erstaunlicher noch ist, wie schnell das alles passiert ist.

Wegen ihr?

Ich will das nicht beantworten, es nicht einmal mir selbst eingestehen. Ein Teil meines Gehirns sucht verzweifelt nach anderen Erklärungen, aber sie sind alle lahm. Das ist die Antwort, so irreal und unerwartet sie zu sein scheint. Ich bekomme Risse, und sie ist der Meißel.

Aber Meißel brechen nicht nur, sie erschaffen auch. So gründlich Kara mich auch aufgebrochen hat, so sehr glaube ich doch, dass sie der Schlüssel zu den Antworten ist. Die Heilerin meiner offenen Wunden. Ihre Wärme durchdringt mich, als hätte man das Dach abgedeckt und die Sonne würde direkt auf uns hinunter scheinen. Es ist so perfekt wie das Feuer in ihren Augen, die Elektrizität ihrer Berührungen und die Verbindung, die ich zwischen beidem spüre. Ich weiß nicht, ob sie überhaupt real ist, aber ich bin verdammt froh, dass ich derjenige bin, der sie gerade im Arm hält – und an den sie sich so besitzergreifend klammert.

Sie stößt einen tiefen Seufzer aus. »Lass mich raten. Kell hat dir gesagt, dass du dich von mir fernhalten sollst. Dass du dich von mir fernhalten *musst*.«

»Das waren in etwa ihre Worte.«

»Aber sie hat dir nicht gesagt, wieso.«

Sie klingt erstaunlich sicher. Ich lasse das Gespräch mit Kell noch einmal in meinem Kopf ablaufen, kann mich im Wesentlichen aber nur noch an ihre Besorgtheit erinnern.

»Was auch immer die Gründe sein mögen, weshalb sie nicht will, dass wir uns sehen, sie sind vermutlich berechtigt.«

Ich bin mir nicht sicher, ob ich das glaube. Nicht ganz. Den Hintergrund von Kells Warnung zu kennen, würde vielleicht dazu führen, dass meine Entschlossenheit, ihr das Gegenteil zu beweisen, nur umso größer würde. Oder vielleicht würde ich mich auch nur umso mehr dafür hassen, dass ich letztlich nicht der Mann bin, den Kara wirklich verdient. Denn sie ist mir wichtig genug, dass ich mir das eingestehe. Sie verdient etwas sehr viel Besseres als mich.

»Dann hast du ihr also geglaubt«, sagt sie schließlich mit rauer Stimme, ballt die Hand zur Faust und bohrt sie mir in die Brust. »Als sie gesagt hat ... was immer sie gesagt hat.«

»Ich habe geglaubt, dass sie es geglaubt hat«, erwidere ich. »Und dass sie mich aus Liebe zu dir darauf angesprochen hat.« Erneut schweige ich einen Moment lang. »Ich glaube auch, dass ihr unsere Verbindung Angst macht.«

Kara schluckt heftig. »Das stimmt.«

»Bist du dir da sicher?«

»Ja.«

»Wieso?«

»Meine Familie ...« Sie senkt den Blick zu der Stelle, wo sie die Fingerspitzen zwischen den Knöpfen meines Hemds hindurch geschoben hat und über die Haut darunter streicht. »Ich habe es dir gesagt. Es ist kompliziert.«

»Kara?«, hake ich nach und drücke ihre Schulter. »Was ist es?«

Bereits nach zwei Sekunden Schweigen weiß ich,

dass ich keine Antwort bekommen werde. Nicht einmal, als sie sich von mir löst, um mir wieder in die Augen schauen zu können. Um mich all das Düstere in ihren sehen zu lassen. Aber diesmal ohne diese wahnwitzigen Flammen.

Ich bin dankbar, dass sie mich stattdessen sehen lässt, was sich dahinter verbirgt. Ihr Ernst. Ihre Nervosität. Ihre ... Angst. Ein Gefühl, das ich nur zu gut nachvollziehen kann, steigt es in mir doch ebenfalls auf.

Ich lasse die Hand ihren Hals hinaufwandern und lege sie an ihre Wange. Unter meiner Handfläche spüre ich ihre Wärme und ihre ausgeprägten Gesichtszüge – so ganz anders als der trostlose, verzweifelte Rauch hinten in ihren Augen.

Gib mir mehr, kleine Verführerin. Etwas. Egal was.

Ich will all das gerade aussprechen, als Kara ihren düsteren Blick wieder auf mich richtet. »Macht dir das Angst, Maximus? Dieses ... *Wir*? Macht dir das Angst?«

Ich greife nach ein paar losen Strähnen ihres Haars, zupfe daran und bringe mein Gesicht nah an ihres. »Nicht dauernd. Aber manchmal ... so wie hier und jetzt, wenn ich dich so anschaue, dich so halte ...« Ich rücke näher an sie heran, bis sich unsere Lippen berühren und sich unser Atem vermischt. »Ja. Es macht mir unglaubliche Angst.«

Mehrere Sekunden lang besteht Karas Antwort nur in ihrem dreimal so schnellen Atem – dann in dem zweiten Finger, den sie dem anderen oberhalb meines Herzens hinzufügt. Das Organ darunter hämmert gegen meine Rippen wie ein Gefangener, der sich zur

Meuterei entschlossen hat und darauf besteht, sich in ihre wartende Hand zu werfen.

»Spürst du das?« Ich drücke ihre Hand gegen meine wild tobende Brust. »Du spürst es doch, nicht wahr?«

Sie nickt eifrig.

»Dann verstehst du es. Du weißt, dass ich Angst habe, weil ich so vieles von all dem nicht verstehe. Niemand hat je so etwas mit mir gemacht. Hatte solch eine unglaubliche Macht über mich. Ich weiß nicht, wie du sie haben kannst oder wieso es ausgerechnet du bist. Ich weiß nur, ich bin verdammt froh, dass du es bist.«

Sie sieht mich erstaunt an. »Wirklich?«

»Ja. Und Gott steh mir bei, ich will mehr davon wissen. Ich brenne darauf, *dir* mehr zu geben.«

»Und ich nehme es.« Ihre Lippen, die nach Zimt schmecken, streichen sanft über meine. Ihre Haut, die nach Rosen riecht, erwärmt sich unter meiner Berührung. Sie dreht sich zu mir, schmiegt sich enger an mich und fährt mir mit der Hand durch die Haare. »Alles, was das ist, alles, was wir sind … ich brauche es, Maximus. Ich brauche dich.«

»Dann öffne dich mir.« Ich klinge verzweifelt, aber das ist mir egal. Ich lege die Hand an ihren Nacken und zwinge sie so, meinem durchdringenden Blick standzuhalten. »Kara, bitte. Was auch immer diese lächerlichen Valari-Geheimnisse sein mögen, ich komme damit klar. Mit *allem*. Vertrau mir einfach …«

Meine eindringlichen Worte werden vom Krachen der Tür übertönt, die oben am Ende der Stufen auffliegt. Ein halbes Dutzend Studierende dringt lärmend in den Hörsaal. Kara springt auf und lenkt damit die neugierigen Blicke der Neuankömmlinge auf sich.

Ich greife nach ihrer Hand. »Mir ist durchaus klar, dass du hinter deinen ganzen mysteriösen Andeutungen auch noch aus Fleisch und Blut bestehst.« Ich halte den Atem an, bis ich gezwungen bin, auszuatmen und ihr reinen Wein einzuschenken. »Und mir bedeutet alles an dir etwas, Kara. Wer immer du also sonst noch sein magst, du musst verstehen, dass es mir um *dich* geht. Und ich will mehr, verdammt viel mehr.« Ich drücke den Daumen in die Mitte ihrer Handfläche, mit dem Erfolg, dass ich bekomme, wonach ich mich am meisten sehne. Ihren Blick, den sie jetzt wieder auf mich richtet. »Ich werde es in Ehren halten, okay? Werde es beschützen. Werde *dich* beschützen.«

Sie blinzelt mich an. Einmal. Zweimal. In diesen zwei Sekunden spiegeln sich die unterschiedlichsten Empfindungen in ihrem Blick wider. Es ist mir zuwider, dass ich sie in derartige Verwirrung stürze, aber das Ergebnis davon könnte ich mir den ganzen Tag anschauen.

»Danke.« Sie lässt die Hand zu meinem Unterarm hinunterwandern und packt ihn fest, was mir einen Schauder bis zur Schulter hochjagt. »Dein Versprechen bedeutet mir mehr, als du dir jemals vorstellen könntest.«

Ich senke den Kopf, bis meine Stirn nur noch Zentimeter von ihrer entfernt ist. »Wieso wirkst du dann, als hätte ich dich gebeten, dir ein Körperteil abzuschneiden?«

»Weil es sich so anfühlen wird, wenn ich dich verliere«, stößt sie mit zittriger Stimme hervor. »Und um die Wahrheit zu sagen: Vermutlich wird genau das passieren.«

»Wieso überlässt du diese Entscheidung nicht mir?« Ich trete näher an sie heran und würde diese Anschuldigung am liebsten mit einem Kuss widerlegen. Aber immer mehr Studierende drängen in den Hörsaal, gefolgt von der Professorin für Ethik. Die Frau ist keine enge Freundin von mir, kennt mich aber gut genug, um mich bei einer polizeilichen Gegenüberstellung unter mehreren Männern erkennen zu können.

Ich bedenke sie mit einem mörderischen Blick, aber ihre Anwesenheit treibt Kara bereits zur Eile an. Ich folge ihr auf dem Fuß.

Oben an der Treppe bleibt sie stehen. Dort ist zur Rechten ein enger Audio- und Lichtkontrollraum. Sie nimmt mich bei der Hand und zieht mich hinein. Ich muss zugeben, selbst mit unserem kleinen, aber neugierigen Publikum gefällt mir unsere neue Räumlichkeit. Hier ist es dunkler. Und warm. Ich mag es, sie so nah zu spüren. Sehr.

Ich bin fasziniert, wie sich das gedämpfte Licht auf ihre Schönheit auswirkt. Statt ihrer Erscheinung Abbruch zu tun, betont das Dämmerlicht jeden einzelnen betörenden Gesichtszug, jede verlockende Kurve. Ich wage es, die Hand an ihre Taille zu legen, verberge es aber zwischen ihrem Körper und der mit Schaumstoff verkleideten Wand. Sofort erwacht unsere feurige Verbindung zu neuer Intensität.

»Hör zu«, sagt sie mit rauer Stimme. »Diese Geheimnisse, die du für so lächerlich zu halten scheinst? Die sind nicht lächerlich. Sie sind genau das Gegenteil. Sie sind ... gefährlich.«

Ich grinse. »Du könntest sie mir anvertrauen, aber dann müsstest du mich umbringen?«

»Lass die Witze«, fährt sie mich an.

Ich schweige einen Moment, verwirrt wegen ihrer Heftigkeit. »Dann hör auf, um den heißen Brei herumzureden.«

»Das tue ich nicht.«

»Doch. Und ich gebe nicht auf, nur weil du ›gefährlich‹ gesagt hast.« Ich packe sie fester an der Hüfte und betone damit meine neu gewonnene Entschlossenheit in dieser Sache.

Als sie mit der Hand meinen Arm hinauffährt, stockt ihr der Atem. »Maximus ... trotz deiner imposanten Erscheinung und deiner großen Versprechungen bist du doch nur aus Fleisch und Blut. Ein sterblicher Mensch.«

Ich sehe sie fragend an. »Im Gegensatz zu was für einer Sorte Mensch?«

Ihr Griff an meiner Schulter wird fester. »Sag einfach, dass du verstehst, was ich meine.«

»Was immer es ist«, erwidere ich, »nichts davon ändert etwas an dir. Ändert, was ich bereits in dir sehe – und für dich empfinde.«

Wieder schweigt sie lange. Sie beißt sich auf die Unterlippe, was ihren gedanklichen Konflikt verrät, dann lässt sie die Hände sinken. »Ich ... ich muss darüber nachdenken.« Sie tritt einen Schritt zurück. »Außerdem können wir hier nicht reden.«

»Wo dann?«, knurre ich.

Sie hebt ihren Rucksack vom Boden auf. »Du gehst doch heute Abend zu der Wohltätigkeitsveranstaltung, oder? In der Bibliothek?«

»Ja«, erwidere ich verwirrt. »Du auch?«

»Um acht findet die Einweihung des Veronica-Valari-Flügels statt. Was glaubst du?« Sie tritt wieder näher an mich heran. »Das bedeutet auch, dass um acht Uhr dreißig meine gesamte Familie in Limousinen steigen und zur Afterparty in die Hills zurückfahren wird. Keiner der Teilnehmer an der Zeremonie wird sich für das interessieren, was in den älteren Abteilungen passiert.«

Mein Versuch, nicht zu lächeln, ist zum Scheitern verurteilt. »Ein Rendezvous in der alten Bibliothek? Weißt du, wie viel mehr ich mich gerade in dich verliebt habe?«

Auch sie muss gegen das Lachen ankämpfen. Ich lehne mich lässig an die Wand, um mein eigentliches Bedürfnis zu unterdrücken. Sie zu packen, sie, mit den zerbissenen Lippen und dem erotisch klugen Hirn, und sie um den Verstand zu küssen, ohne Rücksicht auf die Explosionen auf Social Media. Meine Befriedigung und meine Vorfreude sind zu überwältigend, um mir darüber Gedanken zu machen.

In ein paar Stunden werde ich weitere Teile dieses Puzzles finden, ein paar weitere Wahrheiten über die Person, die von Stunde zu Stunde mehr von meinem Geist, meiner Seele und meinem Herz vereinnahmt.

Und vielleicht, ganz vielleicht, wird sie mir helfen,

weitere Teile *meines* Puzzles zu finden. In das Zentrum meiner eigenen Wahrheiten vorzudringen.

Die Gründe, weshalb ich so bin ... wie ich bin. Und was zum Teufel ich damit anfangen soll.

17

Kara

»Lassen Sie uns ohne weitere Umschweife eine herausragende Ikone unserer Gemeinde mit einem warmen, herzlichen Willkommen begrüßen, eine Frau, die diesen Bibliotheksflügel von einem Traum in Realität verwandelt hat, die unvergleichliche Veronica Valari.«

Ich beteilige mich an dem aufbrandenden Applaus, der meine Mutter auf ihrem Weg zu dem Podium vor dem Gebäude begleitet, das ihren Namen trägt. Der Universitätspräsident, der die letzten zehn Minuten das Loblied auf meine Mutter gesungen hat, haucht ihr auf beide Wangen einen Kuss und umarmt sie liebevoll. Meine Mutter greift nach dem Mikrofon, arrangiert die lange Schleppe ihres Satinkleids hinter sich und begrüßt die Menge mit ihrem perlenden Lächeln und einem rauchigen Lachen.

»Danke, Präsident McCarthy. Ich fühle mich so geehrt, hier sein zu dürfen.«

Die Lichter des Cafés, die sanft in der abendlichen Brise hin und her schaukeln, tauchen den Rest der Menge, die sich rund um die Cocktailtische mit

Tischtüchern in den Farben der Alameda – purpurrot und grau – gruppiert hat, in warmes Licht. Viele hier sind nur dabei, weil sie sich verpflichtet fühlen, wie Maximus, den ich noch nicht entdeckt habe. Aber vermutlich sind viele auch hier, um die Gelegenheit zu nutzen, eine Valari aus der Nähe zu sehen oder die Handvoll Berühmtheiten, die aus PR-Gründen dabei sind.

Während meine Mutter mit ihrer vorbereiteten Rede beginnt, streicht eine warme Hand über meinen unteren Rücken. Mein Herz macht vor Hoffnung, Vorfreude und Begeisterung einen Satz – aber diese Euphorie erlischt umgehend, als Arden, nicht Maximus, neben mich tritt. Die Augen dieses Manns sind schwärzer als der Himmel jenseits der Scheinwerfer, und sein Lächeln strotzt vor Selbstbewusstsein.

»Wie erfreulich, Sie wiederzusehen, Kara«, murmelt er schleimig. Er hebt seinen Cocktail zum Mund. Es macht mich nervös, wie er mich über den Rand des Glases hinweg ansieht, wie ein Jäger, der seine Beute nicht aus den Augen lässt.

»Mr Prieto. Ich wusste gar nicht, dass Sie heute Abend kommen würden.«

»Bitte nennen Sie mich Arden, wir werden schließlich eine Menge Zeit miteinander verbringen. Da ist es sinnlos, die Formalitäten aufrechtzuerhalten.«

Die Menge kichert über etwas, das meine Mutter gesagt hat. Vermutlich eine als Bescheidenheit und selbstironischer Humor getarnte Selbstbeweihräucherung. Aber Arden lässt sich von der reichen Klientin im Scheinwerferlicht nicht ablenken. Er hat nur noch

Augen für mich. Viel zu lange, endlos, schaut er mich an, lässt den Blick sekundenlang über mich gleiten.

»Das ist ein fantastisches Kleid.«

Ich wünschte, ich könnte seine spürbare Begeisterung nicht so deutlich wahrnehmen, aber vor dieser öligen Energie gibt es kein Entkommen. Ich überlege, ob ich seiner Bewunderung ein jähes Ende setzen soll, indem ich gestehe, dass ich das rote Kleid mit dem provozierenden Schnitt für jemand anderen ausgewählt habe. Aber so charmant Dämonen sind, sie reagieren auch rasch gereizt. Ich bin nicht in der Stimmung, diesen auf die Probe zu stellen.

»Danke.«

Er stellt sein leeres Glas auf dem Tisch ab und rückt dabei noch ein wenig näher an mich heran. Ich versuche, meine Empörung ob dieser intimen – oder zumindest sehr freundlichen – Annäherung nicht zu zeigen.

»Ich habe hier im College ein paar Freunde«, sagt er. Seine Stimme klingt kühl und selbstbewusst, genau wie es seinem Benehmen entspricht. »Normalerweise gehe ich nicht zu solchen Veranstaltungen, aber als ich gehört habe, dass Sie hier sein würden, dachte ich, ich schaue mal vorbei und sage Hallo.«

Meine Antwort besteht in einem hilflosen Schulterzucken. »Also dann, hallo.«

Das bringt ihn zum Grinsen. »Ihre Mutter hat mir erzählt, dass Sie eine begeisterte Studentin sind. Das ist Ihr letztes Jahr an der Alameda, nicht wahr?«

»Ja. Ich bin traurig, dass es endet.«

»Und was wollen Sie danach machen?«

Mit schwerem Herz schaue ich auf die Zukunft, die vor mir liegt. »Ich würde gern meinen Doktor machen, aber ich glaube, meine Mutter ist mit ihrer Geduld am Ende. Sie erwartet, dass ich mich mehr für das Familienunternehmen engagiere. Sie plant eine Menge Projekte.«

Er nickt und summt dabei leise. »Vermutlich bin ich eins dieser Projekte.« Etwas flammt in seinen Augen auf, das seinem geheimnisvollen Lächeln entspricht. »Sie ist wild entschlossen, eine Sammlung zusammenzutragen, die der Kunst- und Antiquitätenwelt den Namen Valari aufdrückt. Es ist inspirierend. Ich müsste lügen, würde ich behaupten, dass ich nicht gern bald loslegen würde.«

»Wem würde es schon langweilig werden, das Geld von jemand anderem so glamourös auszugeben?« Es gelingt mir, den Sarkasmus zumindest zum Teil aus meiner Stimme herauszuhalten.

Aber bei dem Blick, den er mir zuwirft, frage ich mich, ob es mir wirklich gelungen ist.

»Ich denke, wir wissen beide, dass es um mehr geht als nur um Geld. Nicht dass es in anderen Reichen irgendeine Bedeutung hat.«

Bei seinem Hinweis auf die Unterwelt frage ich mich neugierig, wie gut er sie wohl kennt.

»Worum geht es dann also? Klären Sie mich auf.«

Er neigt den Kopf und sieht mich mit neugierig gerunzelter Stirn an. Viele Frauen, egal ob menschlich oder dämonisch, würden ihn vermutlich schön finden. Seine Gesichtszüge sind wie gemeißelt, er hat ein kräftiges Kinn, einen ausdrucksstarken Mund

und ein betörendes Lächeln – allerdings liegt in seinem prüfenden Blick weder Wärme noch Bewunderung. Ich würde gern wegschauen, aber irgendetwas an seiner Energie löst in mir den Wunsch aus, ihm standzuhalten.

»Dominanz herzustellen«, antwortet er schließlich in scharfem Ton.

Was sonst.

Verblüfft registriere ich die kaum verhüllte Herausforderung, die seine Worte offenbar bedeuten. Es gefällt mir nicht, genauso wenig wie die Art und Weise, mit der er sie formuliert, aber das ist gerade zweitrangig. »Ich denke, das fällt mehr in den Bereich meiner Mutter.« Ich bin eher traurig als verärgert, dass ich das eingestehen muss. Wir waren immer so unterschiedlich, und ich fürchte, das wird sich niemals ändern.

Umgehend wird sein Ton wieder sanfter. »Sie haben noch so viel Menschliches an sich.« Das klingt sogar ein wenig ehrfürchtig – was ich genauso unangenehm finde wie seine angriffslustige Seite. Dass er mit dem Handrücken über meinen nackten Arm fährt, macht die Sache nicht besser, zumal er die Bewegung mit einem anerkennenden Blick über den Rest meines Körpers verbindet. »Ich muss sagen, das steht Ihnen fast genauso gut wie dieses Kleid.«

»Kara.«

Meine Sinne brauchen nicht eine Sekunde, um zu reagieren. Maximus' tiefe Stimme lässt mich rasch von Arden und seiner seltsamen Berührung wegtreten. Beim Anblick des Manns, der sich vor mir aufgebaut hat, stolz und umwerfend in seinem schwarzen Smoking, stockt mir der Atem. Aber was mich wirklich taumeln lässt, ist sein ebenso düsterer Gesichtsausdruck.

»Maximus.« Ich räuspere mich und korrigiere den Schnitzer rasch. »Ich meine … das ist Professor Maximus Kane. Er ist mein Dozent für …«

»Und Sie sind?«, unterbricht Maximus meinen Vorstellungsversuch und tritt vor Arden, der groß und schlank ist, an die Statur des Professors aber bei Weitem nicht heranreicht.

Nachdem sie sich einen langen, angespannten Moment taxiert haben, streckt Arden ihm die Hand hin.

»Arden Prieto«, erwidert er kühl. »Ein Freund.«

»Ein Freund«, wiederholt Maximus, als hätte das Wort einen bitteren Beigeschmack.

Ich öffne den Mund, um das zu erklären, aber mir fällt auf die Schnelle nicht ein, wie ich Ardens Anwesenheit hier heute Abend besser erklären sollte. Er ist Dämon und Kunsthändler mit einer Schwäche für Menschliches, wie es scheint, aber nichts davon klingt plausibel.

Maximus richtet den Blick, in dem Tausende von Fragen liegen, wieder auf mich. »Sie haben Ihren Vorschlag für Ihre Semesterarbeit noch nicht eingereicht.«

Wieder bleibt mir der Mund offenstehen, während mein Gehirn mitzukommen versucht. Denn ich habe ihn eingereicht, und im ersten Moment will ich mich entsprechend verteidigen.

Aber darum geht es hier gar nicht.

»Oh, wow.« Ich lache nervös und beeile mich mitzuspielen. »Ich kann nicht glauben, dass ich das vergessen habe. Ich habe mich so auf den heutigen Abend konzentriert, dass es mir entfallen sein muss.«

»Kein Problem«, erwidert er kurz angebunden, als würde ihn seine Nachsicht mir gegenüber Überwindung kosten. »Sie sind nicht die Einzige, die sich von der Vorfreude hat ablenken lassen, deshalb verlängere ich den Abgabetermin ein wenig.«

»Danke, Professor.«

Maximus antwortet mit einem leisen Knurren. »Sie können ihn morgen vorbeibringen. Sie wissen ja, wo Sie mich finden.«

»Natürlich. Nochmals danke.«

Ohne darauf weiter einzugehen, richtet er den Blick wieder auf Arden. »Nett, Sie kennenzulernen. Tut mir leid, dass ich gestört habe.«

Bevor Arden antworten kann, dreht sich Maximus um und verlässt den Hof vor dem Gebäude. Ich beobachte jede seiner Bewegungen, unsicher, ob ich dankbar oder wütend sein soll. Geht er wirklich einfach so? Ohne ein weiteres Wort?

Nicht dass ich ihn würde hören können. Die Menge beginnt bei den letzten überschwänglichen Danksagungen meiner Mutter zu klatschen.

»Wir sollten hingehen und sie retten«, sagt Arden. »Bei so vielen Leuten wird man sie stundenlang für Fotos posieren lassen.«

»Sie weiß, wie sie sich charmant aus der Affäre zieht, wenn sie das möchte.«

Wenn ich es mir allerdings überlege ... »Entschuldigen Sie mich bitte, ich gehe zu unseren Fahrern und lasse sie wissen, dass meine Mutter bald kommen wird. Sie wird vermutlich nicht viel länger bleiben wollen.«

Er mustert mich gründlich, als wüsste er vielleicht, dass ich etwas zu verbergen habe. Oder schlimmer noch, ihm direkt ins Gesicht lüge. »Wann können wir uns treffen, um die Anschaffungen für Veronica zu diskutieren?«

Ich unterdrücke den genervten Seufzer, der sich Bahn brechen möchte.

»Essen am Freitagabend?«, schlägt er vor.

Ich nehme mir gar nicht erst die Zeit, im Kopf meinen Terminkalender aufzurufen. Mich beschäftigt gerade nur, dass die Distanz zwischen Maximus und mir mit jeder Sekunde größer wird.

»Klingt prima.« Ich zwinge mich zu lächeln, damit mein abruptes Gehen nicht zu beleidigend wirkt. »Schicken Sie mir eine Nachricht mit den Einzelheiten.«

Ohne einen Blick zurück drehe ich mich um und gehe Maximus hinterher. Je weiter ich mich vom Zentrum der Veranstaltung entferne, desto übersichtlicher wird die Menge, aber Maximus ist nirgendwo zu sehen.

»Verdammt«, fluche ich. Ich habe ihn verloren.

Ich trete aus dem Vordereingang der Bibliothek und werfe einen Blick auf das angrenzende Gebäude. Die Fenster im Archer sind alle dunkel, außer einem, das schwach erleuchtet und schmerzhaft vertraut ist. Im dritten Stock.

Atemlos, aber voller Hoffnung stürme ich die Treppen zu Maximus' Büro hoch. Die Tür ist nur angelehnt. Durch den Spalt kann ich ihn sehen, eine Hand oben gegen das Fenster gepresst, in der anderen ein Glas mit einer bernsteinfarbenen Flüssigkeit.

Als ich dir Tür aufdrücke, quietscht sie leicht, was in dem totenstillen Gebäude wie ein Peitschenhieb klingt. Maximus schreckt zusammen und dreht sich um.

Ich lehne mich gegen den Türpfosten und nehme mir einen Moment Zeit, seinen Anblick zu genießen. Er hat das Smokingjackett abgelegt und seine Seidenkrawatte gelockert. Seine Haare sind noch immer zu einem Knoten zusammengebunden, was seinen Gesichtsausdruck und die sich darin widerspiegelnden Gefühle nur umso prägnanter macht.

»Ich dachte, ich hätte dich verloren«, sage ich leise.

Er leert das Glas und dreht sich wieder zum Fenster.

»Du bist wütend.« Ich trete ins Zimmer und schließe die Tür hinter mir. »Wegen Arden.«

»Dein Freund, nicht wahr?« Die eisige Betonung des Worts entgeht mir nicht.

»Er ist nicht mein Freund. Ich weiß nicht, wieso er sich dir so vorgestellt hat. Er arbeitet für meine Mutter. Das ist alles.«

»Genau«, murmelt Maximus.

Ich mache einen weiteren Schritt auf ihn zu. »Ich sage dir die Wahrheit.«

»Bist du deshalb heute Abend hier? Um mir die Wahrheit zu sagen?« Er redet noch immer zum Fenster hin, und seine Weigerung, mich anzuschauen, treibt mich noch mehr in den Wahnsinn als seine Unterstellungen.

Ich gehe auf ihn zu. Nah genug, um ihn berühren zu können. »Ich bin hier, weil ich dich treffen wollte.«

Nach längerem Schweigen dreht er den Kopf und schaut mich durchdringend an. Ich stütze mich an der Wand ab, damit sie mir ein bisschen von der Wucht all der Sehnsucht und der Frustration in seinem Blick abnimmt. Seine Augen haben die Farbe von Mitternacht auf einem Friedhof, und meine Sinne vibrieren mit derselben Verzweiflung. Aber mit der Schnelligkeit, die ich mir in Jahren der Konzentration und Erfahrung angeeignet habe, unterdrücke ich die Gefühle und straffe die Schultern.

Nachdem ich tief durchgeatmet habe, nehme ich die Hand von der Wand und strecke sie stattdessen nach ihm aus. Eine weitere Welle emotionalen Tumults droht mich aus der Bahn zu werfen, aber ich sehne mich danach, mit den Fingerspitzen über den hübschen silbernen Manschettenknopf an seinem Handgelenk zu fahren.

»Mir gefällt dein formelles Äußeres.«

»Gefällt dir mein eifersüchtiges Äußeres ebenfalls?«

Ohne eine Reaktion zu zeigen, schaue ich ihn an. Ich bin ihm nicht hinterhergelaufen, um mit ihm zu streiten. Er wird mich nicht dazu bringen, seinen Köder zu schlucken. »Ich lerne gerade alles an dir schätzen. Auch die Seiten, mit denen ich nicht gerechnet habe.«

Er holt tief Luft und atmet langsam aus. »Kara …«

»Maximus?« Ich nutze die Gelegenheit, erneut seinen Namen sagen zu können. Jetzt im Moment, wo wir unter uns sind, kann ich so tun, als wäre es ein Opfer, das ich ihm darbringe. Ein Gebet aus Bewunderung. »Ich meine es ernst. Was muss ich tun, um es dir zu beweisen?«

Er kneift die Augen zusammen, und ich sehe den Zwiespalt in ihm, bevor ich ihn spüren kann. »Na gut. Erzähl mir etwas von dir. Irgendetwas. Ich möchte dich besser kennen als ein x-beliebiger Fremder auf der Straße, der die Schlagzeilen über dich liest.«

»Das tust du doch bereits.« Es ist die Wahrheit, aber mir ist längst klar, dass das nicht reicht. Es wird ihn nicht befriedigen. Diesmal nicht. »Welcher Mensch steht dir am nächsten?«

Er sieht mich verblüfft an. »Vermutlich Jesse.«

»Wegen dem, was passiert ist, als ihr klein wart?«

»Nicht unbedingt. Wir waren schon vor dem Unfall Freunde. Ich würde gern glauben, dass wir das auch noch wären, wenn es nie geschehen wäre.«

Ich lächele und verspüre einen Anflug von Eifersucht. Die Person, die mir am nächsten steht, ist verboten. Genau wie Maximus das sein wird, falls irgendjemand herausfindet, dass wir mit dem Gedanken an eine Beziehung spielen.

»Wieso fragst du mich das? Wir wollten doch über dich reden, schon vergessen?«

»Ich weiß.« Seufzend schließe ich die Augen. »Für mich ist dieser Mensch mein Großvater.«

»Giovani Valari? Der Drehbuchautor?«

Ich nicke. »Er lebt im Gästehaus meiner Mutter in

Beverley Hills. Niemand darf mit ihm reden. Ich habe Jahre gebraucht, um Mittel und Wege zu finden, wie ich ihn sehen kann, ohne Ärger zu bekommen. So ist es immer noch.«

Er zuckt zusammen. »Aber er gehört doch zur Familie. Wieso um Himmels willen muss das so sein?«

»Als ich klein war, standen wir uns sehr nah. Dann hat sich alles verändert. Wieso, habe ich nie verstanden. Und jetzt ist es eben so.«

»Und das akzeptierst du einfach?« Er schüttelt den Kopf, und ich weiß, nichts, was ich noch sagen könnte, würde ihm helfen, das zu verstehen. Aber er hat es verdient zu wissen, was sich uns in den Weg stellt.

»Du musst wissen, dass es mit uns das Gleiche sein wird. Wenn sie das mit uns herausfinden, werden sie nicht eine Zeit lang nur die Nase rümpfen und sich dann damit abfinden. Sie werden es verbieten. Kell hat dir das bereits gesagt.«

Maximus' Gesicht verhärtet sich. »Weil ich keine reiche Berühmtheit bin? Mit dir nicht auf einer Jacht davonbrause und den ganzen Roter-Teppich-Quatsch draufhabe?«

Die Unsicherheit in seiner Stimme zerreißt mir das Herz. »Nein«, protestiere ich sofort. »Damit hat das nichts zu tun, das schwöre ich. Die Valaris haben bereits so viel Geld, dass sie nicht wissen, wohin damit. So viel, dass es weniger Wert hat als andere Dinge.«

»Wie was?«

»Wie … Tradition … Kontrolle … Macht.«

»Ich verstehe nicht, was irgendetwas davon mit dir zu tun hat. Mit uns.«

Es hat alles damit zu tun.

Aber das kann ich nicht laut sagen. Er versteht es nicht und wird es auch nie verstehen. Er darf es niemals verstehen.

Ich streiche ihm zärtlich durch den Bart. »Wenn wir zusammen sind, denke ich nicht daran. Die Alameda war immer meine Zuflucht vor dieser Welt. Aber du bist … nun, du bist inzwischen mehr als eine Zuflucht.«

So viel mehr …

Ganz tief im Inneren weiß ich, dass meine Gefühle für Maximus mein Ruin sein werden. Aus diesen gemeinsamen Momenten kann nichts Gutes entstehen, abgesehen von der Seligkeit, die ich verspüre, wenn er mich berührt. Von dem Trost seiner Gesellschaft.

Diese Seligkeit.

Dieser Trost.

Dieser Himmel auf Erden, der die Hölle verdrängt, auf die ich vorbereitet worden bin. Das Schicksal, für das ich gezeugt wurde.

»Was bin ich denn dann?«

Mit ihm habe ich das Gefühl, mehr zu sein.

Und selbst wenn es nicht für immer ist … ich nehme es.

Ich beiße mir auf die Lippe und spiele gedankenverloren an seinem Manschettenknopf herum. »In letzter Zeit denke ich manchmal, es ist Vorsehung, dass ich mit dir zusammen bin. Zumindest jetzt gerade.« *Eine Minute. Eine Stunde. Solange wir haben.* »Und ich kann mich nicht fernhalten.«

Zunächst zeigt Maximus keine Reaktion. Dann

dreht er sich zu mir um und greift ohne ein weiteres Wort nach meiner Hand. »In meinem Leben hat sich immer alles um Beherrschung gedreht. Ich kann mich nicht erinnern, dass es jemals anders war. Und was dich anbetrifft …« Er zuckt leicht zurück. »Ehrlich gesagt habe ich mich noch nie so machtlos gefühlt. Sobald du im Raum bist, ist mir das Wort Beherrschung völlig fremd.«

Ich lege die Hand an seine Brust und genieße es, seinen Herzschlag zu spüren. »Bei mir darfst du loslassen.« Als er mich an sich zieht, bin ich froh, dass wir mit Reden fertig sind. Das langsame, zärtliche Verschmelzen unserer Lippen ist Vergebung und Bestärkung. Akzeptanz dieser zwischen uns wachsenden Verbindung. Auflehnung gegen alles, das sie bedroht. Mehr noch, es ist eine herzerweichende Mahnung, wie absolut richtig es sich anfühlt, sich auf ihn einzulassen.

Mühelos hebt er mich auf das breite Fensterbrett und schiebt einen Stapel Bücher zur Seite, damit wir mehr Platz haben. Eins fällt mit lautem Knall zu Boden, aber das hält ihn nicht auf. Er streicht über jeden nackten Zentimeter meiner Haut und lässt die Finger meine Arme hinaufwandern. Langsam weiter nach innen über die seidigen Stoffstreifen, die meine Brüste bedecken. Dann wieder nach unten, über meine Oberschenkel, dank der hohen Schlitze in meinem Kleid. Er beugt sich vor und drückt meine Beine auseinander, um sich dazwischen zu schieben.

Ich seufze. Ich schmelze dahin. Ich ergebe mich.

Mein Herz, das sich heute Abend so viel gewunden

und geschmerzt hat, fühlt sich jetzt wie ein Ballon in meiner Brust an, der Raum beansprucht, den ich zum Atmen brauche. Er knabbert an meinem Kinn, küsst und streichelt sich weiter zu meiner Schulter, wo er den Stoff zur Seite schiebt, um die Haut darunter küssen zu können. Ich lege die Hand auf seine und schiebe den Streifen hinunter. Dann den anderen. Ich sitze entblößt vor ihm, und es fühlt sich so gut an.

Er rührt sich nicht, atmet kaum. Sekunden vergehen, in denen er in stummer Bewunderung nur den Blick über mich gleiten lässt. »Du bist das faszinierendste Geschöpf, das ich je gesehen habe.«

Meine Haut zieht sich bei seinen Worten zusammen, aber ich giere nach mehr. Ich bin verrückt danach, die Hände dieses Manns auf mir zu spüren. Seinen Mund. Alles, was diesen Wahnsinn, der mich gepackt hält, nährt oder mindert.

»Berühr mich«, bitte ich leise.

Er beschenkt mich mit einer ganz leichten Berührung, lässt den Daumen über die Außenseite meiner Brüste gleiten und dann Kreise nach innen beschreiben. Ich bin kurz davor, ihn erneut anzuflehen, als er den Kopf senkt, meine Brustwarze in den Mund saugt und mit der Zungenspitze umspielt.

Ich schnappte nach Luft. »Oh!«

Er antwortet mit einem ebenso von Lust geprägten Knurren, und ich vergrabe die Finger in seinen Haaren. Meine Begierde setzt auch seine frei, und er hebt den Kopf, um auch meine andere Brust in den Genuss seiner Aufmerksamkeit kommen zu lassen. Er knabbert und saugt und leckt, bis der Ballon in meiner Brust kurz vorm Platzen ist.

Ganz abgesehen davon, dass mich das Pulsieren zwischen meinen Oberschenkeln alle Gründe, die fürs Aufhören sprechen, in den Wind schlagen lässt. Ich schlinge die Beine fester um seine Taille, denn mein Instinkt verlangt nach mehr Reibung. Eine leise Stimme in meinem Kopf warnt mich, dass das alles zu viel, zu schnell ist – aber eine lautere Stimme schreit, dass es nicht schnell genug geht. Die Gefahr wird rasch von der Lust verdrängt, die sich durch meinen Körper brennt. Die Flammen verzehren mich, und es ist mir egal.

Ich will nicht aufhören. Ich will niemals aufhören.

Er hebt den Kopf, um erneut meinen Mund zu küssen. Dieser Kuss ist brutaler als die anderen. Als würde ihm allmählich die Kontrolle entgleiten. Es sollte mich beunruhigen, aber das tut es nicht. Ich vertraue ihm. Ich vertraue auf das, was immer da zwischen uns ist.

»Kara …«

Zitternd stößt er meinen Namen hervor.

»Ich will nicht aufhören«, flüstere ich fiebrig.

»Gut. Ich will nämlich mehr von dir schmecken. So viel mehr.«

Er lässt die Hände nach oben gleiten, bis sie an den Bändern meines Tangas liegen.

»Ich will, dass du kommst, Kara. Ich habe das Gefühl, ich verliere den Verstand, wenn ich dich nicht schmecken darf.«

Wir sehen uns in die Augen. In seinem Blick liegt

so viel Sehnsucht und Hunger. Er lässt mich nicht im Unklaren über das, was er vorhat. Mit dem Daumen reibt er vorne über mein Höschen. Ein Schauder durchläuft mich bei dieser Andeutung des Orgasmus', den er mir verspricht.

»Sag ja«, murmelt er und wiederholt die Bewegung.

Meine Antwort besteht aus einem Stöhnen, das er wohl als Zustimmung interpretiert, denn er hebt mich vom Fensterbrett hoch und setzt mich an der Kante seines Schreibtisches ab.

Ohne den Blick von meinen Augen abzuwenden, schiebt er mein Höschen nach unten und wirft es zur Seite. Dann geht er auf die Knie und verteilt mit seiner Zunge heiße Küsse entlang der Innenseite meiner Oberschenkel. Ich zittere. In all diesem köstlichen Chaos ist mir dennoch bewusst, dass es sich nicht ausschließlich um Lust handelt. Es handelt sich auch um Angst und Vorfreude und alles, was Maximus in mir auslöst, all das, was ich nicht empfinden dürfte. Alles, was wir tun, das verboten ist und falsch, sich aber dennoch so unglaublich richtig anfühlt. Unglaublich perfekt …

Wieder schaut er mich mit diesem durchdringenden Blick an. »Kara, du zitterst.«

»Nur die Nerven.« Es klingt zu gehaucht, zu leichthin gesagt. Ich könnte schwören, dass er alles erkennt, was ich nicht sage. Vielleicht ist ihm sogar bewusst, was für eine Grenze ich hier überschreite. Eine Grenze, die ich noch nie mit irgendjemandem überschritten habe. Allein der Gedanke daran war bereits zu gefährlich. Und niemand schien jemals das Risiko wert zu sein.

Als er innehält, verändert sich die Energie zwischen uns. Verdichtet sich. Sie ist jetzt realer. Bedeutender.

»Wir können aufhören. Wenn du dir nicht sicher bist …«

Ich schüttele den Kopf. Er rührt sich nicht, als würde er über das nachdenken, was ich gesagt habe – oder wie viel davon der Wahrheit entspricht.

»Alles okay«, versichere ich ihm. »Ich bin mir sicher.«

Er legt die Hand auf meinen Bauch, dann auf mein Brustbein. Als er die Hand auf mein flatterndes Herz legt, kneift er die Augen zusammen. Einen weiteren unerträglichen Moment lang fürchte ich, meine Beklemmung könnte ihn aufhalten …

»Leg dich für mich hin, meine Schöne.«

Gott sei Dank hält sie ihn nicht auf.

Sein erotisches Murmeln und der besitzergreifende Schubs machen etwas mit meinem Inneren. Als mein Rücken auf der breiten Holzoberfläche landet, überrollt mich eine weitere Lustwelle, die mir den Kopf in ungeahnten Dimensionen schwirren lässt. In die nächste Dimension werde ich katapultiert, als er mit Lippen und Zunge über meine sensibelste Stelle fährt. Mit einem dünnen Schrei hebe ich das Becken vom Schreibtisch ab. Meine Hüften machen sich selbstständig. Und schon sind wir mitten in einem erotischen Spiel aus Ziehen und Schieben. Ein Test über Stärke und Willen, Geduld und Hunger.

Obwohl es ihm gelingt, meine Beine gespreizt und mich auf dem Schreibtisch zu halten, wenn ich mich bei jeder Berührung seiner Zunge aufbäume, habe ich das Gefühl, dass sich das Zimmer dreht. Der Druck in meiner Brust ist jetzt überall. Pulsiert in alle Glieder hinunter. Setzt sich tief in meinem Bauch fest.

»Maximus – *ah*!« Ich löse die Hände aus seinem Haar und kralle mich oberhalb meines Kopfs an der Tischkante fest.

Viel zu rasch kommt der Orgasmus. Er ist geradezu schmerzhaft, aber großartig in seiner Intensität. Das gequälte Stöhnen, das Maximus von sich gibt, lässt mich noch mehr unkontrollierte Schreie ausstoßen. Ich schaudere durch das gewalttätige Pochen der Lust. Nachdem die letzten Wellen abgeklungen sind, kann ich nur noch wimmern.

»Komm her«, sagt er mit rauer Stimme.

Er zieht mich hoch, bis unsere Lippen und unsere Körper wieder aneinandergepresst sind. Erneut stöhnen wir beide leise. Er vergräbt die Hände in meinen Haaren und hält mich fest, bis wir uns losreißen müssen, um Luft zu holen.

Aber kaum haben wir uns voneinander gelöst, ändert sich sein Gesichtsausdruck. Mit weit aufgerissenen Augen starrt er mich an.

»Kara … deine Augen.«

Ich schnappe nach Luft, drehe den Kopf weg und richte den Blick nach unten. Wenn Verzückung bei mir das Gleiche auslöst wie Wut, ist Maximus gerade Zeuge des Feuers in meinen Augen geworden. Ein weiteres lästiges Symptom meiner Biologie, das ich zu verstecken gelernt habe.

»Was stimmt da nicht?«, hakt er nach. »Kara?«

»Nichts stimmt«, murmele ich.

»Was? Wieso?«

Ich antworte nicht. Ich bin zu nah dran, ihm alles zu erzählen.

Was zum Teufel habe ich mir dabei gedacht? Was zum Teufel denke ich mir dabei?

Er lässt die Hand über meine gleiten, aber als er das tut, fallen mir die tiefen Furchen auf, die ich in seinem Schreibtisch hinterlassen habe.

Und er hatte Angst, er würde mir im Fieber der Leidenschaft wehtun?

Mit der Frage habe ich meine erste beantwortet.

Ich denke gerade überhaupt nicht. Und das ist das Problem.

»Es tut mir leid«, flüstere ich. »Ich sollte gehen.«

Ich richte mein Kleid, entziehe mich seinem Griff und hole meine Handtasche vom Fensterbrett. Ich kann ihn nicht einmal anschauen. Ich kann mich nicht verabschieden. Ich kann nur davonlaufen.

18

Maximus

Es geht nicht darum, dass sie – erneut – vor mir davongelaufen ist und mich mit mehr Fragen denn je zurückgelassen hat.

Es geht nicht einmal um die Lust, mit der ich wegen ihr den ganzen Abend zu kämpfen habe, oder darum, dass sie mich mehr denn je glauben lässt, die Farbe Rot sei ausschließlich für sie erfunden worden.

Es geht um weit mehr als das. Denn jetzt sind *wir* mehr.

Ich habe mehr gesehen als nur ihre nackte Haut und ihre feuchte Erregung. Mehr als ihren saftigen Mund, der sich meiner hungrigen Invasion hingab. Mehr als ihren atemberaubenden Körper, wie er sich für mich öffnete und darauf wartete, dass ich ihre kostbare Tiefe erforschte.

Ich habe ihre Geheimnisse gesehen.

Einige hat sie mich willentlich sehen lassen. Aber andere, einschließlich der Enthüllung, die sie hat fliehen lassen, eher weniger. Und als die Sonne nun über dem Campus der Alameda aufsteigt und ich die letzten

Vorschläge für die Semesterarbeiten bewerte, die auf meinem Tisch liegen, bin ich genauso frustriert und wütend wie vor acht Stunden, als sie aus meinem Büro stürmte, als stünde sie in Flammen.

Verdammt.

Stand sie in Flammen?

Was ist gestern Abend wirklich passiert?

Ich habe alles erneut vor meinem geistigen Auge ablaufen lassen. Die perfekten Minuten, die nicht aufhören, mich zu quälen, und drohen, ein Loch in die Hose meines zerknitterten Smokings zu brennen. Die Teile, die mich rastlos durch die morgendlichen Sonnenstrahlen tigern lassen, während ich mir wünsche, sie wären wieder Mondlicht. Ich will das alles noch einmal erleben – aber mit dem Wissen, das ich jetzt habe.

Und was genau wäre das?

Die Frage, mit der mich mein Gehirn konfrontiert, lässt mich abrupt stehen bleiben. Genug mit diesem mitleiderregenden Hinterhergejammere. Hier gibt es eine Wahrheit, die so glänzt wie die Sonne in meinen Augen und die verkohlten Eindrücke in meinem Schreibtisch. Hinter Karas Geheimnisse zu kommen, wird nicht so einfach sein, wie ihre Leidenschaft zu entfesseln. Aber Herausforderungen sind mir nicht fremd. Eine riesige namens Selbstbeherrschung habe ich jeden Tag meines Lebens gemeistert.

Und jetzt habe ich einen großartigen Hinweis, wo ich mit meiner Suche beginnen kann.

Eine Stunde später mache ich mich mit einem Stapel aller Drehbücher, die Giovani Valari je geschrieben hat, auf den Weg in die hinterste Ecke im ersten Stock der Bibliothek der Alameda. Im Gebäude herrscht jetzt Grabesstille, sicher schlafen viele noch ihren Rausch aus. Was mir nur recht ist. All die Fragen, die meinen Kopf quälen, verursachen genug Lärm.

Was ist das Herzstück meiner Verbindung mit dieser Frau? Diese Anziehung, die Biologie, Chemie und rationales Denken außer Kraft zu setzen scheint?

Wieso betont sie dieses Band zwischen uns immer wieder – nur um davonzulaufen, wenn ich sie bitte, sich mehr darauf einzulassen, um es zu festigen? Wieso scheint immer wieder ihre Familie die logische Erklärung dafür zu sein, und wie tief hat sie ihre Fänge in Kara geschlagen?

Wie erklärt sich das – buchstäbliche – Feuer in ihren Augen?

Wieso versteckt sie sich weiterhin? *Was* versteckt sie?

Ich muss jeder Spur nachgehen, die ich hier finde. Gründlich.

Die Leseecke im ersten Stock der Alameda ist mein spezielles Versteck hier in der Bibliothek. Die meisten Studierenden haben kein Interesse an ihr, weil es inzwischen hellere, neuere Plätze gibt. Mit der Eröffnung des neuen Flügels – der Veronica Valaris vom Glanz des Social Media geprägten Geschmack widerspiegelt – wird das vermutlich noch mehr der Fall sein. Ich beschwere mich nicht. Jetzt habe ich noch mehr Platz, um mich auszubreiten, und …

»Was zum Teufel …?«

Meine geknurrte Frage lässt meinen besten Freund den Kopf heben und sein übliches Grinsen aufsetzen.

»Ja, wenn das keine Überraschung ist«, sagt Jesse. »Ich dachte, um diese Zeit würdest du in einem Stapel von Semesterarbeitsvorschlägen versinken.«

»Und ich dachte, du würdest dich noch beim Frühstück im Bett mit der Rothaarigen vergnügen, die während der Festivitäten gestern Abend die Zunge nicht aus deinem Ohr lassen konnte.«

»Es hat so seine Vorteile, wenn junge Ladys bei einem übernachten, weißt du?«

»Das glaube ich dir sofort.«

»Vielleicht weißt du das auch längst selbst?« Er wirft einen wissenden Blick auf meine zerknitterte Gesellschaftskleidung. »Meine Augen waren durchaus noch funktionsfähig, Professor, auch wenn die Zunge der süßen Lady gegen mein Tympanum gedrückt hat. Du hast dich bald von der Gala verdünnisiert und – Überraschung, Überraschung – Kara Valari war dir dicht auf den Fersen, selbst in diesen geilen hochhackigen roten Schuhen.«

Ich kneife die Augen zusammen, bevor ich es verhindern kann. »Hast du dich tatsächlich gerade wissenschaftlichen Lateins bedient, um auf dein sexuelles Vorspiel *und* auf Karas Schuhe anzuspielen?«

»Kaum eine bessere Kombination als die aus menschlicher Biologie und gut gearbeiteten hochhackigen Schuhen, mein Freund.«

»Ich wüsste da vermutlich einige.«

»Behaupte jetzt bloß nicht, dass du einige von ihnen gestern Nacht nicht in Betracht gezogen hast.« Er nimmt ein dickes Buch von dem Stapel, der auf seiner Seite des Tisches liegt, und schlägt es bei einer brillanten Darstellung des Sonnensystems auf. »Enttäusch mich nicht, Mann. Sag mir *nicht*, du hast diese Frau abgewiesen, wenn sie so angezogen war und nur Augen für dich hatte.«

Ich fahre mir langsam mit der Hand über das Gesicht. »Gut. Dann sage ich das nicht.«

»Ein Glück.« Er legt den Kopf schief und runzelt die Stirn. »Und?«

Ich presse die Lippen aufeinander. »Es ist kompliziert.«

»Dude, der Aktienmarkt ist kompliziert. Hauptverkehrszeit auf der Pico? Kompliziert. Aber zu erkennen, dass eine umwerfende Frau auf dich steht und auf dich zugeht? Maximus Kane, das ist nicht kompliziert. Das ist ein Segen der Götter.«

Während er wie ein tiefsinniger Philosoph seine Tirade mit einem blumigen Ausdruck zu Ende bringt, gestatte ich mir ein Lächeln – ein angedeutetes. Auf den Lippen spüre ich noch immer ein wenig Karas Geschmack. Lautlos bete ich, es möge dauerhaft sein.

»Nun, die Götter brauchen sich keine Sorgen zu machen«, murmele ich schließlich und zeige drohend mit dem Finger auf ihn. »Aber mehr wirst du darüber nicht erfahren. Ende der Diskussion.«

Er macht mit dem Arm eine Bewegung wie ein Lokführer, der seine Pfeife ertönen lässt. »Sehr gut, das hört sich nach einer Wiederholung an. Gott sei Dank.«

Eine bessere Gelegenheit, das Thema zu wechseln, werde ich nicht bekommen. Ich werfe einen genaueren Blick auf die Titel der Bücher seines Stapels. Es sind dicke Bände mit Forschungsergebnissen und so kostbar, dass man sie nicht ausleihen darf.

»Und was hat Sie heute in die muffige, ruhige Ecke verschlagen, Professor North? Wichtiger noch, hast du den Studis noch irgendwelche Astronomiebücher übrig gelassen?«

»Ich befinde mich auf einer Mission.« Er strafft die Schultern. »Einer Mission zu ein paar verdammten Antworten.« Er schaut zur Decke hinauf. »Hört da oben irgendjemand zu? *Antworten*, bitte!«

Ich sehe ihn fragend an. »Antworten auf was?«

»Eine Erklärung für die Sternenkonstellation, die Kell Valari vorgestern Abend mit der Kamera festgehalten hat.« Sichtlich angespannt zieht er eine Vergrößerung des Fotos von Kells Handy heraus, die er ausgedruckt hat. »Ich bin bereit, es zuzugeben. Ich bin mit meinem Latein am Ende.«

»Weshalb du vermutlich am liebsten jemandem den Kopf abreißen würdest.«

»Ja. Mir selbst.« Er wirft das Foto wieder auf den Tisch, und es gleitet ein paar Zentimeter über dessen Oberfläche. »Aber diese Konstellation – falls es eine ist – ergibt keinen Sinn. Nicht nur nicht für den östlichen Himmel um diese Jahreszeit. Für *keinen* Himmel, zu *keiner* Jahreszeit. Das verdammte Ding ist zu groß, um eine Drohne zu sein, es kann auch kein Flugzeug sein, nicht mal ein Militärflieger.«

»Das ist echt blöd.« Auch ohne Karas Wahrnehmungsfähigkeiten spüre ich Jesses Verdruss. Seit dem Tag, als er dauerhaft auf einen Rollstuhl angewiesen war, hatte er gewusst, dass sein Vorteil im Leben sein

Verstand sein würde. Und er hat einen brillanten Verstand. Wenn Jesse etwas nicht weiß, verbeißt er sich in das Thema, bis er das Rätsel gelöst hat.

»Hm.« Er stöhnt. »So würde ich das, glaube ich, nicht formulieren.«

»Das heißt?«

»Dass ich an diesem Punkt fast hoffe, dass ich keine einleuchtende Erklärung für dieses Ding finde.«

Ich sehe ihn noch durchdringender an. »Wieso?«

»Weil ich dann die Theorie aufstellen kann, dass das vielleicht eine brandneue Konstellation ist.«

Mein Finger bleibt über dem Touchpad meines Laptops schweben. Die Tabelle, an der ich arbeite, ist im Moment nur eine Ansammlung blauer Vierecke, aber ich habe vor, sie so rasch zu füllen, wie ich mich durch die einzelnen Drehbücher arbeiten kann.

»Es ist dir ernst damit«, sage ich schließlich.

Jesse nickt. »Sehr.«

»Wie ist das möglich?« Mein Verständnis seines Spezialgebiets ist so begrenzt wie seins von meinem, aber ich kenne die Grundlagen. »Es gibt achtundachtzig Konstellationen, nicht wahr? Daran hat sich seit fast einhundert Jahren nichts geändert.«

»Aber das macht Wissenschaft doch so cool, mein Freund. Man macht das Unmögliche real.« Er greift erneut nach Kells Foto und wedelt damit in der Luft herum. »Man findet am Himmel neue Sterne.«

Ich reagiere auf sein eifriges Grinsen mit einem angedeuteten Lächeln. »Du behältst die anderen Elemente auf dem Foto aber schon im Auge, oder? Die Viertel am Fuß des Hügels? Die Ausläufer der Stadt auf der jenseitigen Seite? Vielleicht haben da nur ein paar Kinder mit ihren Taschenlampen gespielt?«

»Mitten in einem Gewittersturm mit dazugehörigem Starkregen? Das bezweifele ich.«

Das ist typisch Jesse. *Das Unmögliche real machen.* Seine körperlichen Einschränkungen haben ihn nie von irgendetwas abhalten können – aber seine Lieblingsbeschäftigung besteht darin, mich aufzuziehen.

So wie jetzt, nachdem er mit einem teuflischen Grinsen meinen Stapel Forschungsmaterial betrachtet hat. »Hat Sie eine gewisse Dame in klassischem Rot inspiriert, ein Fan klassischer Filme zu werden, Professor Kane?«

»Klar doch«, erwidere ich gutmütig.

Er sieht sich meinen Stapel genauer an. »Wow. Sind das alles Originale?«

»In gewisser Weise, ja. Einige sind nur Lesevorlagen für Castings, aber alle stammen aus der Zeit, als aus Valaris Drehbüchern Filme wurden.«

»Wow. Ich wusste nicht mal, dass wir die hier oben haben. Die werden sicher bald in den neuen Flügel umgeräumt werden.«

»Eher nicht.«

»Wieso nicht?«

»Giovani Valari hat sich den meisten seines Clans entfremdet. Das war nicht unbedingt seine Entscheidung, aber angesichts der Vorkommnisse in seiner Vergangenheit …«

»Genau.« Jesse schiebt das Kinn vor und summt nachdenklich. »›Vorkommnisse‹. Das ist sehr taktvoll. Genau wie ›entfremdet‹.« Er fragt nicht nach Karas

Beziehung zu ihrem Großvater, wofür ich dankbar bin.

Er nimmt sich eins der Drehbücher vom Stapel und fängt an, es durchzublättern. »Das hier macht einen ziemlich faszinierenden Eindruck. *Ein höllischer Preis.* An den Film kann ich mich nicht erinnern, habe aber das Gefühl, ich sollte. Ich fand immer, Valari war am besten, wenn er Agententhriller und Mafiadramen geschrieben hat, aber das hier hat auch genügend Pathos für die Liebhaber von Experimentalfilmen.«

»Jesse«, bringe ich mühsam heraus und schaue hoch.

»Du meinst, der Film kam nur in einem kleinen Verleih heraus? Damals hatten Indie-Filme nicht das gleiche Prestige wie heute, und dieses Ding wurde nach dem ganzen Drama mit diesem Starlet und ihrem Mann geschrieben. Valari stand nicht mehr so hoch im Kurs. Seine Tochter ist diejenige, die den Familiennamen wieder salonfähig …«

»*Jesse.*«

»Was ist?«

»Es gibt da einiges, was du vermutlich wissen solltest.«

Er legt das Drehbuch mit dem Rücken nach oben auf den Tisch. »Das klingt ernst.«

»Ja.« Ich presse die Handflächen aneinander, als wollte ich beten, und frage mich, ob das nicht überhaupt die beste Möglichkeit gewesen wäre, den Tag zu beginnen. Dann lege ich das Kinn auf den aneinander liegenden Händen ab. »Du weißt mehr über mich als irgendjemand sonst auf diesem Planeten. Stimmt's?«

Er runzelt die Stirn. »Du meinst, die zwei Tonnen Parmesan, die du so gern auf deiner Pizza magst? Oder die Tatsache, dass du sämtliche Rinden aufbewahrst und auf dem Weg ins Fitnessstudio an die streunenden Tiere im Viertel verteilst? Oder das Dunklere, zum Beispiel deine seltsame Obsession mit Garfield-Paraphernalien?«

»Ich meine das sehr viel dunklere.« Aus Angst, es gar nicht herauszubringen, sprudle ich es rasch hervor. »Den Grund, weshalb ich tun konnte, was ich dir angetan habe. Den Grund, weshalb ich in der Lage bin, andere ... seltsame Dinge zu tun.«

Er rutscht auf seiner Sitzfläche zurück und legt seinen Sarkasmus ab, wie er den *Höllischen Preis* abgelegt hat. »Wieso fängst du gerade jetzt davon an?«

»Weil ich glaube – beziehungsweise mir ziemlich sicher bin –, dass Kara vielleicht wie ich ist.« Ich fahre mir mit den Händen durch die Haare. »Und ja, ich weiß, wie verrückt das klingt. Und es entspricht zwar nicht ganz der Wahrheit ...«

»Wie viel Wahrheit steckt dann darin?«

Er knurrt die Frage fast schon. Ich kann es ihm nicht verübeln. Er wird für den Rest seines Lebens im Rollstuhl sitzen, und schuld daran ist die Abnormalität, die mir diese Fähigkeit verlieh. Und jetzt lasse ich die Bombe platzen, dass ich vielleicht nicht der einzige abnormale Supermensch auf dieser Welt bin. Verdammt, in dieser *Stadt*.

Ich schaue hoch. Schüttele reuig den Kopf. »Sie ist anders, Jesse. Sie hat einen ganz anderen Einfluss auf mich. Das sollte dich eigentlich nicht schockieren. Du hast es bereits an dem ersten Abend gemerkt, als du uns zusammen gesehen hast. Du warst derjenige, der mich ermutigt hat zu schauen, wohin die Sache mit ihr führt.«

»Weil ich dachte, sie würde dich ein bisschen lockerer machen, du Vollidiot. Dich ein bisschen aus dem Haus locken. Spaziergänge am Strand. Minigolf. Fallschirmspringen.«

Ich stütze die Ellbogen auf den Tisch und lasse die Schultern nach vorne sinken. »Es fühlt sich bereits an wie freier Fall.« Ich lege den Kopf in den Nacken und bedecke die Augen mit den Händen. »Und ich weiß nicht, wo ich aufschlagen werde.«

»Wieso fragst du Kara nicht einfach? Sie sollte es doch wissen, oder?«

»Weil sie es mir, wenn die Antwort so einfach wäre, erzählt hätte, statt immer wieder auszuweichen. Außerdem wäre ich dann nicht hier und würde vierzig Jahre alte Drehbücher lesen und um einen einzigen Hinweis auf die wirkliche Antwort beten.«

Die Antwort, die sich hinter dem Ganzen verbirgt. Ich kenne sie bereits. Verdammt, ich *sehe* sie jedes Mal, wenn sich Karas und meine Blicke treffen. Sie liegt in jedem verängstigten Flackern ihrer großen dunklen Augen. Und sie zeigt sich deutlich, wenn sie wütend oder leidenschaftlich ist, voller Leben in all diesen großartigen, bezaubernden Flammen …

»Na gut«, sagt Jesse leise. »Gehen wir der Sache auf den Grund. Wieso genau denkst du, dass sie wie du ist?«

»Sie ist … intuitiv.«

Er zieht eine Augenbraue hoch und wartet, dass ich fortfahre. Als ich eisern schweige, sagt er schließlich: »Intuitiv. Das ist alles? Viele Menschen sind intuitiv. Himmel, Reg und Sarah wissen schon drei Tage vor mir, dass ich eine Erkältung habe.«

Ich suche nach Worten. *Ich*. Ringe mühsam nach Worten. »Verdammt, es ist mehr als das.«

»Mehr – und wie? Kann sie deine Gedanken lesen?«

»Nein. Das nicht. Das tut sie nicht.«

»Okay. Nur dein … was? Dein Herz? Deine Seele?«

Ich seufze frustriert. »Ein bisschen von beidem, vermutlich.« *Vielleicht auch viel von beidem.* »Die beste Bezeichnung dafür wäre vielleicht … hyperempathisch. Sie spürt die emotionalen Vibrationen der Menschen.«

»Emotionale … Vibrationen.«

»Genau. Energiewellen. Nur viel exakter.«

»Energie … wellen.«

»Ja.«

»In welcher Form im Einzelnen? Kannst du etwas deutlicher werden?«

Ich fluche leise. »Ich weiß nicht, wieso ich gedacht habe, du würdest mir das glauben.«

Dabei weiß ich genau, wieso. Vor ein paar Minuten hat er mir noch von der Möglichkeit neuer Sterne, sogar einer unentdeckten Konstellation erzählt. Wenn er glaubt, dass mit Ansammlungen von Helium, Wasserstoff und Engelstränen das Unmögliche passieren kann, wieso lässt er dann meine Beteuerungen nicht mal ansatzweise gelten?

»Möchtest du die Flammen, die ich in ihren Augen

gesehen habe, ebenfalls mit Worthülsen kommentieren?«

»Also *das* kann ich halbwegs glauben«, erwidert er. »Ich meine, spontane menschliche Verbrennung ist wissenschaftlich zwar nicht belegt, aber in ihrem Fall handelt es sich ja auch nicht um ein Ganzkörpergeschehen. Außer man zählt das Kleid von gestern Abend mit …«

»Sei so gut und grins nicht so anzüglich, wenn du dieses Kleid erwähnst, du Arsch.« Noch nie bin ich so gemein zu ihm geworden – aber er hat es verdient.

»Ja, ja. Tut mir leid …«

Ich schaue hoch und merke, dass sein Blick wie hypnotisiert auf das Drehbuch in seiner Hand gerichtet ist.

»He, du«, sage ich nachdrücklich. »Erde an den Northstar. So gut kann der Inhalt doch gar nicht sein.«

Jesse macht eine seltsam kreisende Bewegung mit dem Kopf, eine bizarre Mischung aus Nicken und Kopfschütteln. »Es ist so …*aufschlussreich*. Ich meine … ich glaube …«

Seine Stimme klingt merkwürdig, und so ist auch sein Verhalten. Ich bin froh, als er das Drehbuch umdreht, damit ich es richtig herum lesen kann. Er legt den Finger auf die Seite und befiehlt: »Ab hier.«

Ich senke den Kopf, um sicherzugehen, dass ich die richtige Stelle habe, und überfliege den Text. »*Anthony setzt sich auf, zerrüttet von seinem Albtraum. Er schaut hoch und erschrickt erneut. Visalia, die am Fuß des Betts sitzt, ist splitternackt. Flammen verzehren ihre Augen. Anthony hebt zu sprechen an, aber sie schneidet ihm das Wort ab.*

Es ist so weit«, fährt Jesse fort. Er beugt sich vor und liest den Dialog weiter, obwohl die Seite für ihn verkehrt herum ist. »*Die Hölle hat dir noch einmal das Leben gewährt. Das ist der Preis für dein neues Leben. Dass du die Essenz deines Lebens zurückgibst.«*

Die Szene ist noch nicht zu Ende. Noch lange nicht. Aber die Einzelheiten sind – um Jesse zu zitieren – aufschlussreich, was erklärt, wieso aus dem Drehbuch von *Ein höllischer Preis* vielleicht niemals ein Film wurde. Im besten Fall wurde es ein als nicht jugendfrei eingestufter Streifen, der nur in wenigen Kinos gezeigt worden wäre. Aber ich bin mir ziemlich sicher, dass nicht einmal das daraus wurde. Ein Instinkt, so verlässlich wie mein Herzschlag, sagt mir, dass es das Drehbuch gar nicht erst in die Studios geschafft hat … dass Giovani Valaris Ächtung bereits begonnen hatte.

Weil er beschrieben hatte, was für ihn Realität war? Könnte es sich hier … um die Beschreibung seines Lebens handeln?

Als mir klar wird, was das bedeuten würde, sinke ich erneut auf meinem Stuhl zusammen. Ich schlage mir auf die Brust, weil ich das Gefühl habe, das Dach ist darauf gestürzt. Und der Himmel gleich hinterher.

»Herr im Himmel«, bringe ich mühsam heraus.

»Versuch's erneut«, murmelt Jesse. »Diesmal in die andere Richtung.«

19

Kara

»Hin über sie, die schwer die Tropfen treffen,
Die Schatten, gings: mit Füßen trat ich da
Ihr Nichts, das Menschenleib weiß nachzuäffen.
Lang lagen allesamt am Boden ja …«

Als ein Student laut hustet, hält er mitten im Satz inne. Statt den Vers zu beenden, legt er den Finger in seine Ausgabe der *Komödie* und schlägt sie zu. Die anderen schauen von ihren Texten hoch und folgen ihm mit den Blicken, als er langsam mit dem Buch in der Hand den Raum abschreitet.

»Tatsächlich. *Lang lagen allesamt am Boden ja.*«

Er summt leise, als würde er etwas zu verstehen versuchen, dabei ist er doch derjenige, der uns etwas erklären soll.

Ich fürchte, so wird es in diesem Seminar nicht laufen. Nicht bei den Blicken, mit denen er mich bereits gemustert hat. Blicke, die in ihrer Intensität Glas zerschneiden könnten, obwohl ich mich wieder in die letzte Reihe verzogen habe. Nach allem, was wir vorgestern Abend getan haben … Nachdem er gesehen hat, zu was ich fähig bin, habe ich es nicht über mich gebracht, mich näher zu ihm hin zu setzen.

Genauso wenig konnte ich es über mich bringen, das Seminar zu schwänzen. Ich glaube, Masochismus muss mir bereits in die Wiege gelegt worden sein, zusammen mit meiner dämonischen DNS – und den anderen einzigartigen Zellen meiner chemischen Zusammensetzung. Jenen, die in der Nähe dieses Manns sein müssen, selbst unter diesen Bedingungen.

Und so sitze ich also hier. Beide sind wir hier, starren uns mal wieder in die Augen und führen zu zweit ein lautloses Gespräch unter fünfzig Menschen.

»Miss Valari«, sagt er mit tiefer Stimme. »Sie sind vertraut mit Zerberus, nicht wahr?«

Er sagt das so überzeugt, dass sich unter meiner Haut erneut eine Hitzewelle ausdehnt. Nicht die Sorte, die aus Lust entsteht, sondern eine tiefe Röte, die mir ins Gedächtnis ruft, dass ich alle meine Gefühle und Reaktionen unter Kontrolle behalten muss – etwas, was mir nicht gelungen ist, nachdem Maximus mir diesen Erdbebenorgasmus verschafft hat.

Rückblickend wundert mich meine Nachlässigkeit nicht, auch wenn ich mir für diesen Fehler große Vorwürfe gemacht habe. Der intime Moment war ein Fall für die Richterskala, der die Landschaft meines Körpers, meines Geists, meiner Sinne für immer verändert hat, und ich habe seither an nicht viel anderes gedacht.

Ich fahre mit den Fingernägeln über mein Notizbuch, entschlossen, all diese Gedanken aus meinem

Kopf zu verbannen, zumindest für die Dauer des Seminars, so schwer das auch sein mag.

»Natürlich.«

Er lächelt angespannt. »Das dachte ich mir. Erzählen Sie uns doch ein bisschen über dieses räuberische Biest, auf das Dante im dritten Kreis trifft.«

Ich starre auf mein Notizbuch und das Gekritzel darin hinunter. Der Aufruhr in meinem Blutstrom wird von Angst überschattet. So oft habe ich versucht, seine Aufmerksamkeit zu erringen und die Chance zu bekommen, die richtige Antwort zu liefern, doch diesmal würde ich gern darauf verzichten. Aber die Stille, die sich im Hörsaal breit gemacht hat, zwingt mich zum Reden. Ich räuspere mich und halte den Blick nach unten gerichtet.

»Zerberus … ist ein dreiköpfiger Wolf, der das Tor zur Unterwelt bewacht.«

»Und zu welchem Zweck ist er dort?«

Ich schließe die Augen. »Er erlaubt allen, einzutreten, und niemandem, zu entkommen.«

»Niemandem, zu entkommen.«

Bei seiner Wiederholung hebe ich den Kopf. Das ist definitiv keine Frage. Es fühlt sich seltsamerweise eher wie eine Herausforderung an, was sein durchdringender Blick noch bestätigt.

Ich schlucke den Kloß in meiner Kehle hinunter. »Das ist die grundlegende Idee, ja«, sage ich und hoffe, dass ich weniger betroffen klinge, als ich bin.

Auf was zum Teufel will er hinaus? Oder führt er mich vor den anderen Studierenden vor, um sich dafür zu rächen, dass ich vor ihm davongelaufen bin?

Er mag glauben, dass er irgendein blödes Psychospiel mit mir spielt, weil sein Ego verletzt ist, aber nichts daran hat etwas Spielerisches. Doch wie zum Teufel soll ich ihn das wissen lassen, ohne es ihm zu sagen?

Er darf niemals erfahren, wie nahe er der unguten Wahrheit meiner Familie gekommen ist.

Er schürzt die Lippen und antwortet mit einem kurzen Nicken, um dann erneut das Buch aufzuschlagen.

»Schwarz trieft sein Bart, glutrot die Lichter schwelen,
Mit Tatzen, krallenscharf, den Bauch geschwollen,
Packt, schindet, vierteilt er die armen Seelen.«

Er schlägt das Buch mit einem lauten Knall zu. »Dante beschreibt Zerberus als bärtige Bestie. Das verleiht ihm etwas Menschliches, nicht wahr?«

Meine Hände fangen an zu zittern. Ich greife nach meinem Kugelschreiber und kritzele weitere sinnlose Muster an den Rand meines Notizbuchs. »Ich weiß es nicht«, murmele ich.

»Sie wissen es nicht? Tut mir leid. Ich konnte Sie nicht richtig hören.«

Dreckskerl.

Und ihn wollte ich vor der Brutalität meiner Familie retten? Ich werde ihn eigenhändig umbringen. Innerhalb von zwei Wochen hat er mich im Seminar erst beschützt, dann versucht, mich hinauszuwerfen, und jetzt *das*.

Das unterschwellige Kichern im Hörsaal ist wie Öl in die Flammen meiner Wut. Ich starre ihn an, und mir ist egal, ob alle im Raum sehen, wie meine Augen brennen.

»Ich weiß es nicht«, knurre ich fast schon, fordere ihn heraus, mich noch mehr unter Druck zu setzen, mein Wissen über ein Thema abzufragen, bei dem er glücklich sein sollte, so wenig zu wissen.

Er öffnet den Mund, und sein Blick wird freundlicher – ein Anzeichen, dass er bereut, mich diesem Spektakel auszusetzen. Denn dazu ist es geworden. Ich bin vollständig bekleidet, aber ich könnte hier genauso gut in BH und Unterwäsche sitzen. Oder weniger. Er hat mich bloßgestellt, um sich vor dunklen und gefährlichen Wahrheiten zu retten.

Er wendet den Blick ab und kehrt rasch wieder zu dem Text zurück, um weiterzumachen, wo er aufgehört hat. Für den Rest des Seminars untersucht er ein weniger brisantes Gebiet – eine von Dantes politischen Prophezeiungen. Ich behalte die Uhr im Auge und bereite mich darauf vor, davonzustürmen, sobald er uns entlässt. Aber der mächtige Stapel von Semesterarbeitsvorschlägen, den er in der Hand hält, ruft mir leider in Erinnerung, dass ich noch einmal in Kontakt mit ihm treten muss, bevor ich diesem einzigartigen Kreis der Hölle entkommen kann.

»Vergessen Sie nicht, Ihre benoteten Vorschläge mitzunehmen, bevor Sie gehen«, sagt er. »Falls Sie Fragen haben, wissen Sie, wo Sie mich finden.«

Wegen meines Sitzplatzes hinten im Hörsaal beschließe ich zu warten, bis die anderen ihre Vorschläge bei Maximus abgeholt haben. Aber als sich die Menge verlaufen hat, steht er mit leeren Händen da.

Ich werfe mir den Rucksack über die Schulter und gehe langsam die Stufen hinunter. Er hat sich inzwischen auf die Kante seines Schreibtisches gesetzt. Abrupt bleibe ich vor ihm stehen.

»Alles, was Ihnen noch fehlt, Professor, sind die Zirkusreifen.«

Er zuckt zusammen. »Wie bitte?«

»Bekomme ich jetzt meine Arbeit, oder müssen Sie mich noch mehr ausfragen, damit ich es mir verdiene?«

Er antwortet genauso bissig. »Wenn Sie es ein bisschen genauer mit der Wahrheit nehmen würden, müsste ich Sie nicht derart vorführen.«

Ich verkrampfe mich. »Hör mal, ich weiß zwar nicht, was das alles soll, aber …«

»Ein höllischer Preis.«

Ich schweige einen Moment. »Was?«

»Es war das erste Drehbuch, das Giovani Valari geschrieben hat, nachdem Malcolm Caulfield auf ihn geschossen und ihn beinahe umgebracht hatte. Hast du es gelesen?«

Ich presse die Lippen aufeinander. »Nein.«

»Aber ich.«

Erneut versuche ich, den Kloß in meiner Kehle hinunterzuschlucken. Ich will, dass diese ganze Begegnung hinter mir liegt. Vielleicht kann ich das Ganze beschleunigen. Ich trete um ihn herum und suche auf seinem Schreibtisch nach meiner Arbeit. Nichts. Schnaufend verschränke ich die Arme vor der Brust.

»Maximus, gib mir einfach meine Arbeit und lass mich gehen.«

»Wohl eher nicht.«

»Verdammt«, fahre ich ihn an. »Wieso nicht?«

»Wir müssen reden.«

»Worüber?«, frage ich spöttisch. »Deine Theorien zu einem Drehbuch, das mein Großvater vor über vierzig Jahren geschrieben hat?«

»Weißt du, worum es darin geht?«

»Keine Ahnung.« Ich gebe mir alle Mühe, Desinteresse vorzuspielen, so wie Kell es perfekt beherrscht. Er scheint nicht überzeugt, sondern stellt sich vor mich hin und schenkt mir seine ungeteilte Aufmerksamkeit.

»Es geht um einen abgewrackten Drehbuchautor. Ausgequetscht und ausgespien von Hollywood. Emotional am Ende wegen all den falschen Entscheidungen, die er im Leben getroffen hat. Wegen all seinen Sünden. Dann bringt er sich um, schafft es aber, den Fängen der Hölle zu entrinnen. Er lernt eine schöne Frau kennen, die nicht ist, was sie zu sein scheint – und ihm wird klar, dass seine Hölle gerade erst beginnt.«

Mir fällt die Kinnlade hinunter, aber nur ein frustriertes Räuspern entringt sich meiner Kehle. Plötzlich ist alles zu viel. Zu real. Ich klappe den Mund wieder zu, wütend auf meinen Großvater, weil er die ganze Wahrheit zu Papier gebracht hat. Die schlimme, schreckliche Wahrheit.

Ich kann mir das keine Sekunde länger anhören. Ich drehe mich um und gehe die Stufen hinauf, doch Maximus packt mich am Arm und zerrt mich zurück. Ich versuche, mich loszureißen, aber er ist stärker. Keine Überraschung, aber auch nichts, was ich gerade akzeptieren will. Doch als sich unsere Blicke treffen, halte ich inne. Der Ausdruck in seinen Augen – Verzweiflung, Entschlossenheit und Bedürftigkeit – verrät mir, dass es für ihn wichtiger ist, dass ich bleibe, als für mich, dass ich gehe.

»Du hast mich angelogen, Kara.«

Verdammt, wie gern ich ihn mit einem weiteren Blick in Flammen aufgehen lassen würde! Doch schon spüre ich, welche Gefahr das mit sich bringen würde. Neue Tränen. Stattdessen blecke ich die Zähne. »Noch nie in meinem Leben war ich zu jemandem so ehrlich wie zu dir. Zu *niemandem*. Wie kannst du nicht sehen oder wissen …«

»Dann sag mir, warum.« Er klagt mich nicht an. Er fleht. »*Warum*, Kara?«

Seine Qual zu sehen, lässt mich ein paarmal mühsam nach Luft schnappen. Habe ich gelogen? Sieht er das wirklich so? Bin ich in seinen Augen wegen meiner Auslassungen verdammenswert?

»Zerberus. Der Wolf in deinem Ohrring«, schiebt er hinterher.

»Was … was ist damit?«

»Er hat etwas zu bedeuten, nicht wahr?«

»Nein«, beeile ich mich zu sagen. »Das ist nichts. Eine Antiquität, die ich geerbt habe, und …«

»Nicht dein Stil.«

»Und was willst du damit sagen? Bist du auf einmal Modespezialist?« Endlich gelingt es mir mit viel Mühe, mich loszureißen.

»Du hast behauptet, ich könnte dir nicht wehtun.« Er schaut mich von oben bis unten an, während er entschlossen weiter wütet. »Ich frage mich inzwischen, ob das stimmen könnte. Du bist verdammt viel kräftiger, als das jemand deiner Größe eigentlich sein sollte.«

Ich presse die Lippen aufeinander. Dazu kann ich nichts sagen. Ich habe meine Kraft vor ihm nur deshalb nicht geheim gehalten, um ihm zu beweisen, dass er keine körperliche Bedrohung für mich darstellt.

»Und deine Familie«, fährt er fort. »So wie sie deinen Großvater ausgeschlossen hat. Das passt auch dazu, nicht wahr?«

»Das verstehst du nicht.« Ich trete einen Schritt zurück. »Es ist kompliziert.«

»Klingt so. Mehr als ich mir jemals hätte vorstellen können. Aber dennoch hat eine Nacht mit dir in meinen Armen genügt, um es herauszufinden. Alles. Der Schreibtisch. Das Feuer in deinen Augen. Verdammt, Kara …«

Ich blinzele. Mehrmals. So viel zu meinem Vorsatz, meine Gefühle auf keinen Fall zu zeigen. Hinter meinen Augen prickelt es jetzt heiß. Im ganzen Kopf. Verdammt. *Verdammt.* Er weiß Bescheid. Er *darf nicht* Bescheid wissen. Es ist zu verrückt, zu riskant … so viel mehr, als ich erwartet hatte.

»Ich glaube, du hast zu viel Dante gelesen, Maximus.« Ich versuche, ein wenig zu lachen. Ein voller Misserfolg. Ich klinge eher wie ein Teekessel kurz vorm Pfeifen. »Du siehst Dinge, die du sehen willst.«

»Und dann das. Du hier in diesem Seminar. Du bestehst darauf zu bleiben, völlig fasziniert von dem Material, ganz ähnlich wie ich, und das sagt eine Menge aus.«

Ich schließe die Augen und seufze leise. Als ich das tue, entstehen vor meinem geistigen Auge Visionen unseres letzten gemeinsamen Abends. Habe ich etwas anderes erwartet? Wieso will ich die Antworten nicht einmal ändern? Wie konnte ich zulassen, dass ich so tiefe Gefühle für diesen Mann entwickle?

»Sag mir, wer du wirklich bist.«

Ich hebe den Kopf, kaum dass er diese Bitte leise geäußert hat. Dann überfallen mich erneut Verwirrung, Frustration, Wut und Kummer.

Würde ich es ihm erzählen, wenn ich es könnte? Wenn ich nicht in dritter Generation dieses Geheimnis wahren müsste?

»Ich habe dir mehr erzählt als irgendjemandem sonst. Jetzt fühlt es sich an, als würdest du mich dafür bestrafen.«

Er stößt einen Seufzer aus und reißt seine Brille hinunter, um sich in die Stelle auf seiner Nase zu kneifen, wo sie eben noch saß.

»Ich versuche nicht, dich zu bestrafen, Kara. Ich bin ... verdammt frustriert. Wegen allem. Du stürmst in mein Leben und stellst alles auf den Kopf, einfach indem du du bist. Du behauptest, wir seien beide anders als alle anderen, was uns quasi gleich macht – aber in Wirklichkeit bist du *nicht* wie ich. Du kannst dich nicht hinter deinem angeblichen Nichtwissen verstecken. Du *kennst* die Antworten. Du willst sie nur mit niemandem teilen. Und ich ...« Er fährt sich mit der Hand durch das zerzauste Haar, packt ein paar Strähnen mit der Faust und lässt sie mit einem weiteren gequälten Seufzer wieder los. »Ich habe mich so rettungslos in dich verliebt. Als ob man ohne Fallschirm aus einem Flugzeug stürzt. Ehrlich, manchmal ist das genau, wie ich mich fühle. Und ich denke immer nur, wenn ich nicht alles von dir habe …«

In seinem Gesicht zeichnet sich etwas Wundes und Verletzliches ab, als würde er all das gerade jetzt spüren. Diese Kapitulation. All die Angst, die mit solch einem Sprung einhergeht.

Er tritt auf mich zu und zieht mich zärtlich an sich. Die Anspannung in mir schmilzt in seiner warmen Umarmung dahin. In seinen Armen fühle ich mich sicher und wie im Himmel. Wie zu Hause. Dieser unglaubliche Gegensatz in der Kombination dieser zwei Wörter – *Himmel, Zuhause* – lässt mich unerwartet traurig werden. Er legt den Finger unter mein Kinn und lenkt meinen Blick zu seinem Gesicht.

»Ich will all deine Geheimnisse, Kara … All die kleinen Teile von dir, die niemand jemals sieht, jeden wilden Traum, jede hässliche Wahrheit. Wenn ich nicht der Mann bin, der sich all das verdienen kann, wird sich für mich nichts jemals mehr richtig anfühlen. Denn so verrückt du mich auch gerade machst, will ich doch nicht zurück in den Zustand davor. Ich ziehe den freien Fall vor. Egal wann. Aber du musst ehrlich zu mir sein …«

Und einfach so reißt er mit dieser neuen Gewissheit, dass ich hierin nicht allein bin, meine Verteidigungswälle ein. Er bittet mich, mit ihm zu springen, und ich möchte gern, aber …

»Es gibt so viel zu erklären«, flüstere ich nervös und voller Angst. Nicht wegen dem, was er in mir öffnet, sondern weil ich mich davor fürchte, dass er es sich anders überlegt und mich wieder ausschließt. »Dinge, die … schwierig … zu erklären sind.«

»Ich finde es sowieso heraus. Sag es mir und erspar mir die Nachforschungen.«

Ich lächele ein wenig und wünsche mir, es wäre so unkompliziert. Einfach alles erzählen. Darauf vertrauen, dass sich seine Gefühle für mich nicht ändern, sobald ich erwähne, dass ich eine Dämonin bin. Dass sich *nichts* zwischen uns ändern wird.

Ich beiße mir auf die Unterlippe, lasse sie aber wieder los, als er meine Wange berührt und sein Gesicht ganz nah an meins bringt. »Erinnerst du dich noch, wie du gesagt hast: ›Wenn mich nur das Beste an dir interessieren würde, wäre ich nicht hier‹? Wieso glaubst du, dass ich in dem Punkt anders empfinde als du?«

Mir stockt der Atem – und dann höre ich hinten im Hörsaal eine Tür laut zufallen, gefolgt vom Reden einiger Studierenden. Voller Erleichterung und voller Bedauern löse ich mich aus seiner Umarmung.

Sein Stirnrunzeln scheint dasselbe auszudrücken. »Gehen wir in mein Büro, dort können wir reden.«

Sein Büro. Diesen Raum kann ich nicht betreten, ohne noch einmal zu durchleben, wie ich mit gespreizten Beinen auf seinem Schreibtisch lag und mich unter seinen Fingern und seiner samtigen Zunge vor Lust wand. Und wenn ich das Gefühl bekomme, dass auch er es noch einmal durchlebt, bin ich verloren.

»Ich … ich kann heute nicht. Tut mir leid.« Seltsamerweise fühlen sich die letzten drei Worte wie eine

Beichte über andere Dinge an – wofür ich trotz der sich vertiefenden Falten auf seiner Stirn dankbar bin.

»Wieso nicht?«

»Ich habe etwas vor.« Das entspricht der Wahrheit, aber sicher nicht der, die er hören möchte. Nach einigem Hin und Her ist es mir gelungen, die Verabredung mit Arden zum Abendessen in ein Treffen in seinem Büro umzuwandeln. Es mag zwar kein Essen bei Kerzenlicht mehr sein, aber so frostig, wie Maximus bei der Wohltätigkeitsveranstaltung auf ihn reagiert hat, habe ich nicht den Mut, ihn einzuweihen.

»Wann kann ich dich sehen? Du kannst dieses Wochenende zu mir kommen, wenn du möchtest. Oder ich komme zu dir.«

Die Vorstellung, ihn erneut außerhalb des Campus' zu treffen, ist verlockend. Das ist, was normale Menschen tun, wenn sie sich auf eine Beziehung miteinander einlassen möchten. Aber Maximus Kane und ich? Wir sind alles andere als normal. Und allein mit ihm in einem geschlossenen Raum kann ich mich gerade vielleicht nicht beherrschen.

Er scheint mein Zögern zu spüren.

»Wie wäre es, wenn wir uns morgen im *Recto Verso* treffen? Nur zum Kaffee, okay?«

Weitere Studierende strömen herein. Ihr Professor wird auch gleich kommen. Wir sind in letzter Zeit schon ein paarmal aufgefallen. Bald werden die Leute über uns reden, falls sie es nicht bereits tun. Wir können uns so nicht mehr treffen, deshalb nicke ich zustimmend.

»Morgen. Kaffee klingt gut.«

Ardens Büro befindet sich in einem kleinen, aber edlen Gebäude am Rand des Golden Triangle, nahe genug an jenem angesehenen Teil von Hollywood, um relevant, aber nicht altbacken zu sein. Das Gebäude hat in der Mitte einen Innenhof, der wie ein Set aus *Casablanca* aussieht, mit marokkanischen Lampen, üppiger Gartengestaltung und einem kleinen Flügel in einem Pavillon. Ich trete in den wartenden Aufzug, der mich in den zweiten Stock hinaufbringt.

Ardens Empfangssekretärin führt mich in sein Eckbüro mit Panoramafenstern, flankiert von Palmenspitzen.

Er schaut von seinem großen, mit Broschüren übersäten Schreibtisch hoch und strahlt mich mit einem Zahnpastalächeln an, so weiß wie sein perfekt geschneidertes Oxfordhemd. »Kara.«

Er kommt auf mich zu, während hinter mir leise die Tür ins Schloss fällt. Ich denke, er wird mir die Hand geben, aber seine Hände bleiben in den Hosentaschen. Dafür lässt er seinen herausfordernden Blick hemmungslos über meinen Körper schweifen.

»Wie schaffen Sie es, mit so wenig Aufwand dermaßen zum Anbeißen auszusehen?«

Alle Antworten, die ich darauf vielleicht geben könnte, bleiben mir im Hals stecken. Ich bin mir meines Äußeren normalerweise nicht sonderlich bewusst, aber plötzlich denke ich über meine Kombination aus Jeans, Stiefeln und ausgebeultem Pullover nach. Natürlich habe ich bei der Auswahl an Maximus gedacht, ohne zu ahnen, wie wütend er mich im Seminar machen würde. An Ardens Anerkennung habe ich definitiv nicht gedacht, aber ich mache mir geistig einen Vermerk, diese neue Theorie zu testen und mich in Zukunft für ihn so schrecklich wie möglich zu kleiden.

»Tut mir leid. Vermutlich halten Sie mich für dreist. Ich bin es gewohnt, den ganzen Tag schöne Dinge zu würdigen. Das lässt sich nur schwer abstellen. Ich hoffe, es macht Ihnen nichts aus.«

Ich ringe mir ein Lächeln ab. »Ich bin es gewohnt, wie eine Ware behandelt zu werden. Schließlich bin ich eine Valari.«

Einen Moment lang scheint er mich mit seinem durchdringenden Blick abschätzend zu betrachten, dann gibt er ein amüsiertes Knurren von sich.

»Nun gut.« Er deutet auf seinen Schreibtisch. »Sie kommen genau zur richtigen Zeit. Ich habe gerade ein paar Stücke für Veronica herausgesucht. Vielleicht möchten Sie sie sich einmal ansehen.«

Auf dem Schreibtisch liegen mehrere Stapel mit glänzenden Fotografien. Er greift nach einer einzeln liegenden. »Das ist ein beeindruckendes Stück. Es ist bei Christie's gelistet, aber ich kenne zufällig die Leute, die diese Sammlung betreuen. Ich denke, wir könnten sie vermutlich zur Abgabe weiterer Stücke überreden, um unsere Sammlung abzurunden, so es Ihnen gefällt.«

Ich nehme das Foto, auf dem eine Bronzefigur mit Stierkopf zu sehen ist, die höchstens zehn Zentimeter groß ist. »Das ist ein Minotaurus.«

»In Bronze. Circa fünfhundert vor Christus.«

»Das sind fast zweihunderttausend Dollar«, erwidere ich.

Er sieht mich fragend an. »Machen Sie sich Gedanken wegen Veronicas Budget?«

Ich lege das Foto zurück auf den Schreibtisch. »Nicht im Geringsten.«

Er kichert erneut, während ich noch über seine Absichten nachgrübele. Mein Magen verknotet sich, und ich bekomme den Eindruck, er lacht über etwas anderes. Wie ein Erwachsener, der eine für Erwachsene gedachte Anspielung in einem Kinderfilm versteht.

»Da sind wir dann schon zu zweit«, versichert er mir. »Natürlich hat sie mir ein paar grundlegende Vorgaben gemacht. Aber machen wir uns doch im Moment keine Gedanken über die Zahlen. Schauen wir uns den größeren Zusammenhang an, okay?«

»Als da wäre?«

»Themen.« Er lässt sich in seinen hochlehnigen Ledersessel auf der anderen Seite seines Schreibtisches sinken und bedeutet mir, mich auf den daneben stehenden zu setzen. »Ich denke, wir können leicht einige der Lieblingsthemen Ihrer Mutter bestimmen.«

»Eitelkeit? Macht? Rache?«

Wieder lacht er, und seine Augen funkeln. »Ich bin ausgesprochen froh über unsere Zusammenarbeit. Ich hatte schon befürchtet, Sie seien langweilig.«

»Ich gebe mir Mühe, es zu sein. Ich stehe nicht gern im Rampenlicht.«

»Das habe ich gemerkt. Wie kommt das?«

Ich zucke mit den Schultern. »Ich interessiere mich einfach für andere Dinge.«

»Wie was zum Beispiel?«

Ich unterdrücke einen genervten Seufzer. »Kunst. Geschichte. Literatur. Sprache.«

»Alles Gründe, weshalb Sie so perfekt für diese Sache geeignet sind.« Sein Gesichtsausdruck wechselt, er strahlt jetzt wieder die gleiche Energie aus wie vorher. Als würde er seine Blicke genau abmessen, sorgfältig und lautlos. Aber nicht zurückhaltend. Er weiß genau, was er tut. Hat jedes Wort, das er sagt, unter Kontrolle. »Ich würde vorschlagen, wir beginnen mit Ihren Interessen und bauen Veronicas im Weiteren mit ein.«

Ich zögere. »Ich weiß nicht, ob das fair ist. Sie ist Ihre Klientin.«

»Und ich glaube nicht, dass es schwierig ist, es ihr recht zu machen. Ich muss nur das glänzendste, auffälligste, teuerste Teil im Raum aussuchen, ihr sagen, wie wichtig es ist, und sie wird es lieben. Ich habe das Gefühl, Sie werden nicht so leicht zu beeindrucken sein, was diesem Unterfangen ein wenig mehr ... Struktur verleiht. Wieso sollten wir uns nicht ein paar herausfordernde Aufgaben stellen und unseren Spaß haben?« Er beugt sich zu mir hinüber. »Sagen Sie mir, Kara, was bewegt Sie? Nennen Sie mir etwas, womit ich anfangen kann. Ein Thema.«

Er lehnt sich noch ein bisschen weiter zu mir herüber. Ich lehne mich entsprechend ein wenig weiter weg.

»Das ist ... ähm ... eine sehr umfassende Frage.«

Und dazu eine brisante. In letzter Zeit hat mich nur eins wirklich beschäftigt. Ein Mann, besser gesagt ein anstrengender, schöner, gequälter Mann. In den letzten zwei Wochen wurden alle meine Gedanken, mein ganzes Sein, wie magnetisch zu ihm hingezogen. Selbst jetzt habe ich nur die glühenden Erinnerungen an ihn im Kopf.

Arden legt den Kopf leicht auf die Seite, als könnte er die Antwort vielleicht erraten, indem er mich einfach anschaut. »Kommen Sie schon, Kara. Ihnen geht etwas durch den Kopf. Ich kann sehen, wie sich die Räder drehen.«

Ich schlucke heftig und hoffe inständig, dass das alles ist, was er sehen kann. Denn falls irgendjemand herausfindet, dass Maximus mir mehr und mehr bedeutet, sind unsere Tage mit Sicherheit gezählt. Ich traue schon Kell kaum, dass sie es für sich behält, und Arden erst recht nicht.

»Was ist es?« Er nimmt meine Hand und fährt mit dem Daumen sanft über mein Handgelenk. »Ich merke, wenn Leute mich anlügen, wissen Sie? Es ist eins dieser speziellen Talente, weshalb das Spielen mit Menschen so viel Spaß macht.«

Ich verfluche meinen jetzt schnellen Herzschlag, zumal Arden seinen Daumen fest in die Stelle drückt, an der er zu spüren ist. Sein durchdringender Blick vereitelt meine Versuche, rasch zu überschlagen, wie oft ich ihn in unserer kurzen Bekanntschaft bereits angelogen habe, was, selbst ungefähr gerechnet, zu oft ist.

Aber auch, wenn er in der Lage ist, eine Lüge zu entdecken, heißt das nicht, dass er die Wahrheit herausfinden kann.

»Also, sagen Sie es mir.« Schließlich zieht er seine

Hände zurück und legt sie lässig auf seinen Schoß. »Was bewegt Sie? Oder vielleicht *wer*?«

Sofort steht mir wieder Maximus vor Augen. Das Feuer flammt erneut auf. Überlagert alles. Seine Zärtlichkeit. Sein Intellekt. Seine Leidenschaft. Seine Angst. Alles, was er mir gezeigt hat, was in ihm steckt, und alles, was ich noch zu entdecken habe.

Aber ich muss eine andere Antwort liefern, eine, die sich trotzdem wie die Wahrheit anfühlt.

»Der Held«, sage ich schließlich.

Arden sieht mich fragend an. »Der Held?« Er gibt einen undefinierbaren Ton von sich. »Interessant. Episch? Tragisch?«

»Das überlasse ich Ihnen«, erwidere ich. »Es sollte ein ausreichender Arbeitsansatz für Sie sein.«

Wieder mustert er mich von oben bis unten, diesmal mit amüsiertem Gesichtsausdruck. »Das gefällt mir.« Er richtet den Blick wieder auf seinen Schreibtisch. »Dann halten wir mal nach ein paar Helden Ausschau, okay?«

20

Maximus

Ich hätte mich eigentlich längst nicht so gut fühlen sollen, als ich das *Recto Verso* betrat. Die beiden letzten Tage hatte ich nicht mehr als fünf Stunden Schlaf ergattert. Dafür hatten die Besessenheit mit einem gewissen alten Film-Drehbuch gesorgt und die Recherche-Reisen, zu denen es mich veranlasst hatte. Diese Reisen hatten mich zu einigen bizarren Zielen geführt. Sie hatten mich mit Vorstellungen konfrontiert, die ich mit enormer Geschwindigkeit verstehen musste, obwohl sie mir verstörend fremd waren.

Das Ganze wird sich aufklären, wenn ich mit Kara rede.

Nein, wenn sie redet und ich zuhöre.

Ich bin immer noch heilfroh, dass sie sich zu diesem Treffen bereit erklärt hat, obwohl sie mir vorwarf, ich sei viel zu sehr in Dante vertieft, um einen klaren Gedanken fassen zu können. Und ja, damit hatte sie wahrscheinlich – oder *möglicherweise* – sogar recht. Das gebe ich jetzt offen zu.

Aber das war gestern.

Heute wird das anders laufen. Heute wird Kara mir *ihre* Geschichte erzählen.

Meine Entschlossenheit festigt sich mit jedem Schritt, den ich auf die Kaffeebar zu mache, wo Reg zum Krach eines Soft-Pop-Senders mitsingt. Der Song, der aus den Lautsprechern kommt, ist eine derart grässliche Cover-Version von *Holding Out for a Hero*, dass mir die krächzende Darbietung meiner Freundin lieber ist.

Ich setze mich auf einen der Barhocker. »*He's gotta be strong and he's gotta be fast.* Er muss stark und er muss schnell sein, hm?«

Meine Freundin unterbricht ihren Gesang, nicht aber das sorgfältige Abwischen des Tresens. »*Racing on the thunder and rising with the heat.* Da er auch mit dem Donner rennen und mit der Hitze hochsteigen muss, bezweifele ich, dass der Typ überhaupt existiert.«

»Das hört Sarah sicher gern.«

Sie schenkt mir ein müdes Lächeln. »Du scheinst dir an diesem schönen Morgen ja vieler Dinge sicher zu sein.«

Ich beuge mich über den Tresen, schnappe mir eine Porzellantasse und schenke mir aus der riesigen Kaffeekanne ein. »Ich bin mir sicher, dass es definitiv ein schöner Morgen ist – und ich habe vor, ihn zu einem noch schöneren Tag zu machen.«

»Na dann, dir auch einen schönen Samstag.« Sie wirft sich das Geschirrtuch über die Schulter und lehnt sich an den Tresen. »Bist du auf dem Weg, die Wale zu retten, den Weltfrieden zu sichern oder die Ozonschicht zu flicken?«

»Hmm.« Ich trinke nachdenklich von meinem Kaffee. »Vielleicht alle drei.« Wahrscheinlich fühle ich mich dazu glatt in der Lage, wenn ich mit Kara alles zurechtgerückt habe. Wenn die letzten Barrieren zwischen uns eingerissen sind. Wenn ich ihr Vertrauen habe – und ihre Wahrheit kenne. Endlich.

Reg lacht ausgiebig. »Wer sagt's denn? Und das alles nach einer Tasse Arabica?«

»Wer braucht schon Koffein, wenn der Tag mit der richtigen Motivation beginnt.«

»Also gut.« Wissend schürzt sie die Lippen. »Und hat diese sagenhafte neue ›Motivation‹ einen Namen?«

Ich lege den Kopf schief und sehe sie scharfsinnig an. »Also, sie ist sagenhaft, aber nicht neu.«

»Aha.«

Ihr Lächeln wird breiter, sie gibt sich jedoch nicht die Mühe, die ich erwarte. Es ist das gezwungenste Lächeln, das ich je auf ihrem Gesicht gesehen habe. Ich bin fast beleidigt, dass sie das als authentisch verkaufen will.

»Und wer ist dieses nicht so neue Tausendschönchen, von dem wir hier reden?«, fügt sie angestrengt hinzu. »Eine dieser Liebreizenden, die du und Jesse zur Party von Melora Hall mitgebracht habt?«

»Du erinnerst dich doch, dass meine Begleiterin in jener Nacht mit jemand anderem verschwunden ist, oder?« Ich ziehe einen Mundwinkel leicht hoch und warte, dass Reg meine Frage mit ihrem üblichen Sarkasmus kommentiert. Als sie das nicht tut, verstört mich das noch mehr.

Sie bleibt weiterhin reserviert. Ihre Schultern sind gestrafft, die Lippen zusammengekniffen.

»Weil du dich nach Kara Valari in der Klassik-Abteilung gesehnt hast, oder?« Ihre Miene glättet sich, als sie plötzlich versteht. »Es ist sie, stimmt's?«, sagt sie leise. »Verdammt.« Sie flucht sehr leise, aber ich höre, wie strapaziert ihre Nerven sind. Dann wird sie wieder lauter, als sie fragt: »Und du willst wirklich über diese Klippe springen, junger Mann?«

Ich stütze die Ellbogen auf den Tresen. »Ich denke, ich stecke bereits in der Schlucht, Reg. Aber ich bin auch kein ›junger Mann‹ mehr.«

»Aber klar doch«, entgegnet sie, »Du bist definitiv antik.«

»Und du bist definitiv nicht begeistert.« Ich betrachte sie genauer. »Nicht einmal im Entferntesten. Warum?«

»Ich unterstütze dich aus ganzem Herzen, Maximus. Und das schon geraume Zeit …«

»Das ist keine Antwort.« Ich blicke ihr in die Augen. »Du und Sarah mögt mich. Das weiß ich. Das verstehe ich auch. Was ich nicht verstehe: Wieso habt ihr Probleme damit, dass ich mich mit Kara einlasse?«

»Hmm.« Sie schaut mich mit neuem Interesse an, schafft es aber dennoch, distanziert zu wirken. »Ich habe gar nicht gewusst, dass du so ein Fan der Valaris geworden bist.«

»Sie ist viel mehr als nur ihr Familienname, Reg.« Der Satz stimmt mich traurig, weil das die reine Wahrheit ist. »Ehrlich, abgesehen von Kara und Kell habe ich noch keinen von ihnen kennengelernt. Und im Gegensatz zu den meisten anderen halte ich mich mit Pauschalurteilen zurück, die auf Schlagzeilen basieren, welche wiederum nach reinen Marketing-Kriterien funktionieren.«

»Und du glaubst, ich urteile vorschnell?«

»Ich weiß nur, dass du mir vor zwei Wochen auf diesem Dach«, ich deute an die Decke, »erzählt hast, dass Kara meiner nicht würdig ist. Das war entweder eine abgedroschene Aussage von jemandem, dem man nicht gleichgültig ist, oder du hast dir von einer völlig Fremden ein Bild gemacht, das auf dem basiert, was du in der Klatschpresse gelesen hast. Ich kann mir nicht vorstellen, dass du zu deinem Urteil gekommen bist, nachdem du sie in einem überfüllten Raum fünf Minuten lang beobachtet hast.«

Ich habe das vollkommen ruhig gesagt, aber sie verfällt in schmerzliches Schweigen, als hätte ihr jemand in den Rücken geschossen.

»Dann ist dein Wissen vollkommen falsch.«

»Und das bedeutet … was?«

Sie atmet hörbar ein, und ebenso wieder aus. »Das bedeutet genau das, was es aussagt.«

Ich blinzele sie an. »Es sagt aus, dass du vermutlich mehr über die Valaris weißt, als du zugibst.«

Oder vielleicht doch nicht?

Mein prüfender Blick hilft mir, mich an die zwei Wochen zurückliegende Unterhaltung zu erinnern. Ich wollte nachdenken. Sie wollte wissen, ob mit mir alles in Ordnung war. Ich versuchte, das Thema Kara zu vermeiden. Reg hingegen nicht.

Du hast wirklich was Besseres verdient als sie, weißt du?

O nein. Sie hatte nicht hinterm Berg gehalten. Hätte ich danach Ausschau gehalten, hätte ich es gesehen. Aber das habe ich nicht getan. Ich konnte nicht. Ich war noch immer wie im Delirium, weil es mir gelungen war, Kara einmal mehr zu berühren. Und auch noch meinen Körper an ihren zu drücken. Regs unterschwellige Botschaften waren im Dunstschleier meiner Sucht untergegangen. Der Dunstschleier war noch da, aber ich konnte trotzdem wieder klarer sehen. Das war auch notwendig. So notwendig wie nie zuvor.

»Was ist jetzt?«, hake ich nach. Ich schaue ihr in die Augen und sehe Kummer und Sorge.

»Ich weiß mehr, als mir lieb ist«, sagt sie.

»Und was heißt das genau?«

»Als ich damals nach L.A. gezogen bin, haben sich hin und wieder unsere Wege gekreuzt. Wegen der Arbeit.«

»Arbeit? Bevor es den Laden gab?« Ich deute auf die Regale, die jede Wand komplett bedecken. Es ist unmöglich nachzuvollziehen, dass das einladende Ambiente, die eklektische Buchauswahl und die zeitlose Behaglichkeit nicht seit Gründung der Stadt für die Angelenos hier gewesen sein sollen.

»O ja«, antwortet sie. »Sogar noch, bevor ich Sarah kennengelernt habe.«

Ich reiße die Augen auf. »Wow!«

»Interessante Zeiten.« Sie nickt fast unmerklich. »Eine Weile war ich ganz allein auf mich gestellt. Und ein neues Geschäft anzufangen ist anfangs weder leicht noch lukrativ.« Jetzt antwortet sie erstaunlich rasch. Sie erinnert mich an ein Kind, das auswendig gelernte Ausflüchte parat hat, um meine präzise Frage ausweichend zu beantworten. »Eine kurze Zeit habe ich zusätzliche Jobs angenommen, um die Miete zahlen zu können. Leichter wurde es dann, als Sarah auf einen Besuch hierherkam und blieb.«

Ich ahme ihr Lächeln nach. »Aha, zusätzliche Jobs wie zum Beispiel?«

»Dies und das. Bürojobs bei einer Gemeinde meistens. Manchmal fragten Kunden auch nach Hilfe bei der Buchführung oder Botendiensten. Vor allem Jobs, die heutzutage von Vollzeit-Assistenten, Buchhaltern oder Führungsteams erledigt werden.«

»*Du* warst persönliche Assistentin der Valaris?« Sofort springe ich zur wichtigeren Frage weiter. »Du hast Kara gekannt, als sie noch klein war?«

Reg dreht sich weg und wischt fieberhaft die bereits makellosen Teedosen ab. »Ich habe nichts dergleichen gesagt.«

»Was sagst du denn?«

»Also, ich habe nicht nach deren Pfeife getanzt, falls es das ist, was du meinst.« Nun wendet sie sich der ebenso glänzenden und makellosen Bohnenmühle zu. »Aber ich war nicht nur ein paar Stunden täglich zur Aktenablage bei ihnen. Und bevor du fragst – die Zeit, die ich bei ihnen verbracht habe, war keineswegs nur Glamour, Glitzer und Champagner. Und bevor du weiter fragst – die Kinder habe ich kaum gesehen und noch weniger habe ich mit ihnen längere Zeit verbracht. Sie waren allerdings hübsche, glückliche Dinger. Kara vor allem. Sie war der Liebling ihres Großvaters. Er bestand darauf, sich selbst um sie kümmern.«

Während sie die Kaffeemaschine scheuert, versuche ich mir vorzustellen, wie Kara zu jener Zeit gewesen sein mochte. *Hübsch und glücklich* ... Und ihren ersten vernarrten Fan hatte sie auch bereits. Giovani Valari. Den Mann, dem sie die Treue gehalten hat trotz der Missbilligung ihrer Mutter.

Und wie zum Teufel war es *dazu* gekommen? Zur Entfremdung innerhalb der Familie?

Ich setze Reg wegen der Antworten nicht unter Druck, denn ich hoffe, dass Kara mir die Wahrheit anvertraut, sodass ich sie direkt aus erster Hand erfahre.

Schließlich wirft Reg das Putztuch in den Wäschekorb und blickt mich mit neuer Entschlossenheit an. »Sagen wir mal so: Ich habe genug von dem Morast miterlebt, dass ich weiß, wovon ich hier rede. Genug, dass ich weiß, da oben auf dem Hügel, hinter der vornehmen Fassade, lauern Schmutz und Niedertracht. Die Valaris werden bis in die nächsten Generationen davon in Mitleidenschaft gezogen. Ich weiß jetzt genug, um dir zu sagen, wenn du darauf bestehst, dich weiterhin mit Kara zu treffen, werde ich dich weiterhin damit piesacken, nur ja auf der Hut zu sein.«

Ich schaue ihr in die Augen. »Wir sind diskret.«

»Diskret reicht nicht. Ich meine es ernst, Maximus. Du musst wachsam sein. Verflucht noch mal. Du musst paranoid sein. *Ununterbrochen.*«

Erst einmal schlürfe ich meinen Kaffee. Das bittere Gebräu brennt sich seinen Weg hinab, aber das ist mir gerade recht. Eine brutale Verquickung mit der Wirklichkeit. Reg hat eine ganze Menge geredet, ohne wirklich etwas zu sagen. Ich bin überwältigt.

Ein Morast für Generationen, Schmutz und Niedertracht, aufgetürmt in einer Villa. Wachsamkeit und Paranoia.

Und wie zum Henker erzähle ich ihr jetzt die *ganze* Wahrheit? Dass in jedem Moment, den ich mit Kara verbringe, meine Achtsamkeit mehr nachlässt? Dass kein Mensch auf diesem Planeten mich je so frei gemacht hat?

Die Antwort kenne ich bereits. Ich erzähle es ihr nicht.

»Zumindest weißt du, dass du wachsam sein musst«, fährt sie fort. »Wenn deine Mutter das herausfindet, wirst du schwer dafür büßen müssen.«

Ich zucke zurück. »Meine *Mutter*? Warum sollte sie interessieren …«

»Und dann ist da noch Veronica«, unterbricht sie mich und schlägt die Hände vor das Gesicht. »Himmel, steh uns bei. Nancys Wutanfall wird wie Staub im Wind sein, wenn Veronica dieses Chaos spitzkriegt.«

Dieses Chaos.

Regs Einschätzung der Lage ist formal nicht ganz unrichtig – denn es gab eine Menge chaotischer Begleitumstände, wie schnell und endgültig ich Kara verfallen war –, aber die Schlussfolgerung, wir seien wie zwei Kinder, denen die Einsicht fehlt … ist schlicht und ergreifend falsch. Keiner von uns hat darum gebeten, wir ignorieren aber keineswegs die Auswirkungen. Auf alles. Die Peitsche des Schicksals zu akzeptieren ist manchmal der erste Schritt zur Besserung.

Beim jetzigen Ansturm der Gefühle ist mir das aber keine Hilfe.

Meine Ratlosigkeit schraubt sich hoch in eine schützende Wut. Ich balle die Hände zu Fäusten und zerquetsche die Tasse, aus der ich eben getrunken habe. Zum Glück war sie schon leer. So dankbar bin ich nicht für alles, was ich derzeit fühle.

Reg tritt einen Schritt vor und ergreift, um die Scherben der zersplitterten Tasse herum, meine Hand. Ihre Finger sind wie eiskalte Krallen, ihr Griff schockierend brutal. »Eins sage ich dir: Falls du es mit der Tochter dieser Frau weiter vorantreibst, wird das Konsequenzen haben.«

Die Eiseskälte ihres Griffs jagt mir mit voller Kraft durch Blut und Gehirn. In dessen Windungen lauert eine Erkenntnis, die ich nicht wahrhaben will. Gefühlloses Licht. Ein Anbruch von Grauen.

Dennoch stelle ich ihr die Frage. »Konsequenzen? Reg, was willst du damit andeuten?«

»Vielleicht weißt du das ja bereits.« Ihre Stimme klingt plötzlich sanft und traurig.

Aber ich bin nicht traurig. Ich platze fast vor Wut und flüchte mich vor Erschöpfung in Sarkasmus. »Klar. Genau. Weil ich es ja richtig genossen habe, die letzten beiden Wochen mit nichts als Halbwahrheiten und symbolträchtigen Andeutungen abgespeist zu werden.« Ich befreie meine Hand aus ihrem Griff und fahre mir, schartig und blutig, wie sie ist, durch das Haar. »Herr im Himmel, im Vergleich zu dir und Kara ist mittelalterliche Lyrik geradezu leicht verständlich.«

»Egal, was zwischen euch beiden ist … Egal, was ihr beide fühlt … Maximus … Ihr könnt niemals ein Paar werden.«

Die Unterhaltung war schon davor qualvoll für mich. Sie hat mich schließlich nicht nur ausgeschimpft, weil ich meine Hausaufgaben nicht gemacht oder mein Gemüse nicht aufgegessen habe. Das ist keine Ermahnung, die ich ausblenden kann. Ich muss es hören. Ich muss es begreifen. Nichts weniger habe ich gestern Kara versprochen. Das gilt heute ebenso.

Ein schrilles Kreischen zerreißt die Spannung zwischen uns.

Eine Sekunde später kommt Sarah im Coldplay-T-Shirt aus dem Büro gerannt und grinst übers ganze Gesicht. »Also, nein, das ist ja großartig«, ruft sie. »Der König des Tages, in Fleisch und Blut. Und wann wolltest du *uns* aufklären?«

Ich drehe mich um, um sicherzugehen, dass sie nicht jemand anderen meint. »Aha. Was habe ich verpasst?«, frage ich argwöhnisch. Ihr Gesicht strahlt vor Übermut und leuchtet vom Schein ihres Handys noch heller, welches sie nun Reg hinhält.

Reg hingegen ist quälend still. Sie sieht aus, als müsse sie sich gleich auf alles übergeben, was sie gerade so säuberlich gereinigt hat. Doch nun entwindet sie ihrer Frau das Handy, hält es mir hin und spuckt ein einziges Wort aus. »Diskret?«

Und jetzt werfe ich einen ersten entsetzten Blick auf den Anfang von *Star Passion*, einem beliebten Klatsch-Blog.

O Shit!

»Klären Sie mich auf, Professor. Die Definition von ›diskret‹ scheint sich in letzter Zeit geändert zu haben.«

Innerlich fluche ich wie ein Seemann, doch ich spreche keins der Wörter aus. Ich nehme Reg das Teil aus der Hand und scrolle nach unten. Aber da ist nichts, was leichter zu verdauen wäre, einschließlich der anzüglichen Eilmeldung unter dem schummerigen, aber klar erkennbaren Foto von Kara und mir aus der Technikkabine des Hörsaals, auf dem wir Händchen halten und uns tief in die Augen schauen. Weiter unten kommt noch ein Foto. Sie hat mir die Hand auf die Schulter gelegt. Ich beuge mich vor, als wolle ich sie küssen.

Obwohl es mich unglaubliche Mühe gekostet hat, mich zurückzuhalten, wird mir das kein Mensch glauben, der dieses Foto sieht. Der Zähler der Besucher, unten auf der Seite, zeigt eine sechsstellige Zahl – mit rasch steigender Tendenz.

»Verdammt!« Ich schiebe das Handy über den Tresen zu Sarah zurück.

Sie nimmt davon kaum Notiz. Sie schaut immer noch perplex zwischen Reg und mir hin und her.

»Könnte bitte jemand die Lady aufklären, die offenbar gerade in ein Fettnäpfchen getreten ist?«, fordert sie schließlich. »Reg? Freuen wir uns nicht für unseren Jungen? Maximus? Das ist doch schön, oder? Dieses Mädchen … Ich meine … Sieh nur, wie sie dich ansieht. Genau, schauen wir mal …«

»Nein, wir schauen nicht«, fährt Reg dazwischen.

»Ich verstehe nicht. Maximus? Du und diese junge Frau … Ihr seid nicht zusammen?«

Ich blase den angehaltenen Atem durch die Nase aus. »Ich würde jetzt nicht ›zusammen‹ sagen.« Verbunden, bezaubert und gefesselt, aber wahrscheinlich nicht *zusammen*. Um das nach Möglichkeit zu ändern, wollten wir uns heute treffen. Aber jetzt, wird Kara da überhaupt noch auftauchen? Und falls ja, wird sie sich mir immer noch öffnen?

»Also, lassen wir die Wortklaubereien«, sagt Sarah und strahlt von Neuem. »Wie auch immer du das bezeichnen willst, lade sie hierher ein, und wir kühlen uns den Schampus zur Feier des Tages.«

»Nein!« Reg bellt die Antwort geradezu. »Keine Feier. Und auch kein Schampus.« Sie durchbohrt mich mit ihrem Blick und sagt leise: »Ich glaube, ich brauche was Stärkeres.«

Bevor Sarah etwas erwidern kann, hören wir die Klingel über der Tür. Das Geklimper ist kaum verklungen, da fangen meine Sinne noch mehr an zu vibrieren.

Besser. Und schlimmer.

»Kara.«

Keine Krise kann je die Kraft ihres Namens auf meinen Lippen erschüttern. Ich genieße seine Macht noch einige Sekunden, während sie in langem Kleid und dazu passendem Fedora zu uns herüberkommt. Ihr dunkles Haar fällt seidig weich auf ihre Schultern hinunter, und mich überflutet eine riesige Welle aus Verehrung.

»Hi«, begrüßt sie Reg und Sarah freundlich lächelnd, bevor sie sich mir zuwendet. »Guten Morgen, Mr Kane.« Sie betont jede Silbe, um ihre Bereitschaft zu unterstreichen, in mir mehr als nur ihren Dozenten oder Freund zu sehen.

Sie eilt an meine Seite, stellt sich auf die Zehenspitzen und küsst mich sanft auf die Wange. Unwillkürlich beiße ich die Zähne unter ihrer Zärtlichkeit zusammen. So sehr ich die vertraute Geste schätze, sie bedeutet, dass sie die Neuigkeiten noch nicht gehört hat. Der Sturm hat sie noch nicht mit voller Wucht getroffen.

Doch das wird nicht mehr lange dauern.

Ich weiß das, sobald ich ihre Hand ergreife, als würde ich in Treibsand stecken und sie wäre ein rettender Ast. Ich sehe es an ihren zusammengepressten Lippen und den tiefen Schatten in ihren Augen. Ich spüre es in den rastlosen Veränderungen ihrer Körperhaltung. Sie spürt es bereits, wie einen aufkommenden Orkan, der auf eine schutzlose Küste zurast.

»Maximus.« Da ist es, dieses Raue, Zitternde in ihrer Stimme. »Was ist? Was ist los?«

Ich bemühe mich um ein aufmunterndes Lächeln. In weniger als einer Sekunde ist es erloschen. »Da sind ein paar Fotos auf Social Media«, sage ich langsam. Erst bleibt sie unheimlich still, umklammert nur meine Finger mit der Wucht eines Schraubstocks.

»Fotos?«, sagt sie schließlich. »Von uns?«

Ich hole tief Luft, verschaffe mir so ein wenig Zeit, das Chaos in meinem Kopf zu ordnen und die beste Antwort zu finden. Doch das Schicksal lacht zuletzt, denn Sekunden sind alles, was von unserer friedlichen Blase übrig bleiben – aufgerissen von einem blendenden Lichtblitz von der Eingangstür her. Dann folgt ein zweiter vom Personaleingang her. Und ein dritter vom Fenster her, dessen Jalousie Reg offenbar hochgezogen hatte.

»Hölle und Verdammnis«, schreit Sarah. »Was zum Teufel ...«

»Raus!«, fährt Reg entschlossen dazwischen. Sie geht zum Eingang, reißt die Tür auf und reckt den Arm Richtung Bürgersteig. »Das ist Privateigentum, ihr Blutsauger. Ich rufe sofort die Polizei an. Ich würde euch raten, einzupacken und zu verschwinden, bevor sie hier ist.«

Sobald die Fotografen ihr Gezeter beendet haben, knallt Reg die Tür wild fluchend zu.

Sarahs Gesicht ist gerötet, die Augen sind weit aufgerissen. »Na sowas, das hat sich doch in eine interessante Party verwandelt.«

Unter normalen Umständen hätte ich Sarahs lustigen Satz zumindest mit einem zustimmenden Kichern quittiert, aber nach Lachen ist mir derzeit so gar nicht zumute. Mein Interesse gilt einzig und allein der Frau, die ich schützend in die Arme genommen habe und mir an die Brust drücke.

Zum Glück verdeckt die Hutkrempe einen Teil ihres Gesichts, das sich immer noch verzweifelt gegen mein T-Shirt drückt. Ich spüre auch Feuchtigkeit. Nicht viel. Ihre Schultermuskeln sind verkrampft und verraten ihre Mühe, die Fassung zu wahren. So viel zu der unsinnigen Annahme, eine junge Lady wie sie wäre es gewohnt, mit solch einer Attacke umzugehen. Kriegsgebiete sollten für niemanden ein normales Umfeld sein. Der Mob draußen ist mittlerweile wohl auf zwei Dutzend angewachsen.

Ich senke den Kopf und drücke den Mund an ihr Ohr. »Ich bin bei dir«, suche ich sie mit all meinem Verstand und all meinem Herzen zu beruhigen.

Aber ihr geht es alles andere als gut. Sie ist pure Anspannung, was meinen Beschützerinstinkt voll aktiviert. Es wird Zeit, die Initiative zu ergreifen. Mit drei kraftvollen Schritten ziehe ich sie in eine Nische hinter der Bar. Meine Schultern ragen zwar hinaus, aber sie und der Rest von mir sind vor Blicken verborgen.

Endlich lockere ich den Griff und fahre ihr mit den Händen behutsam über die Arme. »Wenn erst einmal die Polizisten hier sind, werden sie die Lage rasch in den Griff bekommen. Ich kann dich heimlich durch den Hinterausgang und die Seitengasse wegbringen. Besser noch, du kannst den ganzen Tag hierbleiben.«

Der warme Ton meiner Stimme verrät, wie recht mir das wäre, aber Kara steht immer noch zusammengekrümmt da und zittert, als säße sie auf einer überspülten Brücke fest. Doch als sie den Kopf hebt und mir in die Augen schaut, sehe ich neue Hoffnung in ihr aufkeimen.

»Das würdest du mich tun lassen?«, fragt sie leise.

Ich lege ihr die Hand an die Wange und meine Stirn an ihre. »Das ist, als würdest du mich fragen, ob ich mir einen flüchtigen Blick in den Himmel gestatten würde.«

Erleichtert seufzend entspannt sie sich endlich, aber nicht so weit, dass sie mich loslassen würde. Meine Gefühle verstärken sich, als sie mir die Arme um den Nacken legt und dabei eine Hand durch mein Haar gleiten lässt. Ihr Versuch zu lächeln entzündet in mir einen Funken … und zerrt an mir. Trotz des Lärms, der weiterhin von draußen herein tönt, werde ich sie küssen. Und sie wird es zulassen. Nichts kann unser Band trennen. Nichts kann unsere Leidenschaft aufhalten.

Nur dass in dem Moment, da meine Lippen über ihre streifen, rücksichtslos ein Geräusch aus der Tasche ihres Kleids ertönt. Und wie bei einem gnadenlosen Hagelschlag wechselt Kara blitzartig zurück in den Überspülte-Brücke-Modus.

Nein. Schlimmer.

Sie zieht ihr Handy, das noch immer randaliert wie ein Tornado, warnt und brummt wie zehn Bienenkörbe, aus der Tasche. »Es ist meine Mutter.«

»Ich bin sicher, sie weiß, wie eine Mobilbox funktioniert.«

»Das verstehst du nicht. Und ehrlich gesagt, das ist wahrscheinlich auch besser.«

Sie stemmt die Hand gegen meine Brust, als wäre der bloße Klang des Anrufs ihrer Mutter das Signal zur Flucht. In dem Moment trifft mich die Erkenntnis mit gnadenloser Wucht. Falls ich sie nicht davon abhalte zu gehen, werde ich sie verlieren.

»Kara, geh nicht. Keiner von uns hat damit gerechnet, aber …«

»Das ist wichtiger«, entgegnet sie mit zitternder Stimme. »Es tut mir leid.«

»Dann behauptest du also, dass diese Fotografen und die Schlüsse, die wer weiß wer aus ihren Schnappschüssen ziehen könnte, wichtiger sind als alles, was ich für dich empfinde … wie ich mich zu dir hingezogen fühle?«

»Nein, aber das ist mein Leben. Ich habe es mir nicht ausgesucht, aber so ist es nun mal.« Sie verliert sich in leeren Floskeln. »Es tut mir leid, Maximus. Es tut mir so, so leid. Aber ich muss gehen.«

»Ich lasse dich nicht weg.« Es ist unvernünftig und wahrscheinlich unfair, aber ich bin stärker und will diesen Vorteil nutzen, sie noch ein wenig hierzubehalten.

»Bitte! Wenn ich nicht gehe, dann kommt sie her und …«

»Soll sie kommen.«

»Maximus.«

Nichts in ihrer zitternd vorgebrachten Bitte oder dem Beben ihrer Fingerkuppen bereitet mich darauf vor, wie sie ihr Anliegen unterstreicht. Indem sie mich mit aller Kraft wegschiebt. Und zwar mit der Kraft von einem Dutzend erwachsener Männer.

Mit einer Gewalt, die mich einige Schritte zurückdrängt.

Das ist eine neue Erfahrung. Noch nie hat es jemand geschafft, mich gegen meinen Willen auch nur einen Zentimeter zu bewegen, geschweige denn mehrere Schritte. Ich glaube, das gefällt mir nicht. Ganz und gar nicht.

Während mein Verstand Mühe hat, den Schock zu verarbeiten, verpasst mir Kara einen noch härteren Schlag. Ihr Blick, so voller Qual und innerem Kampf, trifft mich schlimmer, als jeder körperliche Angriff das vermocht hätte.

»Es tut mir leid«, sagt sie einmal mehr. Diesmal, als sie aufbricht und durch den Hintereingang verschwindet, leide ich mehr als nur unter ihrer Abwesenheit. Mehr als unter der Qual, allein zurückgelassen zu sein mit ihrem Zimtduft, der mir noch die Sinne umnebelt, und dem Fedora-Hut, der am Boden zu meinen Füßen liegt.

Ich frage mich, ob der Fluss zwischen uns seine Richtung gewechselt hat. Denn die niederschmetternde Wucht der Gefühle, mit der sie entflohen ist, drückt mir wie ein Betonblock auf die Brust. Der Kummer in ihren Augen. Die Niedergeschlagenheit in ihrer verwelkenden Kraft, als hätte sie das letzte Quäntchen verbraucht, um mich wegzustoßen.

Und zum ersten Mal, seit sie in mein Leben getreten ist, erfasst mich eine neue Höllenqual. Die Möglichkeit, dass ich sie nie wieder zurückbekomme.

21

Kara

»Sag mir, dass es dafür eine gute Erklärung gibt, Kara.«

Der Unmut meiner Mutter füllt das Zimmer wie ein zu aufdringliches Parfüm, das sich in die Seidentapete ihres Büros eingräbt. Hier drinnen kann ich kaum atmen, aber ich kann auch nicht gehen. Die letzten fünf Minuten hat sie mehrmals den Artikel auf der *Star Passion*-Seite rauf und runter gescrollt, als würden sich die Fotos oder deren Auswirkungen auf unsere Familie ändern, wenn man sie nur etwas länger betrachtete.

Als sie sich endlich wieder mir zuwendet, verspüre ich fast Erleichterung. Nur dass ihre Augen schwarz sind vor Enttäuschung – schwarz wie erkaltete Lava.

»Sag mir, das ist Teil eines größeren Plans, um unserer Familie Publicity zu verschaffen.« Ihre Stimme klingt viel zu ruhig. »Sag mir, dass du nicht absichtlich unsere Lage gefährdest durch eine kindische Romanze – mit deinem *Professor*!«

Ihre Lautstärke steigt kontinuierlich an bis zum letzten Wort, bei dem sie die Hand auf den Schreibtisch knallt, als wäre dieses letzte Detail der Tropfen, der das Fass zum Überlaufen bringt. Ich weiß, sie ist mehr als wütend. Aber zum ersten Mal in meinem Leben macht mir ihr Zorn weniger Sorgen als der daraus resultierende drohende Verlust. Nicht der Kleider, die ich am Leib trage, nicht des Dachs über dem Kopf, nicht einmal meines Autos, mit dem ich hierher gefahren bin. Mein Herz schlägt mir bis zum Hals wegen der Dinge, auf denen kein Dollarzeichen steht oder durch die ein gewisser Status angezeigt wird. Die Folgen meiner Achtlosigkeit reichen weiter. Meinetwegen wird Grandpa zu leiden haben. Wahrscheinlich auch Kell und Jaden.

Und Maximus.

Herr im Himmel!

Wie sehr wird Maximus deswegen ins Kreuzfeuer geraten?

Ich kann mir über die Antwort gerade keine Gedanken machen. Zu den Details der Konsequenzen sind wir noch gar nicht gekommen, aber sie werden nicht ausbleiben. Veronica Valari mag ja eine boshaftes Miststück sein, vor allem aber ist sie eine Frau mit einem Plan.

»Willst du mir nicht antworten?«

»Wenn du willst, dass ich dich anlüge, dann schon.« Ich recke das Kinn leicht herausfordernd vor. »Vermutlich ist das aber nicht das, was du wirklich willst.«

Sie schnaubt. »Wie lange geht das schon so?«

»Nicht lange.«

»Bitte …« Sie schließt mit schmerzverzerrtem Gesicht die Augen. »Bitte sag mir, dass du keinen Blödsinn angestellt hast.«

Ich schaue an den schweren Vorhängen vorbei, die das Panoramafenster umrahmen. Ich wünschte, ich könnte durch die Scheibe springen und Grandpa besuchen. So tun, als hätte es den heutigen Tag nie gegeben.

»Ich habe nicht mit ihm geschlafen, wenn es das ist, was du wissen willst.«

Erleichtert seufzt sie auf. »Das sind die besten Neuigkeiten, die ich heute gehört habe.«

Ich blicke sie an. Ihre Erleichterung kann ich nicht im Geringsten teilen. Genau genommen kann ich gar nichts tun, außer sie mit einem Blick voll stiller, aber innerlich tobender Wut zu durchbohren.

Schließlich sage ich leise: »Es ist schon irgendwie ein wenig ironisch, meinst du nicht?«

»Ich kann nichts Ironisches erkennen, Kara. Es war beinahe eine Katastrophe. Jetzt, da ich weiß, dass du keine Grenzen überschritten hast, versuche ich, zu deinen Gunsten die Medien zu beeinflussen, aber …«

»Nein.« Ich werde nicht lauter, zische aber wütender. »Das Ironische ist, dass wir Abkömmlinge der Gefallenen sind.«

Ihre Augen scheinen wie erstarrt. »Ja, und …?«

»Und sie sind aus freien Stücken gefallen. Hältst du es nicht für schrecklich ironisch, dass ich jeder Wahlmöglichkeit beraubt bin? Wann hat sich die Doktrin geändert, Mutter? Und warum ist meine Jungfräulichkeit so verdammt wichtig? Das ist vorsintflutlich …«

Erneut schlägt sie mit der flachen Hand auf den Schreibtisch. »Hat ein Soldat die Wahl, wenn die Pflicht ruft?«

»Ich bin kein Soldat, genauso wenig wie du.«

»Für eine engagierte Studentin, wie du eine bist, kannst du extrem dumm sein. Kapierst du nicht, dass es hier nicht um dich geht?«

Die Beleidigung versetzt mir einen Stich – bis ich durchschaue, was sie wirklich ist: ein trauriger Versuch, mich zu manipulieren. Den Erfolg lasse ich ihr nicht. Ich werde sagen, was ich zu sagen habe, und mich nicht stillschweigend in mein herzzerreißendes Schicksal ergeben.

»Ich bin zwischen zwei Welten gefangen. Ich versuche lediglich herauszufinden, wer zum Henker ich bin. Ist das so schwer zu begreifen?«

Gegen Ende zittert meine Stimme, und ich hasse mich für diese kleine Schwäche, aber gleichzeitig wird ihr Blick weniger hart. Trotz ihrer Hyperfokussierung und ihrer Manipulationsversuche ist sie immer noch meine Mutter. Vielleicht mag sie mich ja doch noch. Wenigstens ein bisschen. Vielleicht, weil vor langer Zeit auch sie ihrer Wahlmöglichkeiten beraubt worden und auch sie davon nicht allzu begeistert gewesen ist.

»Wir mögen zwischen zwei Welten gefangen sein, Kara, aber wir dienen nur einem Königreich.« Ihre Stimme klingt getragen wie noch nie. »Und auch wenn wir keine Soldaten sind, so sind wir doch loyal. Wir regieren hier unten nicht, aber wir können wie Könige hier leben, solange wir tadellos dienen. Und in dem Moment, wo du deinen Körper jemandem hingibst, bevor du deine Verpflichtungen erfüllt hast, wendest du dich von diesem Versprechen ab. Jeder von uns wird darunter leiden. Nicht nur du.«

Ich presse die Augen fest zusammen, wild entschlossen, nicht zu weinen oder um eine andere Antwort zu flehen. So gern ich eine hätte, so viel Angst habe ich davor, wie sie ausfallen könnte. Vor den grausamen Details, die zur Sprache kommen könnten, wenn sie erklärt, was genau sie mit den letzten beiden Sätzen meint.

»Kara, Liebling«, fährt sie fort mit der zuckersüßen Beschwichtigung einer Mutter, die ihr Kind tröstet. »Folge in dem Punkt deinem Kopf, nicht deinem Herzen. Das Dämonenblut, das durch deine Adern fließt, ist dein größtes Geschenk. Dein wertvollstes Kapital. Und du wirst es weitergeben, um sicherzustellen, dass deine Kinder noch stärker werden. Und dann wirst du auch verstehen, warum das alles für uns so wichtig ist. Zu wichtig, um diesen anderen Begierden nachzugeben. Das bedeutet, erst einmal musst du alle Sterblichen hintanstellen. Nachdem du der Sache gedient hast, bist du eine freie Frau. Du kannst Affären haben, so viel du willst, egal wo, egal wann.«

»Ich will keine Affären haben.«

Ich schreie nicht, auch wenn ich es gern täte. Beim bloßen Gedanke an eine Affäre, geschweige denn an mehrere, dreht sich mir der Magen um. Ich möchte mit jemandem zusammen sein. Mich in diese Person verlieben. Meinen Träumen folgen. Das habe ich nie so eindeutig gewusst wie jetzt.

Mutter seufzt leise. »Die beste Methode, das Problem zu lösen, ist vermutlich, die Versuchung zu eliminieren. Ich werde mit der Universität sprechen, damit Professor Kane wegen seines Verhaltens entlassen wird. Es muss Vorschriften geben, gegen die er verstoßen hat. Er hat dich ja praktisch überall berührt.«

Panisch reiße ich den Kopf hoch. »Nein!«

Sie runzelt herausfordernd die Stirn. »Was sonst soll ich tun? Es sieht nicht gut aus. Und es wird noch schlimmer, wenn ihr beide weiterhin etwas miteinander zu tun habt, akademisch oder sonst wie. Hör auf mich. Damit ist ab sofort Schluss.«

Ich ertrinke in Furcht und kann das Flehen in meinem Blick nicht verbergen. Doch in den Augen meiner Mutter sehe ich keinen Hinweis auf ein Rettungsboot. Es fühlt sich eher an, als würde sie mir einen Felsbrocken an den Fußknöchel binden, um meine Träume ein für alle Mal zu versenken. Und mit ihnen meine Lebensgeister.

Ich schlucke heftig, bin bereits am Boden zerstört wegen dem, was ich als Nächstes sagen werde. Von allen Folgen, die ich mir ausgemalt hatte, hatte ich diese als letzte erwartet. Aber sie lässt mir keine andere Wahl. Und niemand wird glücklicher sein als sie, das zu hören. Von ihrer oberflächlich zur Schau gestellten Trauer lasse ich mich keine Sekunde lang täuschen.

»Ich weiß, es ist schwierig für dich, Kara, aber …«

»Ich höre auf.«

Drückende Stille senkt sich über den Raum. Als wäre die Energie innerhalb dieser Wände nicht schon unerträglich genug, schnappe ich auch noch eine Andeutung ihrer Reaktion auf, bevor sie plötzlich sichtbar die Schultern entspannt. Erleichterung. Unbändige Erleichterung.

Exakt das, was ich erwartet hatte.

Warum bin ich dennoch am Boden zerstört?

Ich schließe die Augen, um zu verhindern, dass brennende Tränen fließen. »Ich schmeiße die Uni.«

»Bist du dir sicher, dass es das ist, was du willst?«

Sie fragt nur, weil sie die Antwort bereits kennt. Und weil sie will, dass ich mir meiner Sache sicher bin, egal wie sehr mir der Kummer den Rachen zerfrisst.

»Natürlich ist es nicht das, was ich will, aber ich will Maximus' Karriere nicht zerstören. Ich bin schuld, nicht er.«

Aber bekäme ich die Chance, noch einmal von vorne zu beginnen, ich würde nichts anders machen. Nicht einmal, als sich meine Mutter die Hände reibt, als hätte sie soeben ein Geschäft zu ihren Bedingungen abgeschlossen.

Schachmatt. Sie gewinnt.

Sie gewinnt immer.

»Wenn das deine Entscheidung ist – und es ist deine Entscheidung –, dann akzeptiere ich sie.«

Ich bleibe noch ein wenig in der Küche, mache mir Tee und überlege, ob ich zum Gästehaus hinüberschleichen soll. Aber ich wüsste nicht, was ich sagen sollte, wäre ich erst einmal dort. Grandpa möchte ich nicht damit belasten. Er hat seine eigenen Gründe – abgesehen davon, dass er Teil meiner Bestrafung sein würde – weswegen er in diesem Punkt vermutlich ohnehin mit der Haltung meiner Mutter übereinstimmen würde.

Verdammt.

Ich befinde mich hier in psychologischer Quarantäne.

Ungläubig schüttele ich den Kopf wie so oft in der Vergangenheit, wenn ich an meine Zukunft gedacht habe. Warum hatten meine Visionen nie auch nur im Entferntesten etwas mit den mir vorgezeichneten Pfaden zu tun? Warum habe ich mich nie an einen Teil davon als unausweichlich und real geklammert?

Selbst wenn mein Verstand das alles akzeptiert hat, mein Herz war nie dabei. Und das wird es wohl auch nie sein. Nicht mit Kindern. Nicht mit Ruhm und noch mehr Geld. Gewiss nicht mit dem langsamen Tod meiner Träume. Und nicht ohne Maximus …

»Da bist du ja!«

Ich drehe mich in die Richtung, aus der ich Ardens Stimme, selbstbewusst wie immer, höre. Ich bringe weder eine Begrüßung heraus noch die Frage, wieso er sich in letzter Zeit wie ein streunender Hund hier herumtreibt. Süß, aber unerwünscht – und immer dort zu finden, wo die Luft am verlockendsten riecht.

Allerdings bin ich nicht in der Stimmung, seine Anwesenheit zu ertragen. Innerhalb weniger Stunden ist meine komplette Welt eingestürzt. Mein Herz liegt in Scherben, und ich bin mir ziemlich sicher, es wird nie wieder heil. Maximus weiß noch gar nicht, dass es mit uns vorbei ist. Diese Wahrheit trifft mich so sehr, dass eine Tränenflut droht, gegen die Arden mit Sicherheit völlig immun wäre.

Er hängt sein Jackett über einen der Stühle und kommt zu mir herüber zur Spüle. Er lehnt sich mit der Hüfte an den Küchentresen und mustert mich von oben bis unten.

»Du bist verärgert«, stellt er leise fest.

»Ich will nicht darüber sprechen.« *Nicht mit dir, nicht mit sonst jemandem.*

»Nicht nötig. Deine Mutter hat mich auf den neuesten Stand gebracht.«

Ich verdrehe die Augen. »Ich bin ja so froh, dass unser Kunsthändler auf dem neuesten Stand unseres Familiendramas ist.«

Er zuckt nicht mit der Wimper, betrachtet mich nur nachdenklich eine ganze Weile.

»Ich denke, wir beide wissen, dass ich mehr als nur das bin, Kara.«

Ich blinzele ihn verblüfft an. Meine Wimpern bewegen sich im selben Rhythmus wie mein Herzschlag, als ich überlege, was er damit meint. Er legt zu viel Gewissheit an den Tag. Zu viel dreiste, vermeintlich berechtigte Besitzgier. Er neigt leicht den Kopf.

»Du hast wirklich keine Ahnung, oder?« Er streicht mir mit der Rückseite seiner Hand über die Wange. »Zum Glück für dich macht mich sogar deine Naivität an.«

Ich zucke zurück und schaue ihn böse an. »Fassen Sie mich nicht an!«

Er bläht die Nasenflügel, nimmt aber die Hand weg.

»Deine kleinen Rebellionen sind vorbei. Schluss mit der Hinhaltetaktik. Und Schluss mit den Tändeleien im Büro deines Professors.«

Ich trete einen weiteren Schritt zurück, meine Handflächen brennen. »Wie bitte?«

Er antwortet mit einer abschätzigen Grimasse. »Ich hatte das Gefühl, dass dich jemand ablenkt. Dann sah ich dich bei der Benefizveranstaltung, und alles ergab Sinn. In dem Moment, in dem dieser Idiot in unsere Unterhaltung platzte, wusste ich, dass ihr beide etwas miteinander habt. Als Lügner seid ihr beide keinen Pfifferling wert.«

Ich verschränke die Arme vor der Brust, als wollte ich mich vor dem schützen, was Arden bereits weiß.

»Ich muss zugeben, nachdem ich euch gefolgt war und euch aneinandergepresst am Fenster drei Stockwerke weiter oben habe stehen sehen, da war ich ziemlich sauer.« Er bleckt leicht die Zähne. »Ich war sogar versucht, zu euch zu kommen und die Sache gleich klarzustellen, dann dachte ich mir: Lass die Dinge einfach laufen. Falls du deinen Schwur gebrochen hättest, hätte ich zumindest die Befriedigung gehabt, dich nach Hause zu schleppen.«

Etwas Hinterhältiges funkelt in seinen Augen auf, während er die Hände abwechselnd zu Fäusten ballt und wieder lockert.

»Und mit nach Hause meine ich nicht dieses bezaubernde kleine Gebäude, das ihr in den Hills besitzt.«

Nun fällt mir gar nichts mehr ein. Ich bin sprachlos. Eine leere Hülle. Begraben in einem Schneetreiben der Fassungslosigkeit.

Ich kann wirklich nicht glauben, was ich da höre.

Das kann nicht sein … Er kann nicht …

»Nein«, keuche ich schließlich. »Sie sind nicht …«

»Ich bin dein Inkubus, Kara. Und so gern ich dich auch auf dem Weg zur Hölle gequält hätte, bin ich, ehrlich gesagt, noch mehr daran interessiert, dich hier auf Erden zu vögeln.«

Ich öffne den Mund, doch nichts kommt heraus. Der Schock blockiert meinen Hals.

Und er hat noch die Dreistigkeit zu lachen, als er sich aufrichtet. »Bist du derart überrascht?«

Überrascht? Ich hätte nicht geglaubt, dass an diesem Tag noch verheerendere Zerstörungen auf mich einprasseln könnten, aber da lag ich komplett falsch. Hätte ich die letzten beiden Wochen nicht ausschließlich an Maximus gedacht, wäre ich vielleicht von selbst auf Arden gekommen. Hätte seine wahren Absichten durchschaut. Sein wahres Ziel.

Das Ziel, über das er mich im Unklaren gelassen hat. Aber nicht er allein.

Ich schüttele den Kopf. Aus den Augenwinkeln drängen neue Tränen. Meine Mutter wusste es. Sie wusste es die ganze Zeit.

»W… warum hast du es mir nicht einfach gesagt?«

»Deine Mutter hielt es für besser, dich langsam darauf vorzubereiten. Ich sollte ein wenig mit dir spielen, bevor ich zuschlage.« Er grinst, als wäre das alles nur ein lustiges Spiel, über das ich mich amüsieren sollte.

Nur dass mir übel wird. Ich bin angeekelt und am Boden zerstört.

Ich muss hier raus.

Ich drehe mich um und renne durch das Haus. Ich würde meiner Mutter gern meine Wut entgegenschleudern, aber Abstand zwischen mir und Arden zu gewinnen, ist wichtiger.

Nur dass er hinter mir her ist, mich packt und

herumreißt, als ich beim Auto bin, sodass ich ihm gegenüberstehe.

»Lass mich los.«

Ich versuche, mich herauszuwinden, aber er hindert mich daran.

»Wohl kaum, meine Liebe.«

Er drückt mich unter Einsatz seines ganzen Körpers gegen die Wagentür, sodass ich mehr von ihm spüre, als mir lieb ist und immer schon war. Er packt mich am Schopf und verkrallt sich in meine Haare. Jeder Versuch, mich zu befreien, würde schmerzhaft sein. Mir entweicht ein leises Wimmern, ehe ich es zurückhalten kann, doch das verstärkt nur die Kraft seines Griffs. Er nähert sein Gesicht meinem, so nah, dass ich in seinen Augen das Feuer lodern sehe. Vielleicht ist es aber auch die Reflektion meines Feuers.

»Du gehörst jetzt mir, Kara.«

Ich könnte schreien, aber das würde nichts nützen. Niemand im Haus würde auch nur einen Finger rühren, um mir zu helfen. So läuft das jetzt. Meine Pflicht ist es, die diesem Dämon zugedachte Braut zu sein. Sein Spielball. Sein Eigentum.

Mein Kopf explodiert vor Wörtern. Sie zerren wie ein Brummen an meiner Brust. »Ich werde dir nie gehören.«

Als Antwort lächelt er mich so böse an, dass sich mir der Magen umdreht. »Du gehörst mir. Du bist ein Geschenk. Nur für mich gemacht.« Er nähert sich mit den Lippen meinem Hals und legt dann den Mund an mein Ohr. »Ich würde dich jetzt gleich nehmen, ob du das willst oder nicht, aber die Valaris steigen gerade auf zu Günstlingen der höheren Mächte. Ich werde mich also benehmen, wenn du es auch tust. Und wenn du weißt, was gut für deine Familie ist, muss ich unten niemandem von deinem kleinen Ausrutscher mit dem Professor erzählen.«

Ich bekomme nur noch mit Mühe Luft. Mein Puls rast. Ich wende alle Kraft auf, um nicht zurückzuschlagen und ihn mir mit Klauen und Zähnen vom Leib zu schaffen. Er ist stärker als ich und von Haus aus gefährlicher. Aber ich muss seiner Umklammerung entkommen, auch wenn das heißt, ich muss brav sein … vorläufig.

Er zieht den Mund meinen Hals entlang. »Was meinst du dazu, Liebling?«

»Ich will nicht streiten.« Ich bringe die Worte kaum heraus. »Bitte.«

Schrittweise zieht er sich zurück, aber so langsam, dass ich nicht davon überzeugt bin, dass er mich gehen lassen wird. Doch er tritt einen ganzen Schritt zurück. Dann noch einen. Einfach so. Er schafft es, den rücksichtslosen Dämon in sich zu tarnen. Er steckt die Hände in die Taschen und lächelt mich an, als hätten wir uns geeinigt. Welch jämmerliche Fehleinschätzung, was ich ihm allerdings nicht auf die Nase binde.

»Dann nächste Woche Abendessen?«

Ich nicke. Ich würde fast allem zustimmen, wenn ich dann schneller hier herauskäme. Ich hole die dringend benötigte Luft und steige in mein Auto. Mit zitternden Händen lasse ich den Motor an, Hauptsache, ich komme so weit weg von ihm wie nur möglich. Und als ich durch das Tor dieses Anwesens fahre, das sich von nun an wie ein Gefängnis anfühlen wird, gelobe ich mir, nie wieder hierher zurückzukehren.

Nie mehr.

Als ich auf dem Sunset Boulevard bin, biege ich nach einigen Blocks scharf rechts in den Beverly Boulevard ein. Zum Glück gibt es hier unter einer der großen Palmen, die den städtischen Park umgeben, eine Lücke am Straßenrand. Ein paar Minuten bleibe ich still sitzen, bis das Zittern allmählich nachlässt. Dann rufe ich Kell an.

Sie meldet sich gähnend. »Hi, K-Dämon, was gibt's?«

»Wo zum Teufel hast du gesteckt?«

»Ich war den ganzen Nachmittag im Spa und habe mein Handy gerade erst wieder eingeschaltet. Warum? Was ist los?«

»Alles.« Ein Schluchzer bedroht meine Stimme. Ich atme ihn weg. »Alles ist ein einziges Chaos.«

»Geht's ein bisschen genauer?« Sie schweigt kurz. »Warte mal. *Shit*, verflucht. Alles klar. Oh, Kara.«

»Auf *Star Passion*?«

»Auf … überall. Mein Handy platzt gleich.«

Verdammt. Wenn so etwas passiert, fällt es entweder durch das Raster oder verbreitet sich wie ein Lauffeuer. Dazwischen gibt es nichts.

»Ich hätte vorsichtiger sein müssen.«

»Vorsichtiger? Du hättest mit dem Kerl gar nicht erst herumknutschen dürfen.«

»Du knutschst herum, Kell. Lüg mich nicht an und behaupte, du hättest dich nicht mit jemandem abgegeben.«

»Das geht dich gar nichts an. Ich gebe es zu, wenn ich auf frischer Tat ertappt werde. Allerdings bin ich nicht so dumm wie jemand anderes, die ich kenne. Was wird Mom dazu sagen?«

»Ich habe schon mit ihr gesprochen.«

Ein paar Sekunden Schweigen, dann: »Und?«

»Und ich gebe mein Studium an der Alameda auf. Sie hat gedroht, Maximus sonst feuern zu lassen. Mir blieb keine andere Wahl.«

Ein schwerer Seufzer verrät ihre Enttäuschung – und ihre Furcht –, was sie jedoch für sich behält.

»Aber tatsächlich ist alles noch schlimmer, auch wenn man das kaum glauben möchte.« Ich blinzele einige Tränen weg, die sich schon seit Stunden lösen wollen.

»Schlimmer? Wie könnte es noch schlimmer kommen?«

Ich lasse den Motor an, kehre um und fahre Richtung Sunset zurück. Damit übertrete ich zwar rund fünf Straßenverkehrsvorschriften, aber um keinen Preis der Welt möchte ich jetzt auch nur einen Block näher am Herzen von Beverly Hills bleiben. Kells Frage liegt mir im Magen, obwohl ich sie geradezu herausgefordert habe. Wie könnte alles noch schlimmer kommen? Ich stehe kurz davor, alles zu verlieren, was mir wirklich wichtig ist.

»Sie haben mir jemanden geschickt.«

Langes Schweigen folgt. So lang, dass ich weiß, Kell hat die volle Tragweite verstanden.

»Wer ist es?«

»Es ist der Kunsthändler, den Mom mir aufgedrängt hat, damit ihre Sammlung endlich in die Gänge kommt. Arden Prieto. Mom und er fanden es lustig, dass wir uns kennenlernen, ehe sie mit den Neuigkeiten herausrückten. Die Paparazzi haben ihren Spaß vermutlich etwas eingeschränkt.«

»Verdammte Scheiße.«

»Kann man wohl sagen«, grummle ich vor mich hin.

»Und was hast du jetzt vor?«

Sie klingt jetzt mitfühlender. Den Grund kann ich mir vorstellen. Egal, was mit mir geschieht, ihr Schicksal ist ebenso besiegelt wie meins. Ach, wäre es doch anders. Wenn wir doch nur einen Ausweg finden könnten ...

»Ich muss nachdenken. Gott sei Dank bin ich Arden entwischt, ehe er noch mehr durchziehen konnte als so ein Höhlenmenschending, das er wahrscheinlich seit Jahren trainiert hat.«

Erschrocken holt sie tief Luft. »Machst du Witze? Er ist dir schon auf den Leib gerückt?«

»Warum auch nicht? Worum, glaubst du, geht es bei der ganzen Sache, Kell? Das ist kein Werben wie im 19. Jahrhundert. Der taucht nicht mit Blumen auf und bittet mich um einen Bummel in der Hoffnung auf einen verstohlenen Kuss. Er ist ein beschissener Dämon. Notfalls verschlingt der mich bei lebendigem Leib.«

»Klar. *Shit*. Komm nach Hause, dann reden wir weiter.«

»Ich komme heute Abend nicht nach Hause.« Ich trete aufs Gas und rausche an einer gelben Ampel vorbei.

»*Kara.*«

»Wenn du diesen Ton anschlägst, hörst du dich wie Mom an.«

»Weil du die Stimme der Vernunft hören musst. Geh jetzt *nicht* zu ihm.«

Es ist egal, was sie sagt. Schon in dem Moment, als ich von Arden weg bin, wusste ich genau, wohin ich wollte. Ich muss Maximus wieder sehen. Und wenn es das letzte Mal ist.

»Mach dir keine Sorgen, okay? Noch schlimmer kann es kaum werden.«

»Das ist tausend Prozent falsch. Ich kann mir auf einen Schlag ein Dutzend Szenarios ausmalen, die sehr viel schlimmer wären. Für uns beide. Jetzt dreh um und komm nach Hause, damit wir uns was überlegen können.«

Nach Hause. Ihre Wiederholung vertieft den Stachel. Meine Haut kribbelt stärker bei der Erinnerung, was Arden darunter versteht. Wahrscheinlich überlegen Mom und er gerade, wie sie am besten die Erfüllung seines Auftrags erzwingen können. Meine Stunde hat geschlagen. Das sind die letzten Minuten der Kostbarkeit, die ich einst mein Leben nannte.

»Da gibt es nichts zu überlegen, Kell. Entweder ich halte mich an die Spielregeln, oder ich verstoße jetzt sofort dagegen.«

»Was soll das heißen?« In ihre Stimme hat sich leichte Panik geschlichen.

Ich seufze, spüre die Erschöpfung. Der heutige Tag hat mich unendlich viel Kraft gekostet. »Ich verspreche dir, du musst dir keinerlei Sorgen machen. Morgen früh bin ich wieder zu Hause.«

»Kara …«

Sie fleht mich zum letzten Mal an, das ist mir klar. Ich muss ihre Hoffnung endgültig abwürgen und sie dazu bringen, mir noch ein wenig zu vertrauen. »Tu mir einen Gefallen und sag Mom bitte nichts.«

Sie schnaubt. »Verflucht noch mal, Kara. Na gut. Aber mach keine Dummheiten.«

22

Kara

»Mach keine Dummheiten«, murmele ich vor mich hin.

Die ganze Fahrt über habe ich nicht an Umkehren gedacht. Nicht ein einziges Mal. Die magnetische Kraft, die zwischen Maximus und mir existiert, scheint stärker denn je, erstreckt sich über die ganze Stadt und zieht mich zu seiner Eingangstür.

Es ist allmählich Nacht geworden, der Energiefluss in der Luft hat sich verlangsamt. Die Nacht bringt immer eine Art inneren Frieden mit sich, aber tief in mir weiß ich, richtigen Frieden kann ich nur mit Maximus finden. Ich will ihn so unbedingt sehen, dass es wehtut.

Ich höre den leisen, sanften Beat, der jenseits der Tür ein Jazz-Blues-Instrumentalstück unterlegt. Es sind erst wenige Stunden vergangen, seit ich ihn im Buchladen verlassen habe. So viel hat sich seither geändert …

Endlich raffe ich mich auf, klopfe an und trete einen Schritt zurück. Ein paar Sekunden später öffnet er die Tür. Seine plötzliche Gegenwart wirkt auf mich wie ein Windstoß, der mich umzuwerfen droht. Doch ich stemme mich dagegen und wehre mich gegen die Wirkung, die seine körperliche Nähe auf mich hat.

In der Beleuchtung sind seine Augen dunkel, sein Blick teilnahmslos. Er ist nicht verärgert. Er ist gar nichts. Nur ruhig und schweigsam. Er füllt den Türrahmen aus, sein Oberkörper verspannt sich. Es ist das einzige Anzeichen, dass meine Anwesenheit ihn nicht gleichgültig lässt.

Ihn zu sehen, ist dennoch eine Erleichterung, auch wenn er aussieht, als würde er gleich die Tür aus den Angeln reißen.

»Willst du nichts sagen?« Meine Stimme bricht. Ich hasse es.

Sein Schweigen bringt mich um, zerfrisst meine letzte Hoffnung.

Er senkt den Blick. »Ich habe Angst, wenn ich das Falsche sage, dann gehst du wieder.« Er wirkt ruhig, als müsse er die Worte mit Gewalt herausbringen.

Ich seufze und widerstehe irgendwie dem dringenden Bedürfnis, mich durch die unsichtbare Wand zwischen uns direkt in seine Arme zu werfen.

»Es tut mir leid … Es tut mir leid, dass ich dich gestoßen habe.«

»Du hast mich *weg*gestoßen.« Er schaut hoch. Die dunkelblauen Ringe um seine Augen gewinnen an Intensität. »Ständig stößt du mich weg. Das ist viel schlimmer.«

»Auch das tut mir leid.« Der Satz bleibt mir fast im Hals stecken. Die Gefühle, die ich tagsüber empfunden habe, kehren zurück. Ich schlucke, versuche, sie zurückzuhalten. »Und es tut mir leid, dass ich dich in mein Leben verwickelt habe. Du hast um nichts davon gebeten. Ich habe mich nur nie mit jemand anderem so gefühlt. Das hätte ich für mich behalten sollen. Ich hätte nicht so sehr auf mehr drängen dürfen.«

Er schließt die Augen. »Kara.«

»Das kann ich nicht mehr zurücknehmen, es ungeschehen machen. Und ich kann nicht so tun, als wolle ich nicht mit dir zusammen sein, dem einzigen Menschen, der in mir je den Wunsch ausgelöst hat, die Regeln zu brechen.« Heiße Tränen rollen mir über die Wangen. Mühsam hole ich Luft und zwinge mich fortzufahren. »Mit dir bin ich ich. Selbst wenn ich dir nicht alles zeigen kann, spüre ich, dass du *mich* siehst. Und das will ich nicht verlieren.«

Ich würge an einem Schluchzer, alle Dämme brechen. Durch die Tränen hindurch kann ich kaum noch etwas erkennen.

»Ich weiß nicht, wie viel Zeit mir hier noch bleibt, Maximus. Ich weiß nur, die will ich mit dir verbringen.«

Seine versteinerte Miene weicht auf. Er lässt die Tür los und tritt über die Schwelle.

»Komm her«, sagt er leise, bevor er mich in die Arme nimmt und hochhebt.

Ich kuschele mich an seine Brust, während er mich in die Wohnung trägt. Er gibt der Tür einen Tritt, sodass sie zufällt. Ich kann ihm nur die Arme fest um den Hals schlingen und mich eng an ihn drücken.

So eng es nur geht. Obwohl mich die unerbittlichen Schluchzer innerlich zerreißen.

Er beschwichtigt mich sanft und setzt sich mit mir auf die Couch. Zusammengerollt liege ich auf seinem Schoß, die Arme um ihn geschlungen, und habe Angst, mich zu bewegen. Am liebsten würde ich ihn nie wieder loslassen. Wenn ich es doch nur nie mehr müsste …

Ein neuerlicher Gefühlsansturm lässt mich am ganzen Leib erbeben. Alles sprudelt heraus. Nicht nur das Geschehen des heutiges Tages. Alles seit Anbeginn. Mein ganzes Leben. Jeder Traum, an dem ich mich festgehalten hatte in der Hoffnung auf ein besseres Ende. Auf eine bessere Zukunft. Kein Traum war je so perfekt wie dieser.

»Ich will dich nicht verlieren«, flüstere ich.

»Du wirst mich nicht verlieren«, versichert er mir mit fester, beruhigender Stimme.

Beinahe kann ich mir einreden, ihm zu glauben, als er über meinen Rücken streicht, die Arme entlang. Meine Tränen wegstreicht. Mich leise bestärkt.

Doch die unvermeidliche Wahrheit ist in mich eingebrannt, so schmerzhaft und real, dass seine süßen Versprechungen nicht dagegen ankommen, so gern ich sie auch höre.

»Du verstehst nicht. Sie kommen mich holen.«

»Da müssen sie erst an mir vorbei, Kara.«

Ich schüttele den Kopf und tränke sein Hemd noch mehr mit meinen Tränen. »Das wird nichts nützen.«

»Wenn ich das zu meinem Kampf mache, dann schon. Ich bin mir ziemlich sicher, dass ich sehr viel stärker bin als sie.«

Ich reiße mich am Riemen und schaue zu ihm hoch. Die neue Entschlossenheit in seinem Blick sollte mir keine Hoffnung machen, sie tut es aber.

»Und das *ist* mein Kampf«, fügt er hinzu.

Nur weiß er nicht, worauf er sich da einlässt. Stärker mag er sein. Ich weiß sogar, dass er es ist. Aber er hat den Nachteil, den Feind nicht so gut zu kennen wie ich. Und ich kann es ihm nicht sagen. Nicht, wenn meine Tage ohnehin gezählt sind.

Ich schaue auf die dunklen Flecken auf seinem Hemd. »Ich habe dein Hemd versaut.« Wie verrückt wische ich an meinen Augen herum. Ich wünschte, er würde nicht sehen, wie dreckig es mir geht. Ich kann mir kaum vorstellen, wie furchtbar ich aussehen muss.

Er beugt sich vor, wodurch sich meine Umklammerung lockert. Dann zieht er das Hemd über den Kopf und wirft es beiseite.

»Na bitte. Problem gelöst.«

Sein neckisches Grinsen wirkt sich bereits auf mich aus. Als er mich wieder an sich zieht und unsere Körper sich berühren, wird mir ganz schwindlig. Ich frage mich, wie es wohl wäre, wenn nichts zwischen uns wäre. Körper an Körper.

Ich beiße mir auf die Lippe, unfähig, Blick und Fingerspitzen von den muskulösen Konturen seines Oberkörpers und seines Bauchs fernzuhalten. Literaturprofessoren sollten eigentlich nicht so aussehen. Das ist nicht gerecht gegenüber der gesamten Studentenschaft.

»Du bist echt scharf, weißt du das?«

»Danke.« Er lacht.

»Weißt du, wie viele Studentinnen an der Alameda morden würden, um zu erfahren, wie Professor Maximus unter seinem Pullunder aussieht?«

»Hmm, wie viele?«

»Vermutlich alle. Das Lustige ist, das ist noch nicht einmal das, was ich am liebsten an dir mag.«

Ich schaue ihm in die Augen. Es schimmert in ihnen. Wärme. Glück. Das zu spüren, muss ich mich nicht anstrengen. So eng an ihm strahlt jedes seiner Gefühle direkt auf mich ab. Wie ein Sonnenstrahl aus einem wolkenlosen Himmel.

Sanft streicht er mir mit dem Daumen über die Wange. »Was magst du denn am liebsten?«

Ich lächele und genieße schon die Liste, die ich im Kopf zusammenstelle. Alle meine liebsten Dinge …

»Wie du die Cantos vorliest. Wie du vergisst, dass auch noch andere Leute im Raum sind.« Ich lege die Hand auf seine. »Wie du mich berührst, als wäre ich …«

»Wärest du was?«

Ich schließe die Augen und lege den Kopf an seine Brust. »Als wäre ich für dich etwas Kostbares.«

»Das bist du auch. Das solltest du allmählich wissen.«

Sein Herz und die Beschleunigung seines Pulses, wenn wir uns so nahe sind, erinnern mich beständig an dieses Gefühl.

Ich hole tief Luft und bin dankbar, dass der Schmerz in meiner Brust langsam nachlässt. Das einfache Geschenk seiner Gegenwart drängt nach und nach alle Mühsal in den Hintergrund. Selbst wenn sie morgen zurück ist, genieße ich den Moment. Diesen einen perfekten Moment mit ihm.

Unsere Finger verschränken sich ineinander.

»Du bist dran«, sage ich schließlich.

»Ich bin dran?«

»Du musst mir verraten, was du am liebsten an mir magst.«

Er atmet laut aus. »Tja, also … das ist eine lange Liste. Ich muss dir ja nicht erzählen, wie großartig du bist, aber das steht trotzdem ganz oben. Alles andere könnten wir streichen, denn allein schon das würde reichen, dass ich vor dir auf die Knie falle.«

Ich spüre, wie meine Wangen bei dem Kompliment warm werden. Ich bin versucht, ihn zu erinnern, dass er mich seinerzeit wegen meiner angeblichen Unzulänglichkeiten aus dem Unterricht werfen wollte, doch das verkneife ich mir. Ich weiß es ohnehin besser.

»Du überraschst mich … immer aufs Neue«, fährt er fort. »Ich weiß nie, was als Nächstes aus deinem Mund kommt.«

Ich lache. »Das ist wahrscheinlich nicht immer eine gute Sache.«

»Zumindest ist es echt. Du bist echt.«

Ich seufze … entspanne mich, ein wenig mehr an ihn gekuschelt … frage mich, wie es möglich ist, mit einem anderen Menschen so zufrieden zu sein. Ich bin glücklicher als je zuvor, selbst nach all dem, was heute schiefgelaufen ist.

Alles …

Aber darüber will ich nicht nachdenken. Nicht jetzt.

»Was sonst noch?«

»Möchtest du gern Komplimente hören?«

Ich lächele. »Du hast gesagt, die Liste ist lang. Ich bin nur neugierig.«

»Es sind nur hundert andere Dinge, die dich ungerecht perfekt machen. Dein sexy kleiner Körper. Dein Lächeln.« Er hebt mein Kinn, sodass ich ihm in die Augen schauen muss. »Und ich mag es, wie deine Augen aufleuchten, als lodere ein Waldbrand in ihnen.«

Ich beiße mir auf die Lippe, weil ich nicht recht weiß, was ich jetzt davon halten soll. Die gruselige Anomalie sollte mich eigentlich beschämen, aber was, wenn das gar nicht notwendig wäre?

»Wie machst du das überhaupt?«, fragt er leise, als handle es sich um ein Geheimnis.

Könnte sogar eins sein.

Ich zucke mit den Schultern, lasse meine Lippe los und antworte tapfer: »Das ist genetisch bedingt.«

Er schweigt kurz. »Hat deine Mutter das auch?«

»Wir alle. Das heißt, nicht …«

»Nicht dein Großvater.«

Ich schüttele den Kopf. »Nein.« Aber auch darüber will ich nicht reden. Über uns will ich reden. Darüber, wie Maximus meinen Kopf und alles andere stimuliert. Wie er bei mir sämtliche Knöpfe drückt. Meine Gedanken rasen zu intimeren Erinnerungen, und mir wird ganz heiß. »Es passiert, wenn ich starke Gefühle habe. Normalerweise, wenn ich extrem sauer bin. Und wohl auch, wenn ich … erregt bin.« Plötzlich schüchtern geworden, senke ich den Kopf. »Neulich Abend … Da war mir nicht klar, dass es passiert ist. Deshalb bin ich so unvermittelt verschwunden. Ich habe nicht viel Erfahrung, falls dir das bisher entgangen sein sollte.«

Eine Weile sagt er nichts. Jede Sekunde, die sein Schweigen länger dauert, fürchte ich mehr, ich sei zu weit gegangen. Schließlich ertrage ich die Stille nicht mehr.

»Stört dich das?« Ich schaue wieder hoch.

Sein Blick wird intensiver. Wenn diese kobaltblauen Ringe um seine Iriden deutlicher zu erkennen sind, gibt es bei mir kein Halten mehr. »Warum sollte mich das stören?«

»Das ist doch eins der Dinge, dem allgemein sehr viel mehr Bedeutung zugemessen wird, als sie verdienen.«

Seine Mundwinkel zucken. »Vielleicht bin ich ja ein Romantiker, aber für mich hat das große Bedeutung. Wenn man jemandem so großes Vertrauen schenkt.«

Ein leichter Regen schlägt gegen die Fensterscheibe. Ich kann es kaum hören wegen des Rauschens in meinen Ohren. Dank der Wendung unseres Gesprächs ins Intime rast mein Herz wie wild. Dieser langsame Tanz, ihm Teile von mir zu offenbaren. Wobei mich stets die Angst begleitet, zu viel zu verraten. Die Angst, größer denn je, nie mehr wieder die Chance zu haben, mit ihm zusammen zu sein. Das tatsächlich wahr zu machen.

»Ich vertraue dir.« Ich lege ihm die Hand aufs Herz. Die Beklommenheit ist zurück, nur wird sie jetzt von Sehnsucht hervorgerufen. Von Vorwegnahme. Von Hoffnung.

Wie sage ich ihm all das? Ich wage einen Blick in seine Augen, nur um diese herzzerreißende Intensität zu sehen. Bevor ich die richtigen Worte finde, legt er die Lippen auf meine. Zärtlich. Unerträglich zaghaft. Ich ziehe mich hoch, drücke mich näher an ihn, brauche den Kontakt, um das wilde Bedürfnis, das sich in mir aufbaut, zufriedenzustellen.

Doch er legt die Hand an mein Gesicht und hindert mich, weiterzugehen, mehr zu schmecken, mir mehr zu nehmen.

Er löst sich von mir und atmet ein paarmal rasch ein. »Du solltest dich ausruhen.«

Ich runzele die Stirn. »Warum?«

»Weil es ein harter Tag war, Kara, und es schon spät ist. Du musst erschöpft sein.«

Natürlich bin ich das. Aber auch nicht. Mein Herz rast mit Lichtgeschwindigkeit. Jedes Nervenende ist bis zum Zerreißen aufgeladen als Reaktion auf seine Berührung. Ich könnte jetzt unmöglich schlafen.

Dennoch hebt er mich hoch, als hätte all das Weinen meine Beine irgendwie nutzlos gemacht. Gegen die Mühe, die er sich mit mir macht, habe ich allerdings nichts einzuwenden. Er trägt mich zu seinem Bett und legt mich dort vorsichtig ab.

»Du kannst hier schlafen, okay? Ich lege mich auf die Couch.«

Er beugt sich herunter und küsst mich erneut. Ein schneller, keuscher Kuss. Nur ein Bruchteil dessen, was ich brauche. Ich will mehr, aber er zieht sich zu schnell wieder zurück.

Mittlerweile hat sich der Schmerz in meiner Brust

auf den ganzen Körper ausgedehnt. Unter meiner Haut brennt es wie Feuer. Mein Puls ist so rasend schnell, dass ich kaum noch atmen kann. Ich brauche mehr als nur einen Kuss. Ich brauche seine Hände auf mir. Ich muss die Verbindung zwischen uns auf jede nur denkbare Weise spüren.

Ich habe es satt so zu tun, als könnte ich mein Leben durchstehen, ohne es zu leben.

Er läuft im Wohnzimmer hin und her und wirft die Deko-Kissen von der Couch. Sein Gesicht ist vor Konzentration derart angespannt, dass man glauben könnte, er versuche eine komplizierte Gleichung zu lösen. Die Gleichung ist einfacher, als er denkt.

Er plus ich. Sonst absolut gar nichts. Nicht einmal seine eng anliegende Jeans, die seine Erregung verrät.

Ich schlüpfe aus den Schuhen und nestele an der Schnur, die mein Wickelkleid an Ort und Stelle hält. Mehr braucht es nicht, dann lockert es sich und gleitet an mir hinab. Er kann unmöglich den hauchdünnen Stoff zu Boden fallen hören, dennoch schaut er sofort zu mir her.

Ich glaube, er atmet gar nicht mehr.

»Kara.«

Noch nie hat meine Name so nach Qual geklungen. Wie eine auf seinen Lippen verendende Bitte. Aber er gehört mir. Mein letzter Wunsch.

Mein Held.

»Komm her«, sage ich.

Er atmet schwer, seine Brust hebt und senkt sich. Schließlich kommt er ein paar Schritte auf mich zu, bleibt jedoch in einigem Abstand stehen. Er schluckt und mustert mich, von den nackten Zehen bis zur entblößten Brust, dann weiter zum schwarzen Spitzenhöschen, das ich ebenfalls abgestreift hätte, doch diese Aufgabe überlasse ich ihm.

»Ich will mit dir zusammen sein, Maximus.«

Leise fluchend reißt er den Blick von mir los.

»Du hast gesagt, du willst mich komplett.«

»Das tue ich, oh, Gott, das tue ich.« Er schließt die Augen und fährt sich wie wild mit der Hand durchs Haar.

»Dann komm her«, flehe ich.

»Wenn ich dich jetzt berühre, ist alles zu spät. Ich kann nicht … Ich bin stark, aber nicht so stark.«

»Musst du nicht sein. Wir wollen das Gleiche.«

Er bewegt sich nicht. Öffnet die Augen nicht. Also gehe ich zu ihm hin.

»Maximus«, sage ich leise. »Schau mich an. Berühr mich.«

Dann stehen wir Brust an Brust. Mit einem Seufzer schlägt er die Augen auf und sieht ebenso überwältigt aus, wie ich mich fühle.

»Küss mich.«

Eine Weile passiert nichts. Er sucht meinen Blick, verweilt kurz auf meinen Lippen, betrachtet mich wie ein Weltwunder, als könne er gar nicht glauben, dass es mich wirklich gibt.

Dann senkt er den Kopf, und unsere Lippen prallen verzweifelt und stürmisch aufeinander. Er küsst mich, als müsste er sterben, wenn er es nicht täte. Vielleicht ist das aber auch ein Spiegelbild meiner Seele. Meines eigenen gequälten Geists. Meines gesamten aufgewühlten Körpers. Ich bin voll erfüllt von Erwachen und Achtsamkeit, von Bedürfnis und Dringlichkeit, von Lust und Begierde. Noch nie habe ich so empfunden, und schon drohe ich, in meinen Gefühlen zu ertrinken.

Er legt die Arme um mich und zieht mich fest an sich. Hebt mich hoch. Wir teilen uns den Atem. Und die Hitze. Wir sind einander verbunden. Teilen so viele Verbindungskanäle … aber längst nicht genug.

Er stöhnt meinen Namen. Der verzweifelte Klang, der meine eigene versiegende Geduld widerspiegelt. Meine eigene ungezügelte Begierde und Entschlossenheit, ihr nachzugeben. Er legt die Hände an mein Gesicht. Lange schauen wir uns in die Augen.

»Bist du dir sicher?«

»Ich bin mir sicher«, bestätige ich.

»Wir können uns Zeit lassen«, entgegnet er leise.

»Nein, das können wir nicht.«

23

Maximus

Ich glaube ihr. Auch die letzte Äußerung, die von Schluchzen beinahe erstickt wäre. Das ist heute Abend nicht zum ersten Mal passiert, aber dieser Moment ist anders – im besten wie im schlechtesten Sinn.

Diesmal spüre ich ihre Seelenqual ebenfalls.

Das ist keine Telepathie oder Hexerei oder eine dieser verrückten Realitätsverschiebungen, die wir beide schon erfahren haben. Jetzt, in diesem Moment, wo wir uns so nahe sind, ist es schlicht und ergreifend Ausdruck zwischenmenschlicher Chemie. Ihr Zittern ist meins. Auch ihre Herzschläge sind meine. Das bedeutet, all ihre Ängste und Verzweiflung sind ebenfalls meine.

Und auch jeder verzweifelte Ausbruch ihrer Lust …

Letzteres vor allem. Sie ist wie dichter Dunst in meinem Blut, wie Teer, der an meinen Gliedern haftet. Als wir uns wieder anschauen, bestätigt die Glut in ihren Augen, dass sie ihre Schlacht verloren gibt. Und sie bestätigt, wie wir diese Lust loswerden. Es gibt nur einen Weg.

Indem wir sie mit einem Feuer versengen, gegen das wir nicht mehr ankämpfen können. Einer Leidenschaft, die wir nicht kontrollieren können.

Nein. Nicht *können*. Sondern nicht kontrollieren *wollen*.

Nicht jetzt. Nicht einmal nach dem heutigen Tag, an dem jeder meiner berechtigten Einwände von einer Paparazzi-Invasion, vergleichbar der biblischen Heuschreckenplage, bestätigt worden ist. Ihre Familie. Ihre einzigartige Stellung innerhalb dieser Familie. Mein Job und sonst alles Mögliche, das durch das Weiterführen unserer Beziehung bedroht ist.

Doch all die Ängste, die meinen Verstand aufwühlen, können die Furcht nicht aufwiegen, sie vor mir fliehen zu sehen. Eine Empfindung so intensiv, dass sie nur vom momentanen Hochgefühl übertroffen wird. Dem Wunder, sie in meinen Armen zu halten, während draußen der Regen an die Scheiben schlägt und ein Blitz das Zimmer erhellt. Blausilbernes Licht lässt die Luft funkeln und beleuchtet die glatt polierte Nacktheit dieses atemberaubenden Geschöpfes. Ihr Blick ist wie eine Kernfusion, in Unschuld geboren und voller Wunder …

Eine Unschuld, die sie mir gibt. Nur mir …

Und ich weigere mich, meine Gefühle zu leugnen. Ihr und mir gegenüber. Die Wahrheit ist, ich will sie mehr als alles andere. Ich gelobe, dass ich es wert bin. Dass ich das Geschenk, das sie mir nur einmal geben kann, in Ehren halten werde.

Schweigend lege ich das Gelübde ab, nach einem zarten Kuss, den ich nutze, um sie noch enger an mich zu ziehen. Sobald sie die Beine spreizt und sie mir um die Hüften schlingt, platziere ich ihre bebende Mitte auf die größer werdende Ausbuchtung meiner Hose.

»Du fühlst dich … so gut an«, sage ich leise, nachdem wir wieder zu Atem gekommen sind. Als sie mit einem zustimmenden Seufzer reagiert, rede ich weiter. »Und ich werde alles für dich gut machen, meine Schöne.«

»Maximus.« Jede Silbe ein perfektes Flüstern, das sich gründlicher durch mich hindurchwindet als ihre sanften Finger durch mein Haar. »Du musst mir etwas versprechen.«

»Ich verspreche dir alles«, stöhne ich. »Das weißt du.«

Sie packt mein Haar fester, meine Kopfhaut kribbelt überaus angenehm. »Versprich mir, dich nicht zurückzuhalten.«

Diese Bitte durchdringt den Nebel meiner Wollust gerade so weit, dass ich ernsthaft darüber nachdenke. Nichts zurückhalten. In jeder meiner Fantasien, in denen ich sie auf diese Weise nahm, habe ich mich exakt so verhalten. Aber tief in meinem Innern wusste ich immer, wenn es dazu kommt – sie in meinen Armen, bereit, mir alles zu geben –, dann kann ich unmöglich entfesselt über sie herfallen.

Ich zwinge mich, mich zu entspannen und zart mit den Lippen über ihre zu streichen. »Wie wäre es, wenn du mir das Steuer überlässt, kleine Verführerin?«

Sie runzelt die Stirn. »Alles von mir für alles von dir. So läuft das. Du brauchst mich nicht mit Samthandschuhen anzufassen.«

»Von wegen.«

Sie schürzt die Lippen. »Das werden wir ja sehen.«

»Einen Scheiß werden wir sehen …«

Sie unterbricht mich, indem sie den Mund auf meinen drückt. Heftig. Makellos. Und schon hat mir die Frau wieder den Atem geraubt. Einfach so. Ich mühe mich, ihr Gleiches mit Gleichem zu vergelten. Als ich die Lippen auf ihre presse, durchbohrt ein neuer Blitzstrahl das Zimmer. Jede Zelle meines Bluts wird von derselben Energie durchzuckt. Zwischen unseren Mündern zischt es, als würde ein Lichtbogen Funken schlagen und uns nähren. Nie zuvor habe ich gleichzeitig gewünscht, ein Kuss möge andauern und enden.

Eine Weile verharre ich, suhle mich in Karas leisem Stöhnen, das in meinem Körper Widerhall findet, bevor ich meine Lippen von ihren löse. Ich wende den Blick so lange ab, bis ich sicher bin, den Weg quer durch das Zimmer zum Bett zu schaffen. Mehr als diese paar Sekunden kann ich nicht ertragen, ohne dass meine Vision endlich Realität wird. Kaum habe ich sie auf die zerknitterten Decken und Laken geworfen, sauge ich sie wieder in mir auf. Nein, mein Blick verschlingt ihre ganze Pracht und Herrlichkeit.

Sie ist ganz anmutige Kurven und sinnliche Schatten.

Heißblütige Dunkelheit und leidenschaftliches Licht.

Unverhohlenes Bedürfnis und offene Begierde.

Vor allem aber ist sie mein.

Und das werde ich wahr werden lassen, in jeglicher Hinsicht. Das Versprechen durchflutet meine Adern, windet sich durch meine Sehnen, treibt jede Muskelfaser an. Eine physische Kraft, wie ich sie noch nie erlebt habe.

Sie ist ruhig und süß und atemberaubend, ihr Haar über das Kissen ausgebreitet wie Flügel, ihr Gesicht von zunehmender Erregung geprägt. Ich betrachte gebannt, wie sich ihre Miene verändert ... mit jedem Zentimeter, den ich das Spitzenhöschen weiter herunterziehe. Langsam. *Langsam.* Meine Finger gehorchen kaum dem Befehl meines Gehirns, vor allem als sie die Hände in den Laken verkrampft und ihr Becken leicht hebt.

»Bitte«, keucht sie.

Ich blähe die Nasenflügel, um ihr wortlos die Bitte um Geduld zu übermitteln. Ein dummer Versuch, denn nun nehme ich ihren Duft noch intensiver wahr, eine Mischung aus rauchigem Honig und dem Geruch nach Erregung, die mich vor Wollust ganz kirre macht. Wer verliert jetzt die Geduld?

Irgendwie schaffe ich es noch zu krächzen. »Es ist gleich so weit, meine Hübsche. Ich will deine Pracht voll und ganz genießen.«

Und was für Schätze sie für mich bereithält. Anders als in den heimlichen Momenten im Büro nehme ich mir Zeit, ihre ganze dekadente Pracht zu genießen. Von oben bis unten. Ich beginne bei den Füßen, während ich ihr das Höschen endgültig abstreife. Ich küsse ihre feingliedrigen, rot lackierten Zehen, lasse die Hände ihre schlanken Beine entlangwandern. An deren Ende angekommen schiebe ich die Finger in ihr Portal geheimer Wunder, das meine Berührung willkommen heißt.

Wunder, die sie mir endlich überreicht.

Und die Geheimnisse? Vielleicht vertraut sie mir nun so weit, dass sie diese ebenfalls preisgibt. Im Gegenzug gebe ich meine preis. Und mich. Ganz und gar.

Unter meiner Berührung bäumt sie sich leise stöhnend auf.

Es wird Zeit.

Ich bin mehr als bereit.

Und als ich den Kopf hebe und ihr in die Augen schaue, weiß ich, ihr geht es ebenso.

Es ist eine Qual, den Blick von diesen herrlichen Rundungen loszureißen, aber das beschleunigt nur meinen Griff zum Nachttisch. Ich habe den Arm kaum ausgestreckt, als Kara mein Handgelenk packt. Die Kraft, die dahintersteckt, überrascht mich nicht mehr. Die Dringlichkeit schon.

Bevor ich eine Augenbraue hochziehen kann, geschweige denn beide sagt sie: »Das brauchen wir nicht.«

Ich hole Luft, um ihr einen Vortrag über Safe Sex zu halten, da funkt sie schon dazwischen.

»Ich will es so, wie es sein soll. Nichts soll zwischen uns sein.« Sie betastet mein Kinn.

»Nichts.«

Ich räuspere mich. »Kara …«

»Du kannst mir nichts anhängen … glaub mir einfach. Es ist unmöglich. Es geht nicht. Keine Krankheit, keine Infektion, und schon gar kein Baby.«

Die Trauer, die in der letzten Bemerkung mitschwingt – und die Überzeugung, mit der ich ihr glaube – reichen aus, mich den Nachttisch vergessen zu lassen. Sie versenkt die Finger in meinem Bart. Mit der anderen Hand zieht sie den Reißverschluss meiner Jeans nach unten. Das grenzt an Folter. Mein Schwanz ist heiß und schwer, und so haben wir beide Mühe, ihn aus der Hose zu befreien.

Aber mir liegt daran, den Rest meiner Kleidung loszuwerden, mehr ihrer Haut direkt an meiner zu spüren. Ich stehe auf, ziehe rasch die Jeans aus und schleudere sie an die Wand. Die Wucht des Wurfs lässt die Ecken einiger Ziegel abbrechen, aber das ist mir völlig egal.

Dann plötzlich … erstarre ich. Einen Moment betrachte ich Kara in stummer Bewunderung. Einen Moment zu lang. Kara windet sich auf den Laken, ihre Hände fahren ruhelos ihren Körper auf und ab, den ich den Rest meines Lebens bewundern könnte. Ab sofort …

»Öffne dich mir, Kara.«

Leise seufzend gehorcht sie. Und schlagartig bin ich wie neugeboren.

Alles an ihr, die Selbstverständlichkeit ihrer Bewegung bestätigt, dass sie mehr als bereit ist. Hierfür. Für mich.

Wieder kann ich nicht anders, ich muss mich über sie beugen. Ich lege die Hände auf ihre, verschränke unsere Finger miteinander und halte sie fest, biete mich ihr ganz und gar an. Ich wünschte, ich könnte die richtige Worte finden, um ihr jeden Teil von mir zu zeigen, den sie entsperrt hat. Jedes Geheimnis, für dessen Sicherheit sie gesorgt hat. Selbst die, welche ich tief im Schatten verborgen hatte. Die furchterregenden Dinge. Die gefährlichen Dinge.

Sie ängstigen mich nicht mehr.

Mein Puls beschleunigt sich wie Regen, der zu einem Sturm wird. Und mehr Blitze mit sich bringt. Ausbrüche, die mein Blut in Wallung versetzen. Die Adern pochen unter meiner Haut, als ich mich fester an sie presse. Mich von ihrem Feuer ernähre.

»Jetzt. Ich muss dich jetzt spüren.« Ihr Flehen durchweht mich wie finstere, vernichtende Magie.

Ich gebe ihr nach und greife zwischen uns.

Dann sinke ich in sie ein.

In ihr Feuer. In den Sturm. Verschmolzen zu ihrer Begierde. Erzwungen von der vollkommenen Verbindung zu ihr ... zwischen uns.

So tief.

Muss ... so tief ... eindringen.

Aber ich muss es vorsichtig tun, verdammt noch mal.

Zwischen dem ersten Stoß und dem nächsten Stoß rufe ich mir die Selbstbeherrschung ins Gedächtnis zurück, die ich mir auferlegt hatte, bevor ich in ihr war. Ich bin ihr erster Mann. Sie ist so klein und tapfer und muss *mich* in sich aufnehmen.

An mir ist nichts durchschnittlich. Und was das angeht, klopfe ich keine Sprüche. Es ist eine Tatsache, die ich mir fest einpräge, egal, wie sehr mein Körper protestiert. Jede Bewegung entgleitet meiner Kontrolle. Ich bin so prall und heiß, dazu verdonnert, tiefer in sie vorzustoßen.

Tiefer ...

Ich bin erst halb in ihr, als sie zu stöhnen beginnt.

Sofort ist Schluss. Ich hebe den Kopf. »Kara … es tut mir leid.« Ich atme heftig. Meine Brust hebt und senkt sich, drückt gegen ihre aufgerichteten Brustwarzen – was meine Selbstbeherrschung nicht gerade unterstützt. »Ich weiß, ich bin …«

»Du bist.« Sie unterstreicht diese Feststellung mit einem leisen Stöhnen und einem sanften Aufbäumen unter mir. »Du bist zudem … nicht tief genug in mir.«

Die Bestimmtheit dieser Worte löst in meinen Lungen einen Orkan aus. Elektrische Spannung in meinen Adern. Ein mächtiges Gegenmittel gegen meine lähmenden Bedenken, ihr wehzutun.

»Hör auf, dich zurückzuhalten«, sagt sie leise. »Ich sagte, alles von dir. Und das habe ich auch so gemeint.«

Ich kann ihrer Forderung kaum Folge leisten, da ändert sie ihre Stellung. Sie reckt die Beine weiter nach oben und erhöht den Druck auf meine Hüften. Ich kann nichts mehr zurückhalten. Ich stoße zu, bis mein erigierter Penis bis zum Anschlag in sie versenkt ist.

Der hohe Ton, den sie von sich gibt, wird zur Elektrode, die meine Gehirnzellen zum richtigen Zeitpunkt richtig verbindet. Das hat sie mit *tief genug* gemeint.

»Hölle, Tod, Verdammnis.« Ein Hauch ungehobelter Sprüche durchflutet vage mein Gehirn. Nichts davon wird dem Feuer gerecht, das sie in meinem Schwanz entzündet … Flammen, die sie in meinem ganzen Körper entfacht.

Sie haucht mir einen Kuss an den Hals. »Du hast mir meinen Spruch geklaut.«

Ich spüre ihr Lächeln. So tief in ihr zu sein, fühlt sich an wie Leben oder Tod. Vielleicht beides. Es ist mir auch eigentlich egal, Hauptsache, wir ziehen es durch. Mühsam hole ich Luft und atme ihren Duft ein. Mein Engel. Mein süßer Himmel.

»Und du hast mir meine Seele geklaut.«

Wir schauen uns in die Augen. In ihrem Blick liegt etwas, das ich nicht entschlüsseln kann. Zumindest erkenne ich, dass die flüssige Hitze in ihren Augen aus reiner Begierde besteht. Ich höre nicht auf, um den Rest zu identifizieren. Denn das spielt jetzt keine Rolle.

Denn jetzt kann ich nicht mehr aufhören.

Ich bin nichts als Druck, Leidenschaft und Anspannung.

Feuer, Flammen und Besessenheit.

Ich bin in ihre Hitze eingehüllt, tauche völlig in sie ein. Mein Verlangen steigert sich immer weiter.

Ich dringe tiefer vor.

Auch als der Wind ums Haus heult und Regen an die Fenster klatscht.

Härter.

Und alle Lampen flackern und erlöschen dann.

Tiefer.

Ein Ast bricht ab, schlägt gegen die Scheibe und kracht dann zu Boden. Ein zweiter Ast folgt.

Ich nehme das kaum wahr. Kara ebenso wenig. Sie klammert sich an mich, als sei ich ihr Ast. Packt mich an den Schultern und drückt mir die Fersen in den Rücken. Ihr Kopf sinkt zurück, ihr Mund ist weit geöffnet, keuchend holt sie Luft. Und ihre Augen …

Ihre Augen könnten mich glatt in einen Pyromanen verwandeln.

Die Flammen wirbeln schneller und immer schneller um ihre Iriden, zwingen mich, immer tiefer zu stoßen, in sie vorzudringen wie ein Besessener. Vielleicht bin ich das auch. Meine Lust ist nichts ohne ihre Erfüllung. Mein Blut ist ohne ihr Feuer bloß Wasser.

»Maximus.«

Ihre rauchige, erotische Stimme ist meine ganze Welt.

Sie fleht jetzt nicht. Sie befiehlt. Nötigt mich. Mein Name auf ihren Lippen ist rohes, sexuelles Zischen, das mich dichter umhüllt als ihre Vagina.

»Kara.« Aus mir spricht vollendete Verehrung. Transzendente Lobpreisung. »Geht es dir gut?«

Ich bin mir ziemlich sicher, wie die Antwort lauten wird, aber ein seltsam eitler Teil von mir will sie hören.

»So … verdammt … gut.«

Das macht mich noch mehr an. »Das Warten lohnt sich«, entgegne ich.

»Mit dir lohnt sich alles. Absolut alles.« Ein Krächzen unterbricht sie. »Oh … du … du machst mich …«

»Ja«, hauche ich. Schon spüre ich, wie die rhythmischen Schockwellen ihren bebenden Körper mehr und mehr beherrschen. »Lass dich gehen, Kara. Gib mir alles.«

Sie hört auf zu atmen.

Ihr Blick verglüht.

Kurz bevor ihr Schrei die Luft zerteilt. Und ihr Körper *meinen* Höhepunkt fordert.

»Verdammt!« Eine Sekunde nehme ich mir für den Ausruf, dann rast die Glut wie die brennende Lunte einer Bombe durch mein System. Ich komme mit ähnlicher Wucht, gerade als ein gewaltiger Donnerhall den Himmel über der Stadt zu zerreißen droht.

Ich entleere mich in sie und hoffe, das Lustgefühl noch etwas verlängern zu können. Diesen einen unglaublichen Moment zwischen uns zu erweitern, der alles andere aufwiegt. All die Sehnsucht, die sich in mir aufgebaut hat seit dem Tag, an dem ich sie kennengelernt habe.

Ich höre nicht auf.

Weil sie nicht aufgehört hat.

Der Orgasmus ist ein faszinierender Marathon, verstärkt durch ihr benebeltes Lächeln, entzücktes Lachen und ein Stöhnen, das mich jede Nacht, die ich ohne sie verbringen muss, verfolgen wird. Es geht weiter und weiter, und mit jeder neuen Phase muss ich ihr mehr geben. Nicht nur wegen der zusätzlichen Dinge, zu denen mein Körper plötzlich in der Lage ist. Es ist all das andere, das sie in mir hervorbringt. Mein bereitwilliges Lächeln und Lachen. Meine unendliche Leidenschaft und Lust …

Und meine Verwunderung.

Weil ich nie zuvor etwas Ähnliches erlebt habe. Gar nichts.

Wegen meiner von Lust befeuerten Gebete, dies möge nie enden, verblüfft mich das Gefühl der Vollendung, als es doch so weit ist. Alles – meine Ruhelosigkeit, meine Wut, meine Verwirrung – schmilzt dahin mit dem abflauenden Sturm, als hätten die Wettergötter gleichfalls genug. Sie haben ihren Frieden wieder gefunden ... wie auch ich.

Mein Herz schlägt weiterhin unregelmäßig, als Kara und ich uns schließlich voneinander lösen und ich mich neben ihr auf den Rücken fallen lasse. Sie atmet noch immer schwer, und mehrere Male überläuft sie ein leichtes Zittern. Ich versuche, wieder zu Verstand zu kommen, und sehe vor meinem inneren Auge, was wir getan haben. Ich hätte mich besser um sie kümmern sollen.

Ich stehe auf, gehe ins Bad und komme mit einem warmen Tuch zurück.

Mit schweren Lidern sieht sie mir hinterher. »Was machst du?«

»Ich mache dich sauber.« Ich setze mich auf die Matratze und hebe ihr Knie, um mir Zugang zu ihrem Zentrum zu verschaffen. »Nichts zwischen uns zu haben, kann ganz schön schmutzig werden.«

Sanft wische ich mit dem Tuch über ihre empfindlichen Partien, was mich einige Beherrschung kostet, nicht allzu gierig zu glotzen. *Großer Gott.* Dann fängt sie auch noch an, sich zu winden und leise zu summen, während ich über ihre lieblichsten Teile streiche. Stundenlang könnte ich ihren Körper studieren, mir im Geist Notizen machen, was ihr das größte Vergnügen bereiten würde. Jetzt, da ich ihren Körper besser kenne, als ihn ein anderer je kennen wird.

Ich schaue ihr in die Augen und sehe ihr ungemindertes Entzücken. Ich werfe das Tuch quer durch das Zimmer, sodass es im Wäschekorb landet. Meine Gedanken treiben bereits in Richtung nächster Gelegenheit, sie wieder für mich zu haben. Und wann genau das möglich sein wird. Und wie schnell ist zu schnell?

Steig auf die Bremse, Kane.

Sollte ich nicht schon vorher von ihr besessen gewesen sein, jetzt bin ich jedenfalls ein hoffnungsloser Fall. Das sollte mich beunruhigen, aber in diesem Moment spielt das keine Rolle. Wichtig ist nur, dass sie in meinem Bett liegt, überglücklich und heiß geliebt.

Ich schaue zweimal hin, als sie sich in die Unterlippe beißt und neuer Glanz in ihre Augen tritt.

»Was ist?«, frage ich und fahre mit der Hand über ihr hochgestelltes Knie.

»Ich fühle …« Sie seufzt. »… Ich fühle so viele Dinge.«

Ich lächele. »Geht mir genauso.«

Sie blinzelt, mehr flackernde Punkte leuchten um ihre großen Iriden auf. »Wirklich?«

»Wieso überrascht dich das?«

»Na ja … du hast gewusst, was dich erwartet.« Sie läuft rot an.

Das ist das Schönste, was ich je gesehen habe. In der Mitte meiner Brust rumpelt es leise. Kein Lachen, eher ein sich lösendes Gewicht. »Kara Valari, keine meiner Erfahrungen kommt der mit dir gleich.« Ich zeichne kleine Kreise auf ihre schlanken Schenkeln. »Sag mir: Was fühlst du gerade?«

Sie legt die Hand auf den Bauch und schiebt sie ein bisschen nach unten. »Ich fühle mich … leer. Ohne dich.«

Meine Kehle ist plötzlich wie ausgetrocknet. Ich muss mühsam schlucken. Wenn sie wüsste, wie gern ich das ändern würde … Die ganze Nacht lang. Jede Nacht. Am liebsten wäre mir, sie würde mein Bett nie mehr verlassen.

»Und ich habe das Gefühl, ich könnte ewig hier bleiben, vorausgesetzt, du berührst mich.« Schläfrig schließt sie die Augen, um sie dann wieder halb aufzuschlagen.

»Ich glaube, du liest gerade meine Gedanken.«

Sie lächelt. »Wenn wir zusammen sind, spüre ich dich so … stark.« Sie legt die Hand auf meine und verschränkt unsere Finger miteinander. »Als würde alles, was du fühlst, sofort in mich fließen und sich mit all den neuen Empfindungen vermischen, die mein Verstand gar nicht verarbeiten kann. Normalerweise, wenn ich die spüre, bist du immer noch du. Und ich bin ich. Ich kann uns beide auseinanderhalten. Das hier war anders … als wäre alles zwischen uns miteinander verflochten und zu etwas Neuem geworden. Etwas, das … zu einem *wir* wurde.«

Ich schnappe nach Luft. Hätte sich unser Liebesakt nicht schon fest in mein Gehirn als die beste Nacht meines Lebens eingeprägt, hätten ihre Worte diese Einstufung endgültig besiegelt.

Nur mühsam bringe ich eine Entgegnung zustande. »Kara, du weißt, was ich gemeint habe, oder? So etwas habe ich noch nie erlebt.« Ich beende mein Geständnis mit einem sanften Handkuss. Dann küsse ich mich ihren Arm hoch, bis ich erneut an ihrem süßen Mund angekommen bin.

Als ich mich neben sie setze, schlingt sie die Arme um mich. Ich schaue ihr in die Augen und verliere mich in ihnen. Denn für mich bedeutet sie nun alles. *Alles*.

»Ist es verrückt, dass ich dich noch einmal will?«, haucht sie.

Ich schüttele den Kopf. »Wir haben etwas richtig Gutes erreicht. Etwas so intensiv Gutes, dass es normal ist, sich zu wünschen, es würde nie enden. Mir geht es ganz genauso.«

Ob dieser neuen Möglichkeit reißt sie die Augen weit auf.

Ich lächele und küsse sie zärtlich. »Noch nicht. Du musst dich ausruhen. Ich meine es ernst. Wir haben den morgigen Tag und übermorgen …«

Sie drückt mir den Finger auf die Lippen und würgt den Schwur ab, den ich ablegen wollte. »Bleibst du hier bei mir? Vorerst?«

Ihre bange Frage drückt mir aufs Gemüt. »Natürlich.« Ich küsse sie auf die Stirn. »Versprochen.«

»Und du verlässt mich nicht?«

»Nein.« Ich drücke sie fester an mich, genieße einmal mehr den Kontakt unserer Körper. »Ich werde immer hier sein.«

24

Kara

Letzte Nacht bin ich in Maximus' Bett eingeschlafen, eingehüllt in seine Kraft und Wärme, meine Glieder mit seinen verschränkt wie zusätzliche Anker, die den unvermeidlich anrückenden Sturm daran hindern, uns zu trennen. Ein paar herrliche, friedliche Stunden lang konnte ich das glatt glauben.

Ich weiß, dass sich der Sturm lediglich verzögert und das Feuer sich bereits ankündigt.

Die grenzenlose Angst davor hat mich geweckt und ist mir an diesem trügerisch friedlichen Sonntagmorgen erneut ins Bewusstsein gedrungen.

Maximus schläft noch, als ich aufstehe und zu dem Panoramafenster schleiche. Kurz vor der Morgendämmerung liegt die Stadt in blau-grauen Tönen da, die Straßenlampen erleuchten noch den Horizont. Ein paar Lieferwagen rumpeln über die dunklen Straßen.

Ausnahmsweise – wahrscheinlich zum ersten Mal in meinem Leben – fürchte ich die Sonne. Mit ihr kommt ein Tag voller unbekannter Schrecken.

Was geschieht jetzt?

Weiß irgendjemand, was ich getan habe?

Habe ich ein kosmisches Alarmsystem ausgelöst, das mächtig genug ist, um über mein Schicksal zu entscheiden? Und falls ja, wie wird mein Schicksal aussehen?

Oder … gibt es eine einfachere Lösung? Sage ich allen, ich hätte Zeit zum Nachdenken gebraucht, und kehre nach Hause zurück, als wäre ich die ganze Nacht herumgefahren? Und wenn Arden mich holen kommt, kann ich mich aus all dem herauswinden? So tun, als sei er mein Erster?

Ein Schauder überläuft mich von Kopf bis Fuß. Mein Magen rebelliert und droht, bei dieser Vorstellung alles von sich zu geben.

Mir ein Leben ohne Maximus vorzustellen ist, als würde ich das Beste von mir verbannen. Aber bald – verflucht bald sogar – werde ich genau das tun müssen.

Bekleidet mit dem weichen T-Shirt, das Maximus letzte Nacht im Wohnzimmer hatte liegen lassen, schlinge ich die Arme um mich und lege die Wange an die Schulter. Nach allem, was zwischen uns passiert ist, hat die Angst, ihm endgültig Auf Wiedersehen sagen zu müssen, neue Dornen erhalten. Jede Sekunde windet sich die Furcht enger um mein Herz und schlägt meiner Seele neue Wunden.

Ich muss bald los. Arden wird kommen. Ob nun durch ein Alarmsignal aus der Unterwelt in Bewegung gesetzt oder durch seine eigene beängstigende Durchtriebenheit – er wird alles herausfinden und mich suchen. Und dann wird der Schmerz, Maximus zu verlieren, den Höllenfeuern in kaum etwas nachstehen. Hinzu kommt die Qual, aus seinen Armen in die eines anderen gehen zu müssen. Ich unterdrücke das nächste Schaudern.

Ihn zu bitten, auf mich zu warten, bis ich wieder frei bin, liegt mir fern. Welcher Mann, ob in dieser Welt oder in einer anderen, würde sich freiwillig einer solchen Demütigung unterziehen?

Nicht dass ich es überhaupt soweit mit einer Erklärung schaffen würde.

Ich muss mir überlegen, wie viel Wahrheit ich ihm zumute, wenn ich ihn verlasse. Bei all meinem Zögern, all meinen Ausflüchten fühle ich mich nach einer Nacht in seinem Bett, als hätte man mir die Haut abgezogen. Es ist schwierig, nein, unmöglich, einen klaren Gedanken zu fassen.

Wir haben schon so viel geteilt … Teile meiner Seele, die ich nie einem anderen offenbaren würde. Den Zauber dessen, zu was unsere Körper fähig sind, werde ich nie vergessen. Das Verletzliche an diesen kostbaren Augenblicken. Und ihm den Rest vorzuenthalten, scheint mir jetzt plötzlich sehr ungerecht.

Ich bin so verwirrt. So verängstigt.

Vielleicht sieht er mich mit anderen Augen, wenn er erst einmal alles weiß. Vielleicht fühlt er sich von mir mit all meinen Geheimnissen betrogen. Vielleicht aber sieht er mich dann genauso wie heute. Als würde er für mich durchs Feuer gehen. Als wäre ich das Gegenstück, das ihm gefehlt hat, so wie er mir.

Ich schaue auf die Straße hinunter. Die Bürgersteige sind vom gestrigen Sturm mit Trümmern übersät. Vereinzelt gehen Leute vorbei. Vermutlich wollen sie nach einer wilden Samstagnacht nach Hause. Keiner von ihnen trödelt lange herum. Das heißt, dass kein Paparazzi Maximus' derzeitigen Aufenthaltsort kennt. Vielleicht ist die Geschichte aber auch schon Schnee von gestern, und die Menschen vergessen bereits seine Beziehung zu der Valari, die sich so bemüht hat, in Vergessenheit zu geraten.

Ich schließe die Augen und lege die Stirn an die Fensterscheibe. Wären doch diese Fotos nie gemacht worden. Alles wäre anders. Wir hätten mehr Zeit … Und für mehr Zeit würde ich momentan jeden Preis zahlen.

In dem Moment klopft es heftig an der Tür.

Ich zucke zusammen und lege mir die Hand auf die Brust, wo mein Herz zu hämmern beginnt. Ich blicke zu der Ecke des Zimmers, wo Maximus in sein Kissen stöhnt. Er schläft noch halb. Ein Hoffnungsschimmer gesellt sich zu meinem Entsetzen. Vielleicht, wenn ich mich schnell und still Arden ausliefere, wird Maximus weiterschlummern. Vielleicht sieht er in mir dann eine exzentrische Studentin, die ihn gebumst und anschließend hat sitzen lassen und nicht ein grausames Geschöpf, das ihn mit dem Mann verlassen hat, dem sie versprochen ist.

Ein zweites Klopfen. Lauter. Bestimmter.

Erneut zucke ich zusammen, schlucke dann und gehe langsam in Richtung Tür. Ich dränge die Tränen zurück, indem ich mir alles hier sorgfältig einpräge. Bücher in den Regalen, aufrecht gehalten von Buchstützen aus natürlichem Stein. Dazwischen gerahmte Fotos. Eins von Maximus und Jesse am Strand. Ein weiteres von Maximus und Reg von der Buchhandlung zusammen mit einer hübschen Frau, die ich nicht kenne. Die Maserung des hellen Holzes zwischen den dunkleren Bohlen zu meinen Füßen.

All die kleinen Dinge … all die kleinen Details meiner letzten glücklichen Stunden.

Mit zitternder Hand drehe ich den Knauf und öffne die Tür einen Spalt.

Es ist … *Wer ist der Kerl?*

Der Mann grüßt mich mit neugierigem Lächeln und neigt den Kopf, als würde er jeden Moment erwarten, dass ich ihn erkenne. Aber ich habe ihn noch nie gesehen. Und ich bin sicher, dass ich mich an ihn erinnern würde. Er ist gut gekleidet, wenn auch für einen frühen Sonntagmorgen etwas merkwürdig mit einem verstaubten beigen Anzug. Seine Augen sind dunkel ozeanblau und mustern mich unter seinem Strohhut hervor. Das dichte kupferfarbene Haar, ein funkelnder Kontrast zu dem gestutzten grauen Kinnbart, hat er hinter die Ohren gekämmt.

In meiner ängstlichen Brust glimmt ein Hoffnungsschimmer. Vielleicht ist er gar nicht meinetwegen gekommen. Trotzdem, er sieht nicht aus, als gehöre er zu Maximus' engerem Freundeskreis, der eher klein ist, wie ich weiß.

»Na so was … Hallo«, sagt er.

»Äh ja, hi.«

»Und wer sind Sie, wenn ich fragen darf?« Seine tiefe Stimme klingt rau, hat aber auch etwas Beschwingtes, als würde er gleich in Lachen ausbrechen. Das jungenhafte Grinsen unterstreicht die Falten um die Augen und um den Mund.

Seine ganze Präsenz, so voll Selbstvertrauen, aber mit Widersprüchen, wirkt auf mich völlig entwaffnend. Schließlich überwinde ich meine Neugier und bringe eine Antwort zustande.

»Ich heiße Kara.«

»Kara.« Er zieht eine Augenbraue hoch und betrachtet mich von oben bis unten. »Hmm. Reizend. Sie sind sehr hübsch.«

Ich verschränke die Arme vor der Brust, und er kichert.

»Keine Bange. Das war als reines Kompliment gemeint. Meine Frau hat ein überaus strenges Auge auf mich. Abgesehen davon will ich eigentlich zu Maximus. Ist er da?«

Ich blinzele ein paarmal. »Oh.« Ich öffne die Tür weiter und lasse ihn ein.

Er schlendert so lässig ins Zimmer, dass ich mich frage, ob er hier schon einmal gewesen ist. Oder mehrere Male.

Mir fällt wieder ein, dass Maximus noch schläft, doch in dem Moment setzt er sich gerade im Bett auf. Seine Haare sind zerrauft, und seine Augen wirken müde, doch sein Blick ist feurig wie immer. Ich gönne mir die Freude, seine wie gemeißelte Brust zu bewundern, die oberhalb des Lakens zu sehen ist, das er sich um die Hüfte schlingt und verknotet, ehe er zu uns herüberkommt. Nur dass er über unsere Gesellschaft nicht allzu begeistert scheint.

»Wer sind Sie, und was machen Sie in meiner Wohnung?«

Verflucht!

Mein Puls beschleunigt sich wieder. Wenn Maximus ihn auch nicht kennt, wer ist dieser Mann dann? Er hat gesagt, er sei nicht meinetwegen hier, und ich habe ihm geglaubt. Und glaube ihm auch jetzt noch …

Der Fremde steckt die Hände in die Taschen. Macht keine Anstalten, gehen zu wollen.

»Sieh mal einer an. Maximus Kane. Groß bist du geworden.«

Ich spüre, wie sich Maximus' Alarmzustand in Verwirrung verwandelt. Die Konfusion zeichnet sich in seiner Miene ab und lässt die verwegenen Gesichtszüge erstarren. »Wie bitte?«

»Du … Erinnerst du dich nicht an mich?«

»Sollte ich?«

Der Mann schüttelt den Kopf. Seine gute Laune weicht langsam einer Enttäuschung, die er zu verbergen sucht.

»Mein lieber Bruder muss an deinem Gedächtnis herumgedoktert haben.« Er schnaubt. »War ja klar. Aber das ist egal.« Elegant wedelt er mit der Hand. »Zumindest im Moment. Das kriegen wir in relativ kurzer Zeit hin.«

Aber Maximus ist keineswegs beruhigt. »Verlassen Sie meine Wohnung«, knurrt er ihn an.

Der Mann ignoriert ihn. Ungeniert. Er nimmt den Hut ab und geht schnurstracks zu dem Fenster, an dem ich vorher gestanden habe. »Bist du gar nicht neugierig, wer ich bin?«

»Wenn Sie glauben, dass wir uns kennen, sind Sie irgendein Irrer von der Straße, denn ich habe Sie nie zuvor gesehen. Das ist Ihre letzte Chance. Hauen Sie ab oder ich helfe nach.«

Der Mann lacht und wirft Maximus einen Blick aus seinen blauen Augen zu. »Das glaube ich kaum.«

Angesichts dieser Herausforderung bläht Maximus die Nasenflügel. Ich kann spüren, dass er sich bereit macht, Sekunden bevor er auf den seltsamen Besucher zuschießt. Doch der weicht keinen Millimeter zurück. Sein Ausdruck ändert sich nicht. Er hebt gerade einmal die Hand, als Maximus ihn fast schon erreicht hat.

Ich schreie auf, als Maximus so schnell und hart zurückgeschleudert wird, dass selbst die Couch, auf der er landet, noch ein ganzes Stück verrückt wird. Jetzt atmet er schwer. Als er zu mir hersieht, tauschen wir schweigend die Frage aus: *Was zum Teufel war das?*

»Wie haben Sie ...«

Maximus' Stimme ist kaum ein Flüstern, doch der Mann versteht ihn.

»Weil ich ein Gott bin. So habe ich das gemacht.«

Maximus schnappt sich von der Couch ein Kissen und beugt sich vor. Seine Augen sind geweitet. Er ringt noch immer um Atem.

Der Fremde lässt sich in einen Sessel fallen, schlägt die Beine übereinander und stützt das Kinn auf die Faust. »Wir haben ein bisschen was gemeinsam, du und ich. Unvergleichliche Kraft. Die Fähigkeit, wie durch ein Wunder zu heilen.« Sein Lächeln kehrt zurück. »Und mit unseren Leidenschaften stürmisches Wetter hervorzurufen, wie mir scheint.«

»Das Wetter.«

Geistesabwesend reibt sich der Mann die Finger. Winzige elektrische Ladungen springen daraus hervor. Er bemerkt das Phänomen offenbar gar nicht. Seine Aufmerksamkeit ist stattdessen auf die windumtosten Bäume vor dem Wohngebäude gerichtet.

»Das war vielleicht ein Sturm, den du da letzte Nacht entfacht hast, mein Junge. Gott sei Dank. Denn sonst hätte ich dich nie gefunden.« Sein Blick wechselt zu mir. »War wohl eine besonders tolle Nacht.«

Ich beiße mir auf die Lippe, was aber nichts daran ändert, dass ich rot anlaufe. Wenn der wüsste …

»Wer sind Sie?«, stößt Maximus hervor und steht wieder auf.

Der Mann lässt den Hut um sein Knie kreisen. »Na ja, du könntest *Dad* zu mir sagen. Aber da du dich offenbar nicht erinnern kannst, fangen wir mit Zeus an. Allerdings schauen mich die Leute hier in der Gegend ein wenig merkwürdig an, wenn ich mich mit diesem Namen vorstelle. Wie wär's mit Z? Das klingt modern.« Er grinst bis über beide Ohren. »Ja, das gefällt mir.«

Maximus wird bleich. Beunruhigt ballt er die Hände immer wieder zu Fäusten. Schüttelt den Kopf, sagt aber nichts. Starrt den Mann in stummer Verblüffung an. Ich bin mir nicht sicher, ob ihm klar ist, was hier vor sich geht. Dass er soeben mit der vollen Wahrheit konfrontiert wurde. Dass dieser Fremde überhaupt kein Fremder ist. Dass er zudem nicht nur

Maximus' Vater ist. Er ist exakt das, was er zu sein behauptet.

Und ich glaube ihm. Mit jeder Faser meines Körpers. Ich glaube ihm – nicht nur, weil ich von allen hier im Zimmer am leichtesten Lügen durchschaue. Mehr noch, weil das alles erklärt. Alles, was ich zuvor nicht kapiert habe, weil ich zu liebestrunken und verängstigt war.

Maximus ist Zeus' Sohn.

Zeus.

Der König der Götter. Begibt sich unter die Menschen. In Los Angeles.

Und sitzt jetzt hier in Maximus' Wohnzimmer.

»Heiliges Kanonenrohr«, murmele ich.

Maximus wirft mir einen genervten Blick zu. »Du glaubst ihm diesen Schwachsinn?«

Eine Sekunde verblüfftes Schweigen, und er weiß, dass ich dem Mann glaube.

»Maximus …«

»Kara, also bitte.«

»Das ergibt doch Sinn.«

Ich trete einen Schritt näher, da ich fühle, dass Z uns nichts antun will, außer er wird angegriffen. In dem Fall weiß er sich, wie wir gesehen haben, zu wehren.

»Deine Kraft«, sage ich leise und nehme Maximus sanft bei der Hand. »Dein mentales Stehvermögen und erst deine Statur.« Und all die anderen kleinen Dinge, die mir hätten Hinweise geben müssen, wäre die Wahrheit ein wenig glaubhafter erschienen. Vor allem aber … »Das erklärt *uns*. Die Verbindung, die wir beide empfunden haben, nicht nur ich.«

Maximus' schockierter Gesichtsausdruck wird zu einer Grimasse der Enttäuschung. Er tritt zurück und fährt sich mit beiden Händen durch das Haar. »Warum sollte dieser Spinner irgendwas mit uns zu tun haben?«

Zs Mundwinkel zucken nach oben. »Also das ist der Gipfel.« Er schenkt mir ein schwaches Lächeln. »Erzähl mir nicht, dass er es nicht weiß.«

Jetzt ringe ich um Atem. Weiß *er* es? Ja, logisch weiß er es. Er ist Zeus, verdammt. Und hätte ich ihm nicht schon vorher geglaubt, würde ich mir jetzt Sorgen machen, dass er es beweisen würde. Scheiße. Er beweist es wirklich gleich.

»*Was* weiß ich nicht?«, meldet sich Maximus zu Wort.

»Maximus.« Ich beginne zu stottern, weil mir schlagartig Tränen die Kehle verstopfen und mir die Sicht verwischen. »Ich ...«

Ich was? Wollte es ihm längst sagen? Ich kann ihn nicht anlügen. Jetzt schon gar nicht, wenn er damit fertig werden muss, dass ihn seine Eltern siebenundzwanzig Jahre lang angelogen haben.

»Kara! *Was* weiß ich nicht?«

Z seufzt hörbar und kommt mir mit der Wahrheit zuvor. »Mein lieber Junge, ich fürchte, du warst mit einer Dämonin im Bett.« Sein Blick wandert zu mir. »Dieses Vergnügen hatte ich noch nicht.«

Maximus tritt vor und hebt drohend die Hand. »Ich warne dich, lass die Finger von ihr.«

Z täuscht Kapitulation vor und zieht die Hand zurück. »Ich bitte dich. Das würde mir im Traum nicht einfallen. Dämonen sind so gar nicht mein

Typ. Wenn du schon glaubst, Menschen seien kompliziert ...«

Maximus fährt herum und starrt mich an. »Kara.« Sein Blick wird weicher, als würde er mich beschwören, seinen Vater als fantastischen Lügner bloßzustellen. Alles nur als verrücktes Geschwätz zu enttarnen. Oh, wie gern würde ich ihm das sagen.

Stattdessen schlucke ich den Kloß in meiner Kehle hinunter, starre auf meine bloßen Füße und mache mir bewusst, dass es hierfür nie den richtigen Zeitpunkt geben würde. Die Lage ist derart verworren. Unser Verhältnis von Anfang an völlig falsch – und so herrlich richtig.

»Er sagt die Wahrheit. Er sagt das, was ich dir vor langer Zeit hätte sagen sollen.«

Mehrere Sekunden vergehen. Fast wünschte ich, Arden würde jetzt auftauchen und mich bewahren vor dem, was mir von Maximus möglicherweise bevorsteht. Könnte ich doch nur all den Schmerz, die Qual, das vernichtende Urteil überspringen, alles, was ich mir je für diesen Moment ausgemalt hatte ...

Doch als ich aufschaue, ist er ein Bild kompletter Fassungslosigkeit. So schön und verletzlich wie wenige Stunden zuvor, als er mich geliebt hat. Er hat die Augen weit aufgerissen und ist völlig konsterniert. Seine Lippen öffnen sich leicht, als er tief Luft holt.

»Eine Dämonin.«

»Ja.« Meine Stimme ertrinkt in Tränen. »Zum größten Teil.«

»Na gut.«

Ich schlucke heftig und wundere mich, dass die

Wucht des Schocks mir keine Löcher in die Luftröhre reißt. »Na gut?«

»Also, was bedeutet das überhaupt genau?«

Z legt die Hände an die Wangen, ganz entzückt, als sei er gerade rechtzeitig für die Märchenstunde in der Bibliothek gekommen.

»Was du im Drehbuch meines Großvaters gelesen hast ... also, das stimmt. Teilweise jedenfalls. Er hat sich mit meiner Großmutter nicht als Gegenleistung für seine Freiheit zusammengetan. Er war der Hölle längst entwischt, und sie war die Strafe dafür, dass er damit durchgekommen war. Sie wurde zu ihm geschickt, um ihn zu verführen. Sie wurde mit meiner Mutter schwanger, bevor er herausfand, wer sie wirklich war.«

»Und wer war sie?«

Ich schließe kurz die Augen. »Ein Sukkubus. Ein Dämon, ausgesandt in weiblicher Gestalt.«

»Seine Strafe war Fortpflanzung mit einer Dämonin. Ist es das, was du sagen willst?«

»Zum Teil ...« Meine Stimme versagt, als wir zum dunkelsten Teil der Wahrheit kommen.

Er verliert langsam die Geduld. »Was noch?«

»Als er von der Schwangerschaft erfuhr, beschloss er zu bleiben. Er wollte seine Familie nicht im Stich lassen, auch wenn das bedeutete, dass er den Rest seines Lebens praktisch im Exil und von uns getrennt leben musste. Auch wenn es bedeutete, dass er ausharren musste in dem Wissen, ein Inkubus, ein männlicher Dämon, würde kommen und meine Mutter holen.« Meine Unterlippe zittert. »Und mich.«

Seine Gesichtsfarbe ist nun wieder ein warmes gesundes Rot. Seine Muskeln sind angespannt, als rechne er jede Sekunde mit einem Kampf. Das Blau seiner Augen ist kaum zu erkennen, so sehr treten seine Pupillen hervor.

»Nein.«

Dieses eine Wort drückt alles aus. Seinen Unglauben. Meine Rebellion. Die unvermeidlichen Folgen von beidem.

Zs lässige Haltung gerät ins Schwanken, er krümmt sich innerlich fast wie ich. »Verdammt. Das ist nicht gut.«

Max schaut ihn durchdringend an. »Wieso sind Sie noch immer hier?«

»Eigentlich solltest du mir dafür dankbar sein.« Der alte Mann steht seufzend auf. »Ich bin wahrscheinlich der Einzige, der dich aus diesem Schlamassel herausholen kann.« Stirnrunzelnd sieht er auf die Uhr. »Offenbar bin ich gerade zur rechten Zeit gekommen. Vielleicht auch einen Hauch zu spät.« Er sieht mich fragend an. »Weiß deine Familie davon?«

Ich schüttele den Kopf. »Nein. Glaube ich zumindest.«

»Aber sie werden bald davon erfahren.« Das steht für Z fest.

»Ja.« Ich nicke unsicher. »Er ist schon hier.«

»Wer ist hier?«, fragt Maximus.

»Arden. Er ist der Inkubus, der nach mir ausgesandt wurde.«

Seine Augen strahlen vor Wut kobaltblau. »Du hast es gewusst?«

»Ich wusste nicht, warum er hier ist. Bis gestern Abend«, verteidige ich mich.

»Der kriegt dich nur über meine Leiche.« Das stößt er hervor, als wäre seine Feststellung eine in Stein gemeißelte Tatsache.

»Dafür ist es ohnehin zu spät«, mischt sich Z ein. »Wenn ihr miteinander geschlafen habt, hat sie sich bereits Hades' Edikt widersetzt.« Mit einem leisen, aber dennoch nervigen Zungenschnalzen betrachtet der König der Götter das Laken, das sich Maximus um die Hüfte geknotet hat. »Ihr Menschsein zu eliminieren, gewissermaßen herauszuzüchten ist irrelevant. Diese Art Rebellion zieht eine Bestrafung der schlimmsten Sorte nach sich. Sobald sie Wind davon bekommen, buchen sie ihr eine Reise in die Unterwelt.«

Maximus eilt zur Tür und dreht sich dann um. Er fährt sich mit der Hand über den Mund. »Das ist der blanke Irrsinn.«

»Ich verstehe dich«, sagt Z. »Wirklich. Das kannst du mir glauben. Du solltest dir einmal all die verrückten Geschichten anhören, die mir im Lauf der Zeit passiert sind.« Er folgt Maximus zur Tür und schiebt sich den Hut in den Nacken. »Wir sollten uns bei Gelegenheit auf ein Bier zusammensetzen. Ich könnte dir ein paar Sachen erzählen ...«

»Ihre Geschichten samt Ihrer bescheuerten Behauptungen über meine Abstammung interessieren mich nicht, klar?«

Nachdenklich schürzt Z die Lippen. »Hör zu. Ich bin nichts weiter als ein ewiger Romantiker.«

Ich widerstehe dem Drang, die Augen zu verdrehen. Wenn nur die Hälfte der Geschichten stimmen, trifft es Weiberheld besser.

»Die ganze Situation mit deinem kleinen Teufel …« Er deutet auf mich. »Lass mich ein paar Anrufe machen. Dann bringe ich die Sache schon in Ordnung.«

Max lacht höhnisch. »Wen wollen Sie denn anrufen? Den Gott der Unterwelt?«

»Hades und ich vertragen uns momentan immerhin so weit, dass wir noch miteinander reden, was nicht immer der Fall ist. Von meinem anderen Bruder könnte ich nicht dasselbe behaupten.« Er lächelt bemüht. »Aber das können wir ein andermal besprechen.«

Maximus reißt die Tür auf. »Raus.«

»*Maximus.*« Ich eile auf ihn zu, getrieben von einer verzweifelten – und vermutlich gefährlichen – Vorahnung. Dennoch: Ich packe ihn so fest am Arm, wie seine stählernen Muskeln das zulassen. »Bitte«, flehe ich ihn an. »Bitte warte.«

»Worauf? Ich denke, wir haben uns das lang genug angehört, oder?«

»Lass ihn helfen.« Neue Tränen kündigen sich an, doch diesmal als Zeichen der Hoffnung. Meiner letzten Hoffnung. »Bitte. Was kann es schaden?«

Eine berechtigte Frage. Was *kann* es schaden? Denn inzwischen stecke ich kilometertief in der Scheiße.

»Ich kann dich beschützen, Kara«, antwortet er sanfter, als wäre Z nicht Zeuge der Szene.

»Das weiß ich, aber …« Ich schaue zu Z. »Glauben

Sie wirklich, Sie könnten erreichen, dass sie ihre Meinung ändern?«

Er zuckt mit den Schultern. »Falls ja, wird es seinen Preis haben.«

Mir rutscht das Herz in die Kniekehlen. »Welchen Preis?«

»Deren.« Zum ersten Mal wirkt Zs Miene wie versteinert. »Und meinen selbstverständlich. Ihr wisst ja, wie das läuft. Ich riskiere nicht meinen Hals, um eine Dämonin zu retten, ohne dass auch für mich etwas dabei herausspringt.«

Wutentbrannt starrt Maximus ihn an. »Wie nobel von Ihnen.«

»Nimm mein Angebot an oder lass es bleiben, mein Sohn. Du hast einen Gral zu verlieren, nicht ich. Wenn sich ihnen niemand in den Weg stellt, landet deine Herzallerliebste schneller in den Feuern ewiger Qual, als du dir das vorstellen kannst. Du kannst gern an mir zweifeln, wenn du willst. Aber bevor du das tust, schau der Kleinen in die Augen und sag mir, ob du glaubst, dass sie zweifelt.«

Ich packe seinen Arm fester und lege ihm die Stirn an die Schulter. Eine stille Bitte, er möge verstehen.

»*Falls* ich mich dazu durchringe, Ihnen zu glauben … Und *falls* ich Ja sage … Was wollen Sie dann?« In Maximus' Stimme schwingt genug Resignation mit, dass meine Hoffnung neue Nahrung erhält.

»Fast zehn Jahre lang habe ich nach dir gesucht, Maximus. Ich würde gern meinen Sohn näher kennenlernen. Nancy hat mir deine Kindheit geraubt. Und damit hat sie verhindert, dass du dich selbst kennenlernst. Dass du den Sinn deines Daseins erkennst. Deine Gaben. Ich will nur die Chance bekommen, all das nachzuholen.«

Die Spannung fällt von Maximus ab, was ich auch gespürt hätte, wenn ich ihm nicht innerlich so stark verbunden gewesen wäre.

»Wenn sie Sie nicht in meine Nähe lassen wollte, muss sie einen guten Grund dafür gehabt haben.«

Zs Miene bleibt ausdruckslos. »Sicher hat sie ihre Gründe gehabt, ich könnte aber nicht behaupten, dass es gute Gründe waren.«

»Sprechen Sie nicht über meine Mutter …«

»Willst du meine Hilfe oder nicht?« Erneut scheint Z eher entschlossen als amüsiert. Noch ein Beweis, dass unter diesem Anzug ein Gott steckt, der normalerweise seinen Willen bekommt. Diese Bestätigung sollte mich eigentlich trösten, sie tut es aber nicht. Irgendwie ahne ich, dass er mehr möchte als nur eine lockere Beziehung zu seinem lange verlorenen Sohn. Er kann unmöglich so weit gereist sein und so lange gesucht haben, um sich damit zufriedenzugeben. Dahinter steckt sehr viel mehr. Trotzdem, ich wage es nicht, ihn herauszufordern und dadurch seine Hilfe zu riskieren.

Maximus legt schützend den Arm um mich. Er ist dabei zu gleichen Teilen zärtlich und besitzergreifend. Und das heißt, so hoffe ich, er wird alles tun, um mich zu behalten. Selbst wenn es bedeutet, Fremde in sein Leben zu lassen, bis meins gerettet ist.

»Was ist jetzt?« Z tippt ein paarmal mit dem Fuß auf den Boden.

Maximus hat sich entschieden. »Wenn das Ihre Bedingung ist, dann machen Sie die Anrufe.«

Z nickt. »Alles klar. Bis ich mehr weiß, steht sie unter deinem Schutz. Ich übernehme keinerlei Verantwortung, sollte ihr etwas zustoßen, solange du dafür zuständig bist.«

Maximus verstärkt fast unmerklich den Druck seines Arms.

»Bei mir ist sie in Sicherheit.«

Ich presse mich an ihn, um ihm zu übermitteln, wie sehr ich seinen Worten glaube. Aus tiefstem Herzen. Ich glaube an uns. Im Gegenzug empfange ich einen Energiefluss, warm und stark und voller Entschlossenheit. Mehr brauche ich jetzt nicht. Genau deswegen habe ich mich meiner Familie widersetzt. Für diesen Mann – diesen Halbgott –, der mein Herz, meine Seele und jede Minute meines Lebens in seinen Händen hält.

Danksagung

Besonders danke ich meinen Testleserinnen und -lesern Jonathan, Lauren, Jennifer, Martha und Mindy für ihre frühen Anmerkungen und ihre Begeisterung für diese Geschichte. Es hat mir sehr viel bedeutet, von euch grünes Licht zu bekommen, als die Geschichte noch ganz frisch war.

Danke, Scott Saunders, für deine Adleraugen und deinen aufmerksamen Rotstift. Zu wissen, dass meine Worte immer in so guten Händen sind, bedeutet mir mehr, als du dir vorstellen kannst.

Angel, ich bin so dankbar für deine Begeisterung und dein Herzblut, das du in diese Seiten hast einfließen lassen. Ich bin so stolz auf unser Buch-Baby und kann es kaum erwarten, mit dir zusammen mehr Magisches zu zaubern.

Danke, Victoria, für all das Laufen und Kümmern, vor allem aber für deine Freundschaft. Mit jedem Wort bist du tiefer in meinem Herzen verankert. Wir schaffen das.

Zu guter Letzt ist das Buch meiner wunderbaren,

großartigen Freundin Mindy Moniz gewidmet. Danke, dass du immer für mich da bist und für den permanenten Nachschub mit Memes, die mich bei Verstand halten. Ich liebe dich.

– Meredith

Es gibt keinen besseren Ort anzufangen als den Gipfel des Turms der Segnungen, wo Göttin Meredith Wild residiert. Was sage ich an dieser Stelle? Wie drücke ich meine Seligkeit und die Freude meiner Autorinnenseele aus? Unmöglich. Ich kann nur sagen, eine Welt wie diese mit einer Freundin und Lenkerin wie dir zu erschaffen, ist unglaublich. Danke, dass du mich das Schreiben gelehrt und mich aus vollem Herzen inspiriert hast. Du bist für mich ein einziger Segen.

Scott Saunders. Die Worte singen mit dir, sodass du sie verfeinern, an ihnen feilen, sie kommentieren und sie zu Leben erwecken kannst. Meine Dankbarkeit dir gegenüber ist grenzenlos und überreichlich. Danke für dein großes Interesse und deine harte Arbeit. Wir können uns glücklich schätzen, deine redaktionelle Expertise zu genießen.

Jonathan Mac, Robyn Lee, Amber Maxwell, Haley Boudreaux, Keli Jo Chen, und Dana Bridges: das beste PR- und Marketing-Team, das sich ein Mädchen wünschen kann. Ihr seid mein unerschütterliches Kernteam. Mein Herz ist voll Dankbarkeit für das, was ihr jeden Tag tut. #WaterhouseKicksAss.

Victoria Blue: Du bist meine Heldin, in vielerlei Hinsicht und jeden Tag aufs Neue. Vielen Dank für alles – und dass du mich liebst, obwohl du weißt, wo die Leichen vergraben sind.

Carey Sabala: Wie sehr deine tiefe Zuneigung, deine unermessliche Treue und dein endloses Lächeln mir an den Tagen Kraft verliehen haben, an denen ich es am meisten gebraucht habe! Sollte es einen Excelsior Award für Freundinnen geben, würde ich dir die Medaille mitten auf deine hübsche Stirn knallen. Auf zu neuen Höhen, Baby!

Martha Frantz: Danke, dass du die Dinge am Laufen hältst. Du bist großartig.

Regina Wamba: Was für ein Ritt! Und das Abenteuer hat gerade erst begonnen. Ich glaube so sehr an dich. Ich *liebe* dich so sehr. So viele gute, großartige Dinge liegen vor dir auf deiner Reise – und ich fühle mich geehrt, das miterleben zu dürfen.

Schreiben ist ein unmöglicher Beruf ohne die Göttinnen, die einen das sprichwörtliche Licht am Ende des Tunnels sehen lassen. Diese Lichter in meiner Welt sind unvergleichlich. Jenna Jacob, Shayla Black, Rebekah Ganiere, Sierra Cartwright, Jodi Drake, Red Phoenix, Nelle L'Amour und Helen Hardt: Ihr Frauen seid die reinste Magie und solch großartige Unterstützerinnen. Danke.

Die Payne Passion Army: Ihr bemerkenswerten Leute seid die Faser meiner Stärke und – viele, viele Male! – der Treibstoff für meinen Motor. Danke für all eure Ermutigung, Zuneigung. Memes, Wahnsinn und Unterstützung. Ich liebe euch aus ganzem Herzen.

Brock O'Hurn und Jade McKenzee: Danke für die Verkörperung von Maximus und Kara. Mit euch beiden gerate ich ins Schwärmen bis in alle Ewigkeit.

Die Waterhouse Crew mit ihrer unermüdlichen Unterstützung: Ich liebe euch grandiose Menschen mit einer Inbrunst, für die ich keine Worte finde. Für mich seid ihr etwas ganz Besonderes. Danke an Jennifer Becker, Kurt Vachon und Jesse Kench, die sich stets um die Details kümmern, wenn wir sie am dringendsten brauchen. Ihr seid ROCKSTARS.

Stephanie Arrache: Du bist eine der tollsten Frauen, die ich kenne – eine wahre Olympionikin, und ich fühle mich so geehrt, dass du Teil meiner Welt bist. Danke für dein Super-Mega-Testlesen und dass du dafür gesorgt hast, dass wir mit Jesse alles richtig hingekriegt haben. Vielen, vielen Dank.

Und zu guter Letzt: Mom, du bist mein Fels in der Brandung, meine Freundin und meine Inspirationsquelle – und die Frau, die mich die Bedeutung des besten Mottos der Welt gelehrt hat: *Arbeite hart, sei freundlich*. Ich bewundere und liebe dich so sehr.

– Angel